Zum Buch:

»Haben Sie eine Vermutung, wer die Tote sein könnte?«, erkundigte sich die Polizistin. Sie siezte nicht nur den Bauern, sondern auch Johanna.
Ludger Schulze schüttelte seinen Kopf, Johanna antwortete. »Ich glaube, es ist Lydia.«
Die Beamtin schrieb den Namen in einen Notizblock. »Warum glauben Sie das?«
»Die Fingernägel. Sie sind lila. Das traut sich hier sonst keine.«

Zur Autorin:

Fritzi Jäger wuchs in einem kleinen Dorf im Münsterland auf. Nach ihrem Publizistikstudium volontierte sie an der Berliner Journalistenschule und arbeitete danach als Reporterin, Redakteurin und Ressortleiterin bei Berlins größter Zeitung. Der Liebe wegen ging sie in ihr Heimatdorf zurück. Dort lebt sie mit ihrer Familie mitten auf einer Wiese – und schreibt Kriminalromane.

Fritzi Jäger

Die Blumentochter

Kriminalroman

HarperCollins

1. Auflage 2025
Originalausgabe

Valentinskamp 24 · 20354 Hamburg
info@harpercollins.de
Umschlaggestaltung von buxdesign GbR, München
Umschlagabbildung von Magdalena Wasiczek / Trevillion Images
Gesetzt aus der Adobe Garamond
von GGP Media GmbH, Pößneck
Druck und Bindung von GGP Media GmbH, Pößneck
Printed in Germany
ISBN 978-3-365-00955-0
www.harpercollins.de

Druckprodukt mit finanziellem
Klimabeitrag
ClimatePartner.com/15109-2009-1001

MIX
Papier
FSC FSC® C014496

PROLOG

1984

Dieses bescheuerte physikalische Gesetz. Die Erdanziehungskraft war einfach gnadenlos und unumstößlich. Auf dem Mond würde es leichter fallen, sie in den Arm zu nehmen und fortzutragen. Man könnte sie einfach schweben lassen. Hier und jetzt, auf dem Boden der irdischen Tatsachen, schien es fast nicht machbar, sie von A nach B zu bewegen. Dabei war sie doch zierlich und schlank. So schön. Etwas, worauf sie immer großen Wert gelegt hatte. Kaum ein Fettpölsterchen war zu finden unter der jungen, glatten und sehr blassen Haut.

Sie hatte es verdient, getragen zu werden, egal, wie unmöglich es gerade schien und wie viel Kraft es kostete. Sie hatte auch die Blumen verdient, die sie so liebte. Vor allem aber hätte sie das Leben verdient.

Sie konnte doch nichts dafür. Sie war nur der Preis gewesen, den der Teufel verlangt, aber so viele Jahre nicht eingefordert hatte. Nun war der Tag gekommen. Das Fälligkeitsdatum war erreicht. Kein Zahlungsaufschub mehr. Zoe musste sterben. Wenigstens ein schönes Grab, wenigstens das …

KAPITEL 1

Er war früh aufgestanden an diesem Dienstag im August 1984. Agnes hatte sich wie jeden Morgen noch einmal umgedreht. Morgens trank er immer nur einen schwarzen Kaffee und blätterte kurz durch die Lokalzeitung, die er aus dem Briefkasten an der Einfahrt zu ihrem Hof holte. Das Wetter war stabil, es würde wieder warm werden. Als die Sonne um kurz vor 6 Uhr aufging, hängte Ludger Schulze schon den Pflug an den Traktor. Heute würde er sich erst die Fläche im Wiewelhooker Esch vornehmen, dann das Feld am Rabeneck.

Er lag gut in der Zeit. Es war erst halb acht, als er seinen Pflug am Rande des Rabenecks in die Erde sinken ließ, um den Boden für die Aussaat der Wintergerste vorzubereiten. Der Acker war nicht besonders groß. Wahrscheinlich könnte er schon um 10 Uhr zum richtigen Frühstück zu Hause sein, vielleicht würde er sich ein paar Spiegeleier braten. Er schaute auf die Uhr, gähnte und richtete seinen Blick nach vorne, um in der Spur zu bleiben. In der Ferne sah er etwas, das ihn blinzeln ließ. Was war das? Er erahnte etwas Rotes und Weißes, ganz hinten, am Rand des Feldes. Als er näher kam, erkannte er die Rosen und den Zauberschnee. Jemand musste sie auf seinem Acker gepflanzt haben. Er wusste nicht, woran ihn das schöne Blumenarrangement erinnerte. Auch wenn es nicht auf seinen

Acker gehörte, er konnte doch nicht einfach darüber hinwegpflügen. Er stoppte den Traktor, legte den Leerlauf ein und stieg aus. Wenigstens ein paar der Rosen könnte er seiner Frau doch gleich zum Frühstück mitbringen, dachte er und näherte sich der rätselhaften Fläche, die höchsten zwei mal ein Meter groß war. Ein leichter Wind wehte den leicht fauligen Duft frisch gepflügter Erde zu ihm. Es war warm draußen, bestimmt schon an die 20 Grad. Doch Ludger fror, als ihm klar wurde, woran ihn der aufgeworfene Erdhügel mit den hübschen Blumen darauf erinnerte.

Am Tag, an dem Johanna Eckstein ahnte, dass sie anders war als der Rest ihrer Familie, hatte sie die ersten beiden Stunden frei. Es war kurz nach den Sommerferien, sie war jetzt schon ein paar Tage lang eine Untertertianerin. Was im Klartext bedeutete: Sie war eine Neuntklässlerin. Doch die Lehrer und auch viele ihrer Mitschüler des katholischen St.-Anna-Gymnasiums legten großen Wert darauf, die hochtrabende lateinische Bezeichnung für ihre Jahrgangsstufe zu benutzen. Ihr war das egal, Hauptsache, sie kam klar in der Schule – und das tat sie. Jetzt saß sie mit ihrer Mutter am Frühstückstisch. Gerade beschmierte sie ihr zweites Toastbrot mit Nussenia – der kostengünstigeren und süßeren Nutella-Alternative –, als ihr kleiner Bruder Tobias Sturm klingelte. Er war erst vor fünf Minuten Richtung Grundschule losgeradelt. Johannas Mutter schaute sich nach einem vergessenen Turnbeutel oder dem Schulbrot um, doch es war schnell klar, dass Tobi nicht deshalb zurückgekommen war. Er fiel fast ins Haus, als seine Mutter die Tür öffnete. Sein Gesicht hatte dieselbe Farbe angenommen wie die gerade erst wieder weiß überstrichene Raufasertapete im Flur, gleichzeitig bildeten sich rote Flecken auf seinen Wangen. Atemlos brachte er nur einzelne Worte heraus. »Polizei. Anrufen. Eine Tote. Schnell. Schnell.«

Seine Stimmt kippte ins Weinen. Während seine Mutter den Jungen in den Arm nahm, ließ Johanna ihren Toast links liegen, ging zu den beiden und fasste kurz die Sachlage zusammen: »Wir sollen die Polizei rufen, richtig?«

Tobias nickte.

»Hast du einen Unfall beobachtet? Ist jemand überfahren worden?«

Er schüttelte den Kopf. »Der Bauer hat's gesagt.«

Johanna ging ein bisschen in die Knie und schaute ihrem Bruder tief in die Augen. »Was hat der Bauer dir gesagt, Tobi?«

»Dass ich ganz schnell nach Hause fahren und die Polizei anrufen soll. Weil da, weil da …« Er schluchzte. »Weil da eine Tote liegt.«

Johanna blieb ganz ruhig. »Wo, Tobi. Wo liegt sie?«

»Auf dem Acker, am Rand.«

»Welchen Acker meinst du?«

Tobias zitterte, umklammerte seine Mutter noch ein bisschen fester. »Ich meine den Acker, wo wir mal mit meinem Drachen waren.«

Johanna nickte. »Und was hast du da gesehen?«

»Da stand der Bauer, und der brüllte. Er brüllte mich ganz laut an«, brachte Tobias weinend hervor.

Johanna überließ das Trösten der Mutter und rief die Polizei an. Sie erklärte der Frau am anderen Ende der Leitung den Weg zum Rabeneck. So hieß der Acker von Bauer Schulze. Im

Herbst hatten sie dort Tobis kleinen Drachen steigen lassen. Oder besser, sie hatten es vergeblich versucht. Der Wind reichte einfach nicht für das billige Plastikteil.

Als sie draußen vor der Tür auf ihr Fahrrad stieg, um sich dorthin aufzumachen, kam ihr Vater ihr auf dem Vorhof seines Landmaschinenhandels entgegen. »Zur Schule geht's aber in die andere Richtung, Fräulein.«

Johanna ignorierte ihn. Sie hatte keine Zeit zu antworten. Sie musste zum Rabeneck. Dass ihre Mutter sie nicht gehen lassen wollte, war ihr egal, dass ihr Vater sie maßregeln wollte, auch. Es ging hier um etwas Wichtiges. Idiotische Elternsorgen, eine Doppelstunde Chemie, und überhaupt alles andere war da gerade wirklich nebensächlich.

+++

Ludger Schulze war kein kleiner Mann. Er war mindestens ein Meter fünfundachtzig groß und wog um die hundertzehn Kilo. Der Motor seines Fendt-Traktors lief noch im Leerlauf. Der Pflug war in der lehmigen Erde versunken, und auch Ludger Schulze schien dort zu stecken. Er kniete auf dem Boden, mit krummem Rücken. Als Johanna neben ihn trat, überragte sie ihn, obwohl sie doch sonst immer nur die kleine Jojo war.

»Ludger?«, sie sprach sehr ruhig und leise; wollte ihn nicht erschrecken, denn er hatte sie noch nicht wahrgenommen. Es war für Vierzehnjährige in Emsfeld eigentlich nicht üblich, Erwachsene mit ihrem Vornamen anzusprechen, aber in dieser Situation hätte ein »Herr Schulze« noch weniger gepasst. Außerdem nannte jeder im Ort ihn Ludger. Nun also auch sie.

»Die Polizei kommt gleich. Wir haben dort angerufen«, sagte Johanna. Dann schaute sie auf seine große Hand, die von der Ackererde verdreckt war und mit der er eine andere, kleinere Hand festhielt. Sie ragte aus einer Art flachem Erdhügel heraus, der lilafarbene Lack an den kurzen Nägeln war an einigen Stellen abgeplatzt. Die Erde um die Hand herum war mit weißen Blumen und roten Rosen bepflanzt. Johanna dachte an das Grab ihrer Großmutter – das war nicht so schön. Immergrüne Bodendecker und ein Naturstein, das war's. Dass dies hier ein liebevoll hergerichtetes Grab war, daran bestand für Johanna kein Zweifel. Ein paar Rosen samt Pflanzballen lagen neben der freigelegten Mädchenhand.

»Ich wollte nur pflügen, den Boden fertig machen, für die Wintergerste«, sagte Ludger. »Dann waren da plötzlich diese schönen Blumen. Verrückt sah das aus. Ich habe angehalten, ich wollte sie doch nicht kaputt fahren.« Er sprach weiter wie zu sich selbst. »Die müssen gerade erst eingepflanzt worden sein, war kein Problem, sie mit Ballen herauszuziehen. Ich dachte, Agnes würde sich freuen, für unseren Garten.« Er streichelte die starre Hand. »Und dann. Das hier.« Er rieb sich mit der dreckigen Hand über sein Gesicht, Erdkrümel blieben in seinen Augenbrauen hängen. Dann fasste er sich, sein Oberkörper bekam wieder Spannung. »Wir müssen sie rausholen«, sagte er mit fester Stimme und begann damit, die anderen Blumen herauszureißen, um die Tote freizulegen.

Johanna hatte schon viele Krimis im Fernsehen gesehen, und sie liebte Agatha Christies Romane. Auch wenn in SOKO 5113 sicher nicht alles realistisch dargestellt wurde, sie wusste, dass es keine gute Idee war, Spuren zu vernichten, bevor die Ermittler sie sichern konnten. Sie stoppte ihn, indem sie vorsichtig seinen Arm berührte. »Wir gehen besser ein paar Meter zur Straße dort drüben.« Sie zog den großen Mann an seinem Hemdsärmel mit. »Hier sollte nur noch die Polizei graben.«

+++

Juli 2015

Der Mann, der jetzt vor Johanna stand, war von ähnlicher Statur wie Bauer Schulze. Warum sie ausgerechnet in diesem Moment an den armen Tropf aus ihrem Heimatdorf denken musste, war mit Logik nicht zu beantworten. Nichts erinnerte hier, unter den Bögen der Berliner U-Bahn-Station Warschauer Straße, an die menschenleeren Feldwege und Ackerränder des Münsterlandes oder an die Leute dort. Obwohl. Sie hatte schon oft alte Bekannte, Freunde der Eltern oder Schulkameraden aus ihrer Kindheit auf U-Bahn-Fahrten, im Kaufhaus oder beim Joggen übers Tempelhofer Feld wiedererkannt – sich aber bei genauerem Hinsehen eingestehen müssen, dass sie sich eindeutig getäuscht hatte. Vielleicht sollte sie doch mal den psychologischen Dienst aufsuchen, dachte sie für den Bruchteil einer Sekunde. Sie konnte sich mit solchem Quatsch nicht aufhalten.

Hier und jetzt hatte sie Jason Mupoto festzunehmen, der im Verdacht stand, einen befreundeten Dealer halb totgeschlagen zu haben.

Und trotzdem würde es nichts nutzen. Mupoto würde bald zurückkehren und weiter seinen Mist verkaufen. Johanna dachte an einen Spruch ihres Vaters, der gerne fiel, wenn ihre beiden Brüder sich früher mal wieder beharkt hatten und in einem seltsamen Ringkampf ohne Regeln über den frisch gemähten Rasen getaumelt und gerollt waren. »Pack schlägt sich, Pack verträgt sich«, hatte er dann immer gesagt. Und auch wenn sie ihre Brüder nicht als Pack bezeichnen würde, stimmte der grobe Kern durchaus. Bei Tobias und Christoph, aber vor allem eben auch unter Kriminellen. Sobald das Opfer Mupotos das Krankenhaus wieder verlassen hat, wird er seinem alten Buddy verzeihen und seine Zeugenaussage zurückziehen oder so relativieren, dass am Ende eine einvernehmliche Schlägerei daraus werden würde. Gerichtsverhandlung zwecklos, weil kein Urteil zu erwarten war.

»Warum nehmen wir ihn überhaupt fest?«, fragte Johanna an ihren Kollegen gerichtet. Ahmad saß am Steuer, Mupoto fuhr in einem vergitterten Kastenwagen der Kollegen mit. Sie erwartete keine Antwort, denn sie wusste, dass Ahmad dasselbe dachte. Etwas, das man besser nicht laut sagte: *Sollen sie sich doch einfach gegenseitig aus dem Weg schaffen. Ist kein Verlust.*

Johanna war nicht stolz auf diese Gedanken. Sie hatte das Gefühl, ganz allmählich vom guten Cop zum frustrierten Cop geworden zu sein. Und von dort war es gar nicht mehr so weit bis zum Scheiß-Bullen. Sie hatte in den letzten fünfundzwanzig Berufsjahren einige Kollegen bei dieser Mutation beobachten können. Und nun steckte sie also selbst mittendrin. Oder waren es vielleicht doch nur die Hormone, die bei Frauen über vierzig verrücktspielten und sie in leicht reizbare, schlecht gelaunte Wechseljahre-Furien verwandelten.

Ahmad schaute sie kurz von der Seite an und lachte. »Wenn du dich selbst sehen könntest, Jo.«

Sie verdrehte die Augen. »Ja, ja – ich weiß. Man kann meine Gedanken lesen. Na, was denke ich denn gerade, Meister Ahmad?«

»Dass wir unbedingt zum Thailänder fahren müssen.«

»Gute Idee. Ich habe echt Hunger.«

Ahmad grinste stolz. »Wusste ich es doch!«

»Du hast nur meinen knurrenden Magen gehört. Aber als Gedankenleser hast du trotzdem versagt.«

Zum Glück, dachte sie. Ahmad musste nicht über ihre momentanen Gefühlsschwankungen Bescheid wissen. Letztlich verstand sie selbst nicht, was gerade mit ihr los war. Da waren natürlich die Probleme mit ihrem Freund David. Es hatte sich etwas geändert zwischen ihnen. Früher war sie sicher gewesen, dass er sie liebte, nur sie. Und das hatte gereicht. Doch jetzt? Jetzt spürte sie, dass es beunruhigend war, dass es ihn nicht mehr glücklich machte, mit ihr auf dem Sofa zu sitzen, Chips zu essen und über das Fernsehprogramm zu streiten. Doch immer wenn sie mit ihm darüber sprechen wollte, machte sie einen Rückzieher. Sie fürchtete seine ehrliche Antwort, und sie hoffte, dass alles nur eine Phase sei, etwas, das allen Paaren früher oder später passierte. Alltag. Also: Weg mit den Gedanken! Im Moment favorisierte sie deshalb die Hormon-Theorie. Das reimt sich auf Hormon-Therapie. Sie war diesen ganzen Alte-Frauen-Scheiß leid. Trotzdem hoffte sie, dass ihre Krise nur in ihrem Alter – sie hatte gerade ihren fünfundvierzigsten Geburtstag hinter sich – begründet war. Dann müsste sie wenigstens keine weitreichenden Entschlüsse fassen.

Während Johanna noch ihren Gedanken nachhing, fuhr Ahmad schon zum dritten Mal durch die Bergmannstraße. Die Parkplätze am Straßenrand waren alle besetzt. Gerade wollte er die Warnleuchten einschalten und in zweiter Reihe anhalten, um so eine Art Einsatz vorzutäuschen, als die Rückfahrleuchten eines Caddy rechts vor ihnen aufleuchteten. »Geht doch«, murmelte er und lenkte den Wagen in die frei gewordene Parklücke. Johanna war erleichtert. Mit einem legalen Parkplatz konnte sie das Essen entspannter genießen.

Auf dem Bürgersteig standen ein paar einfache Biertischgarnituren. Johanna hatte zwei freie Plätze entdeckt und steuerte darauf zu. Ahmad verstand. Sie würde sich setzen, er für beide bestellen. Das war ihre Routine.

»Nimmst du wieder die 95?«, rief er ihr nach. Johanna nickte. Wie leicht es war, sich hier zu entscheiden. Grüne Currysoße mit gebratenen Pilzen und Gemüse würde sie ihr ganzes Leben lang lieben. In guten wie in schlechten Zeiten. Bei David war sie sich da nicht mehr so sicher.

KAPITEL 2

»Wie viele Leichen hast du schon gesehen?«

»Hast du schon einen erschossen?«

»Kannst du uns deine Pistole zeigen?«

Auf dem fünfundsiebzigsten Geburtstag ihrer Mutter war Johanna der Star ihrer Neffen und Nichten. Dabei gab sie sich wenig Mühe, den Kindern ihrer Brüder Tobias und Christoph zu gefallen. Fünf waren es insgesamt. Die Jüngste war sieben, der Älteste um die vierzehn. So genau wusste Johanna das nicht. Doch sie musste zugeben: Auf der ansonsten doch eher gediegenen Geburtstagsfeier mit Schnitzel, Salatbeilage und ein paar Schnäpschen zum gemeinsamen Magenaufräumen waren die Kids mit ihren neugierigen Fragen der angenehmere Teil der Veranstaltung.

Die Erwachsenen redeten zwar viel, aber dabei ging es meistens um Menschen, die gerade nicht anwesend waren. Um Nachbarn, entfernte Verwandte oder um Ludger Schulze, dessen Beerdigung am Tag zuvor gewesen war. »Er hat wirklich lange gelegen«, hieß es dann. »Eigentlich kann seine Agnes erleichtert sein, dass er es geschafft hat.« Alle pflichteten bei und tranken einen weiteren Schluck Bier.

»Nach der Sache damals hat er ja öfter mal tief ins Glas geschaut«, sagte dann einer der Nachbarn. Alle nickten wieder, schauten auch tief ins Glas und nahmen noch einen großen Schluck Bier. Das war es dann auch mit dem Thema. *Die Sache damals* wurde nicht weiter besprochen, denn alle wussten, worum es ging: die Blumentochter.

Lydia Rose. So hieß das Mädchen, das Ludger vor drei Jahrzehnten auf seinem Acker gefunden hatte. Das tote Mädchen mit den kurzen lila lackierten Fingernägeln und dem schlechten Ruf. Die Sechzehnjährige, deren schmale Hand der kräftige Ludger damals festgehalten hatte, um selbst nicht den Halt zu verlieren.

Über ihre Gläser hinweg schauten sich Johanna und ihr Bruder Tobias kurz an. Sie wussten, dass sie beide daran dachten, und fühlten sich dadurch seltsam verbunden. Christoph, der Älteste der drei Geschwister Eckstein, stand seitdem immer ein bisschen außerhalb.

»Ja«, Johanna wandte sich wieder ihren Nichten und Neffen zu. »Ich habe schon Leichen gesehen.«

»War das schlimm?«, frage Jonas.

»Ja, jedes Mal«, erwiderte sie.

+++

Gerade als Johanna gähnte und ein paar Gäste schon gegangen waren, kam ein junger Mann herein. Er steuerte auf die alten Nachbarn ihrer Eltern zu und sprach kurz mit ihnen. Sie nickten, leerten ihre Gläser, standen sehr langsam auf und steuerten auf die Garderobe in der Ecke des Saales zu.

»Abholdienst?«, fragte sie, als der junge Mann auf sie zukam.

»Ja, das sind meine Großeltern. Du bist Johanna, oder?« Er streckte ihr seine Hand entgegen.

Sie begrüßte ihn und schaute ihn fragend an.

»Du kennst mich wahrscheinlich nicht. Ich bin ein paar Jahre jünger als du.«

»Das stimmt«, lachte sie.

»Ich bin Moritz. Als du damals nach Berlin gegangen bist, war ich noch im Kindergarten.«

»Süß«, sagte sie. Nein, beim besten Willen, sie konnte sich nicht an ihn erinnern.

Er ließ sich aber nicht beirren. »Ich habe immer viel von dir gehört, war ja bekannt, dass du damals nach Berlin gegangen bist. Fand ich cool.«

Sie lächelte und wusste nicht so recht, was sie sagen sollte. Also wiederholte sie seinen Satz: »Ja, echt cool von mir.«

»Ich bin auch bei der Polizei.« Er strahlte.

»Toll«, sagte sie und war unsicher, was er von ihr erwartete. Applaus? Lob?

»Wie wär's? Hättest du nicht Bock, ein paar Kollegen kennenzulernen? Ich fahr gleich noch zum Stammtisch nach Münster.«

Johanna schaute sich um. Die Party hier war eigentlich schon vorbei, ihr Bruder sammelte seine Kids ein, ihre Mutter redete auf ihren Vater ein, dass er nicht mehr so viel Schnaps trinken solle.

»Warum nicht!«, sagte sie.

»Super, ich bring jetzt erst mal die Oldies weg, dann komme ich wieder. Viertelstunde?«

Sie nickte und hob den Daumen.

Als sie pünktlich vor die Tür der Gaststätte trat, kam der junge Polizist in seinem Golf GTI schon angefahren. Sie nahm auf dem Beifahrersitz Platz, und so fuhren die beiden zum Treffen von Polizeikollegen Richtung Münsteraner Hafen. Der Stammtisch traf sich alle drei Monate. Man hatte einen Extraraum in der Bohème Boulette am Hansaring reserviert. Johanna war die einzige Frau in der Polizistenrunde.

In Berlin hatte sich inzwischen das Geschlechterverhältnis zugunsten der Frauen geändert. Wobei sie selbst sich eigentlich nicht in die Kategorie »typisch weiblich« einteilte. Sie wurde von ihren Kollegen in Berlin meist nur Jo genannt, und dieser Neutralitätsstatus gefiel ihr ganz gut.

Hier in Münster fiel sie auf. Nicht nur, weil sie eine Frau war – auch weil sie keiner kannte. Und dann kam sie ja auch noch aus Berlin, aus der Stadt, die bei jedem Menschen etwas auslöste. Vor allem Bewunderung oder eher Verwunderung. Darüber, dass man dort, in dieser deutschen Metropole, lebte und arbeitete. Der Nachbarsenkel sollte recht behalten – er konnte mit seinem Überraschungsgast und ihrem Wohnort bei den Kollegen punkten.

Alle fragten sie über Berlin aus und freuten sich, dass sie spontan mitgekommen war. Das Bier war kühl, die Kollegen freundlich. Nach einer Stunde war die Luft schon fast weggeatmet. Es war heute einfach zu warm draußen, um sich drinnen wohlzufühlen. Also beschloss die Runde, sich zu Fuß Richtung Hafen aufzumachen. Dort hockten dann Johanna und neun Männer zwischen fünfundzwanzig und fünfundfünfzig Jahren an der Wasserkante und schauten einem Entenpaar beim Schwimmen zu.

Johanna musste schmunzeln. Wie stolz die Münsteraner auf ihren Hafen waren, der gerade modernisiert worden war. »Sieht doch aus wie in Berlin hier«, sagte einer. Johanna lächelte mitfühlend. Der gesamte Hafen hier passte wahrscheinlich vierzigmal in das Hafengelände rund um das ehemalige Speichergebäude, in dem Universal Music untergebracht war. Aber das zu erklären, war ihr gerade zu anstrengend. Sie genoss diesen lauen Sommerabend inmitten von gut gelaunten Kollegen. Sollen sie ruhig stolz auf ihren kleinen Hafen sein, dachte sie und schloss die Augen.

Ein Mittdreißiger mit blonden Haaren stupste sie von rechts mit einer kalten Bierflasche an, die er an einem Kiosk besorgt hatte. Schon in der Kneipe hatte er sich neben sie gesetzt und sie sehr interessiert nach Berlin und ihrem Aufgabenbereich dort ausgefragt. Erst dachte Johanna, er wolle sie anbaggern, doch es ging ihm tatsächlich vor allem um ihren Job. Michael, so hieß der Blondschopf, arbeitete beim KK 11 im Münsterland und war damit – genau wie sie – für Gewaltdelikte an Menschen zuständig. Schnell war klar: Er war neidisch auf sie. Im Münsterland, so jammerte er, sei einfach nichts los. Jeder Mord sei so selten, dass die Kollegen sich fast schon darum stritten, wer ihn übernehmen dürfe. In Berlin gäbe es wenigstens genug zu tun, dozierte der von Münsters Bravheit gelangweilte Michael. »Verbrecher und Verbrechen, wohin man schaue«, sagte er und erzählte Johanna fast schon begeistert von den Drogendealern im Görlitzer Park, die er bei seinem letzten Berlin-Besuch am helllichten Tag gesehen habe. »Da kann man wenigstens was bewirken!« Johanna verkniff sich ein bitteres »Von wegen« und hörte weiter höflich zu. Er sei hier in Münster permanent unterfordert.

Johanna zuckte nach seiner kleinen Ansprache bloß mit den Schultern. »Das klingt für mich nach dem Paradies.«

Als Moritz eine Stunde später Anstalten machte aufzubrechen, kam Michael noch einmal zu ihr und stieß mit ihr an, sodass die Glasflaschen fröhlich klirrten. »Falls du irgendwann mal beschließen solltest, zurück ins Münsterland zu wollen, melde dich bei mir. Vielleicht können wir ja tauschen«, sagte er.

Johanna nahm einen großen Schluck aus der Flasche. »Niemals«, entgegnete sie und unterdrückte einen Rülpser. »Euer Hafen ist übrigens nur ein kleiner Fliegenschiss, die Bootsanlegestelle im Hafen Treptow ist ja schon zehnmal so groß.«

KAPITEL 3

Sein Telefon klingelte. Es lag direkt neben ihm auf dem Sofa. Er schaute auf die Nummer, die auf dem Display erschien. Er kannte sie nicht.

Oliver Große Kentrup hatte sich das *Große* in seinem Namen abgewöhnt, als er aus Emsfeld weggezogen war. Wenn er sich am Telefon meldete, sich vorstellte oder unterschrieb, reichte ihm ein zackiges *Kentrup*. Hier in Düsseldorf kapierte niemand, dass man im Münsterland mit dem Namenszusatz Große nicht angeben wollte, sondern dass er einfach zu seinem Namen gehörte: Oliver Große Kentrup. Das *Große* deutete auf die bäuerliche Vergangenheit seiner Familie hin. Weil sein Nachname das Wörtchen Große enthielt, waren seine Vorfahren offensichtlich erfolgreiche Landwirte gewesen, die über reichlich Ackerfläche und Einfluss in der Gegend verfügten. Nur, wer einen besonders großen Betrieb führte, bekam den Namensteil in den Nachnamen geschoben. Olivers Eltern hatten sich also die ehrenvolle Auszeichnung *Große* nicht selbst verdient, sondern einfach von den fleißigen Generationen zuvor vererbt bekommen.

Als Verpflichtung sah sein Vater den Namen jedoch nicht, eher als Statement. Er erkannte frühzeitig, dass er nicht die Ackerflächen und Felder mit Pflug und Traktor bearbeiten wollte. Stattdessen verkaufte er das Land und wurde wohlhabend, ohne von

EU-Zuschüssen, genug Regen und den schwankenden Milchpreisen abhängig zu sein. Die Hofstelle wurde herausgeputzt, und statt Rindern oder Schweinen standen jetzt ein paar Pferde in den Ställen. Zur großen Freude von Olivers Mutter zeigte ihr Sohn schon in frühen Jahren echtes Reittalent. Als er siebzehn Jahre alt war, hatte ihn sogar der Bundestrainer angesprochen und zum Probetraining eingeladen. Eine internationale Karriere stand bevor, das war allen klar, die ihn bei Turnieren und Prüfungen in den letzten Jahren beobachtet hatten. Wäre nicht dieser schlimme Unfall gewesen, wären Europameisterschaft, Weltmeisterschaft und sogar Olympia die logische Konsequenz gewesen. Jetzt humpelte er.

»Kentrup«, Oliver sprach seinen Nachnamen eher aus wie eine vorsichtige Frage. Er war auf der Hut. Auch jetzt noch, nach den Jahren des Friedens. Es war ihre Uhrzeit. 21.45 Uhr. Zu spät, um dem Klingeln des Telefons nicht eine besondere Bedeutung zukommen zu lassen. Zu früh, um ihn aufzuwecken und sich deshalb Vorwürfe über den späten Anruf anhören zu müssen.

Er lauschte in sein Handy. Keine Antwort. Dann hörte er ein leises Atmen. War es etwa wieder sie? Nicht warten, dachte er. Nicht nachfragen. Auflegen. Wegdrücken. Es hat sich jemand verwählt, mehr wird es nicht sein. Sie hatte doch Ruhe gegeben. Als er auflegte, sah er, dass seine Zeigefingerspitze Schlieren auf dem Handydisplay hinterlassen hatte. Salzige Schweißschlieren.

KAPITEL 4

Sosehr Johanna sich auch anstrengte, ihr fiel der Name des jungen Polizisten nicht mehr ein, in dessen Auto sie gerade stieg. Immerhin hatte sie es hinbekommen, ihm einigermaßen zu folgen, ohne zu wanken, und sich danach auf seinem Beifahrersitz niederzulassen, ohne dass es allzu betrunken wirkte. Sie selbst wusste, dass sie zwei Bier zu viel getrunken hatte, doch der Nachbarsenkel – ja, es fiel ihr wieder ein – er hieß Moritz –, also er musste das ja zu Hause nicht jedem auf die Nase binden.

»War nett mit deinen Kollegen«, versuchte sie, eine belanglose, aber immerhin freundliche Konversation zu beginnen.

Der junge Mann nickte nur. Nun gut, dachte Johanna. Schweigen wir besser, dann muss ich mich auch nicht so sehr konzentrieren, deutlich und nüchtern zu klingen. Sie blinzelte mit den Augen, und das Rot an der Ampel verschwamm zu einem leuchtenden Streifen. Als dieser gelb und dann grün wurde, wollte der Enkel aber doch noch reden: »Das Münsterland ist nicht so dein Ding, oder?«

»Doch«, sagte sie. »Ich mag hier alles.« Er blickte zweifelnd zu ihr herüber, was Johanna zum Lachen brachte. »Fast alles …«

»Den Hafen offensichtlich nicht«, führte er ihren Satz fort.

»Der Hafen ist mir einfach egal.«

»Aha?!« Er verstand nicht, worauf sie hinauswollte.

»Das, was ihr hier habt – und was ich auch manchmal gerne hätte –, ist das große Nichts, das Unspektakuläre, die Langeweile.«

»Du findest uns langweilig?«

Ein erneutes Lachen entrann ihr. »Ja, schon. Und das ist wirklich nicht böse gemeint. Ich vermisse das wirklich. Diese Tage, an denen nicht viel passiert. An denen die Nachbarn sich einfach nur über das Wetter unterhalten. Beim Geburtstag meiner Mutter, zum Beispiel, da haben sich deine Großeltern mit meinen Eltern über das Neubaugebiet unterhalten. Darüber, ob die Holzcarports da wirklich hinpassen. Niemand in meiner Familie muss je einen Parkplatz suchen, wenn er nach Hause kommt. Sie stellen einfach ihr Auto ab. Wenn hier ein Pflasterstein auf dem Marktplatz nicht richtig liegt, ruft jemand das Ordnungsamt an. Und die setzen den Stein neu. Und dann war es das auch schon an Aufregung für den Tag.«

Der Enkel schmunzelte. »Okay, ich verstehe. In Berlin denkt man bei Pflastersteinen, die nicht mehr richtig liegen, eher an eine Straßenschlacht.« Zustimmend nickte Johanna.

»Wieso bist du eigentlich Polizistin geworden?«, wollte er einige Minuten später wissen.

»Ich weiß es nicht mehr«, log sie und kniff die Augen zusammen, sodass die Rücklichter des vorausfahrenden Autos bunt auf ihrer Netzhaut schimmerten. Sie wollte nicht über sich selbst reden, sondern lieber den Lichtern nachhängen. Das leuchtende Rot des Rücklichts verfärbte sich hinter ihren Lidern rosenrot.

Lydia Rose – so hieß das Mädchen, das damals auf dem Acker begraben worden war. Jemand hatte Rosen gepflanzt und sie mit Zauberschnee kombiniert. Sie hatte erst später herausgefunden, dass die Pflanze so hieß. Hier das dunkle Rot, dort das zarte Weiß. Sehr geschmackvoll und professionell sah das aus, gar nicht so, als sei jemand rasend vor Wut gewesen. Oder als habe hier eine Gewalttat stattgefunden. Was genau geschehen war, hatte die Polizei damals nicht ermitteln können. Nur so viel stand fest: Adam Paczek hatte es getan, der Gärtner-Azubi. Es war grotesk und absurd. Schon damals lachten viele hinter vorgehaltener Hand. »Der Gärtner ist immer der Mörder.« Aber ausgerechnet Adam? Sie hätte dem Jungen mit dem ernsten Gesicht und den traurigen Augen nie zugetraut, ein Mädchen zu erschlagen. Schon gar nicht ein solches wie Lydia. Sie war keine, die so kampflos starb. Vorher hätte sie jemanden umgebracht.

Johanna öffnete die Augen. Sie wusste noch ganz genau, warum sie Polizisten werden wollte. Sie konnte sich an den Moment erinnern, als ihr plötzlich klar wurde: Das möchte ich machen.

+++

Sie hatte damals vor einunddreißig Jahren mit Bauer Schulze am Straßenrand gestanden und dem Polizeiwagen zugewunken, der sich langsam näherte. Zwei Beamte in Uniform stiegen aus. Beige Hosen, grüne Jacken. Ein Mann und eine Frau. Eine Frau! Johanna hatte in Emsfeld noch nie eine Polizistin gesehen. Die Verkehrspolizistin bei der Fahrradprüfung in der Grundschule mal ausgenommen. Sie war davon ausgegangen, dass zwei Männer aus dem Streifenwagen aussteigen würden. Sie konnte sich genau an ihren Gedanken erinnern: Ich will auch eine Polizistin werden. Sachlich, ruhig und sehr bestimmt befragte die Polizistin zuerst den Bauern und dann auch Johanna. Sie traf genau den richtigen Ton, ließ dem unter Schock stehenden Ludger genug Zeit, um zu antworten, und gab Johanna das Gefühl, für voll genommen zu werden. Anders als ihre Eltern zu Hause hörte diese fremde Polizistin ihr zu. Sie fragte nach und nickte aufmunternd, während ihr Kollege über den Acker Richtung Grab schritt. Er sichtete kurz die Lage, kam mit großen Schritten zurück, nickte seiner Kollegin zu und setzte sich ins Auto, um Meldung zu machen und die weiteren Maßnahmen einzuleiten.

»Haben Sie eine Vermutung, wer die Tote sein könnte?«, erkundigte sich die Polizistin. Sie siezte nicht nur den Bauern, sondern auch Johanna.

Ludger Schulze schüttelte seinen Kopf, Johanna antwortete. »Ich glaube, es ist Lydia.«

Die Beamtin schrieb den Namen in einen Notizblock. »Warum glauben Sie das?«

»Die Fingernägel. Sie sind lila. Das traut sich hier sonst keine.«

+++

Der Wagen wurde langsamer. Nach einer guten halben Stunde waren sie wieder in Emsfeld angekommen. Johannas Elternhaus lag mitten im Ort – das Grundstück war überdimensional groß, schließlich brauchte man Platz für die Traktoren und Anhänger. Die Halle, in der ihr Vater einst den Landmaschinenhandel betrieben hatte, stand immer noch dort. Vor dem Eingangstor lag der grau gepflasterte Hof, auf dem sich ein paar Wohnwagenbesitzer eingemietet hatten und welcher bis zum Wohnhaus der Ecksteins reichte, einem unscheinbaren Klinkerbau aus den Siebzigerjahren. Rote Steine, schwarzes Dach und funktionale Räume. Jedes der drei Kinder hatte ein eigenes Zimmer, das Wohnzimmer war riesig, die Küche dafür klein. Es gab einen großen Esstisch im Esszimmer, an dem schon längst keiner mehr aß. Die kleine Küche war für das alte Ehepaar Eckstein groß genug. Das Esszimmer war zum Lagerraum für Nähzeug und Wäsche geworden – und es war dort lausig kalt. Im Wohnzimmer dagegen sorgten die voll aufgedrehte Ölheizung oder das große Fenster mit Südausrichtung ganzjährig für eine andere Klimazone. Dort war es tropisch.

»Ich stell dann mal kurz den Wagen auf der völlig freien und langweiligen Fläche vor eurem Haus ab.« Der Enkel hatte sogar Humor.

»So isses. Danke fürs Mitnehmen, Moritz«, sagte Johanna, noch ehe sie aus dem Auto stieg. Er widersprach nicht. Sie hatte sich also doch seinen Namen gemerkt.

Es war frisch geworden, die kühle Nachtluft kroch ihr in den Nacken. Als sie mit dem Schlüssel das Schlüsselloch der Haustür ertastete, huschte eine Ratte an der Häuserwand entlang. Ist ja fast wie in Berlin hier, dachte sie, während ihr Schlüssel endlich ins Schlüsselloch glitt. Erst vor ein paar Tagen hatte sie hinter der Dönerbude am Kotti die letzte Ratte gesehen. Und schon wieder ein Imbiss weniger, in dem sie sich was zu essen besorgen konnte, hatte Johanna gedacht und ihren halb aufgegessenen Dürüm in den Mülleimer geschmissen. Wobei das genau genommen gar nicht stimmte. Sie hatte ihn nicht geschmissen, sondern vorsichtig in die Öffnung geschoben, aus der ihr der Abfall Berlins entgegengrinste.

+++

Oliver hatte aufgelegt und das Handy ausgestellt. Sie saß im Schneidersitz auf ihrem Bett und warf das Telefon wütend auf die Decke. Der Feigling. Sie hatte doch nur ein bisschen mit ihm plaudern wollen, ganz ohne Hintergedanken. Es hätte gutgetan. Auch ihm. Es tat ihr leid, dass er das nicht verstand. Sie war doch immer schon auf seiner Seite gewesen, sie hätte ihn unterstützt. Bei seiner Karriere, bei allem. *Sie* hätte ihn nicht verlassen, wenn sie von ihm schwanger gewesen wäre, wie diese andere Frau. Die hatte ihm nicht mal erzählt, dass sie ein Kind von ihm erwartete, hatte ihm das einfach vorenthalten. Egoistische Kuh. Hätte *sie* sein Kind unter dem Herzen getragen, hätte sie sich nicht davongemacht.

Aber nein, er hatte ihr ja nie zuhören wollen. Er hatte immer alles falsch verstanden. So sind die Juristen halt, drehen einem das Wort im Mund herum.

Sie würde es morgen wieder versuchen, vielleicht ohne vorher eine Flasche Wein zu trinken. Hoffentlich hatte er dann nicht schon wieder die Nummer gewechselt. Es war gar nicht so leicht gewesen, seine aktuellen Kontaktdaten ausfindig zu machen. Was für eine Arbeit sie sich immer damit machte. Und er? Er sah das nicht, sondern legte auf. Idiot, dachte sie. *Ich liebe dich doch! Ich wünschte, du würdest verrecken!*

KAPITEL 5

Sie stand schon viel zu lange unter der heißen Dusche. Ihre Fingerkuppen wurden schrumpelig. Johanna schloss die Augen und genoss, wie das Wasser ihren Kopf rauschend umhüllte und die Geräusche der Außenwelt filterte. Andere Leute meditierten, um zur Ruhe zu kommen, sie verschwendete heißes Wasser.

Während sie darauf wartete, dass ihre Erinnerungen an die Dreckswoche, die gerade hinter ihr lag, zusammen mit dem Duschschaum im Abfluss versickerte, sah sie noch einmal all die Bilder, die sie so schnell wie möglich loswerden wollte. Der Nazi, der ihr bei der Vernehmung einfach ins Gesicht gerotzt hatte. Ahmad, der ihr mitleidig ein Taschentuch reichte. Derselbe Rotztyp, der einfach wieder gehen konnte, weil er ja nur ein Zeuge war und die Staatsanwaltschaft keinen Grund sah, ihn festzusetzen. Dann die junge Frau mit dem »Nazis sind Dreck«-Spruch auf der Brust, die ihr entgegenkam, als sie müde von einem harten Tag das Mordkommissariat in der Keithstraße verließ. Sie zeigte ihr unvermittelt den Stinkefinger. »Du Bullenfotze«, zischte sie und ging grinsend weiter. Gerade so, als hätte sie einfach nur freundlich »Guten Tag« gesagt.

Johanna wusste, dass die Aggressionen nicht ihr persönlich galten, sie wusste, dass es überhaupt nichts brachte, sie persönlich zu nehmen. Aber sie tat es trotzdem: Sie nahm es persönlich.

Sie musste sich konzentrieren. Auf den zarten Vanillegeruch des Duschschaumes, auf das heiße Wasser. Es gelang ihr.

Sie zögerte den Moment noch ein bisschen heraus, die Tür aufzustoßen und nach dem Handtuch am Haken zu greifen. Am liebsten würde sie ewig in der dampfenden Duschkabine bleiben, ihrer warmen Wolke in Berlin. Sie hatte den Abend für sich. David war verabredet, am nächsten Tag hatte sie keinen Dienst. Und das Einzige, was sie sich vorgenommen hatte, war: nichts.

Sie wickelte sich in ihr großes Handtuch, trocknete sich ab, cremte sich mit ihrer Bodylotion ein. Sie zog sich ihre schlabberige Wohlfühlhose an, drehte sich einen Handtuch-Turban auf den Kopf und zog sich die selbst gestrickten Socken an, die ihre Mutter ihr letztes Jahr zu Weihnachten geschickt hatte. Sie ließ sich auf das Sofa sinken. Ihr einziger Gedanke war: Welchen Film schaue ich mir an? Ein Streaming-Abo abzuschließen war Davids beste Entscheidung seit Jahren gewesen. Sie wartete darauf, dass die Internetverbindung zum Fernseher aufgebaut wurde. Doch es passierte nichts. Nur ein schwarzer Bildschirm – sie kannte das schon. Sie fluchte leise und wollte einen Schluck vom Rotwein nehmen. Hatte sie das Glas nicht schon vorm Duschen gefüllt und auf den Tisch vor dem Sofa bereitgestellt, damit der Wein die Raumtemperatur annehmen konnte? Doch dort stand kein Glas. Der Bildschirm zeigte immer noch kein Netflix-Logo. Sie schüttelte über ihre eigene Vergesslichkeit den Kopf und stand auf, um sich den Wein und ein Glas aus der Küche zu holen. Die Flasche stand leer auf der Anrichte, daneben ein benutztes Glas – ebenfalls leer. So vergesslich konnte sie doch nicht sein. Sie war sicher, dass sie noch nichts getrunken hatte.

Sie hörte ein leises Geräusch, als habe jemand ganz vorsichtig die Wohnungstür zugezogen. Klack. Sofort war sie in Alarmbereitschaft. Jemand war hier. Sie lauschte, griff nach einem der Messer, das neben anderen Küchenutensilien an einem breiten Magnetstreifen über der Arbeitsplatte hing, und schlich auf Zehenspitzen durch die Küche Richtung Tür zum Flur. Sie lauschte, presste das Ohr gegen die geschlossene Tür – es war still. Plötzlich ertönte das Netflix-Startsignal über die TV-Box. Johanna erschrak und drückte instinktiv die Tür auf. »Wer auch immer hier ist, verpiss dich!«, rief sie und stürzte mit dem Messer bewaffnet in den Flur. Doch da war niemand. Als sie schon dachte, sie hätte sich das Geräusch der zuklappenden Tür nur eingebildet, fiel ihr Blick auf etwas, das sie schaudern ließ. Auf der kleinen Kommode neben der Eingangstür stand eine Vase mit roten und weißen Blumen.

Ihr Handy lag auf dem Esstisch im Wohnzimmer. Sie hörte, wie es auf dem Holz vibrierte. Ihre Schockstarre löste sich auf. Sie würde jetzt jemanden anrufen. Sie wusste nicht, ob Ahmad oder David. Immer noch auf der Hut und angespannt verließ sie den Eingangsflur und ging zum Tisch, sie griff nach dem Telefon. Sie hatte zwei Nachrichten bekommen. Die erste war von Ahmad, ihrem Kollegen: *Gerade erfahren: Mupoto wurde nicht angeklagt. Er hat Drogen an eine 13-Jährige im Görli verkauft – sie liegt im Urban-Klinikum, halb tot. Ich könnte kotzen!*

Die zweite Nachricht war kürzer. David hatte sie geschickt. *Ich komme früher nach Hause – wir müssen reden.*

Während sie langsam begriff, dass David wahrscheinlich ihren Wein leer getrunken hatte, als sie unter der Dusche gestanden hatte, klopfte es laut an der Eingangstür. »Hey, Jo! Ich bin's. Warum hast du denn den Riegel vorgeschoben?«

Als sie David die Tür öffnete, hielt er eine Rotweinflasche in der Hand. »Ich war nur kurz im Keller, Wein nachholen. Hast du meine Nachricht bekommen?«

Sie nickte.

»Die Blumen, die habe ich dir auch mitgebracht.«

Sie atmete hörbar aus. »Hast du ein schlechtes Gewissen?«

Er antwortete nicht, sondern schob sie mit traurigem Gesicht Richtung Sofa.

»Setz dich«, sagte er. »Wir müssen reden.« Er griff nach der Fernbedienung, um den Fernseher auszustellen. Am liebsten hätte sie sie ihm aus der Hand geschlagen. Statt eines entspannten Netflix-Abends stand ein ernstes Gespräch an. Sie wollte weglaufen, sich die Ohren zuhalten. Fünf Minuten später bereute sie, dass sie nichts davon getan hatte.

Sie konnte sich nicht mehr an seine genauen Worte erinnern, nur daran, wie weh das alles tat.

Ja, sie wusste, dass es bei ihnen nicht mehr so lief wie in den ersten Jahren ihrer Beziehung. Weniger Sex, weniger Zeit füreinander, dafür aber mehr Alltag, Entspanntheit, Echtheit und Vertrauen. Dachte sie.

Die Fassade war zum ersten Mal gebröckelt, als David sie vor ein paar Monaten ganz beiläufig beim Frühstück gefragt hatte, was sie eigentlich von einer offenen Beziehung halte.

»Der Timo hat mir erzählt, dass das echt gut laufe bei ihm«, begann David.

Johanna hatte gelacht. »Der hat also einen Freifahrtschein fürs Fremdgehen?«, fragte sie grinsend.

»Das ist kein Fremdgehen. Die sind einfach ehrlich zueinander.«

Sie reichte ihm ihre untere Schrippenhälfte und sagte in ihrer typisch bestimmend, aber verbindlich und freundlich klingenden Polizistenstimme: »Guter Versuch. Vergiss es!«

Daraufhin lachten beide. Sie tat so, als wüsste sie nicht, was er wollte. Und er tat so, als wüsste er nicht, dass sie wusste, dass er nach anderen Frauen schaute. Und beide glaubten irgendwie an ihre Selbsttäuschung.

Als er neben ihr saß und nach den richtigen Worten rang, wusste sie sofort, worum es ging. Doch sie half ihm nicht. Sollte er ruhig stammeln.

Und so stotterte er sich eine solch unwürdige Beichte zurecht, dass es peinlich war, zuzuhören. Sie wünschte sich in die Duschkabine zurück, stellte sich vor, wie der Wasserstrahl seine Stimme dämpfte. Sie schloss die Augen und hörte doch jedes seiner erbärmlichen Worte.

Natürlich war er fremdgegangen. Und weil seine Affäre befürchtete, schwanger zu sein, musste er nun mit der Sprache herausrücken. Wenn sie, Johanna, nicht so verklemmt gewesen wäre wegen seines Vorschlags mit der offenen Beziehung, hätte er dieses Doppelspiel nie angefangen. Er hätte sich das auch alles anders vorgestellt. Aber man sei ja schließlich erwachsen, und man könne doch vernünftig mit der Situation umgehen. Der Schwangerschaftstest stünde noch aus, sie sei aber »überfällig«. Und nein, er wolle Johanna nicht verlassen, er wolle aber für das Kind da sein, wenn es denn wirklich so komme. Und mit ein bisschen Willen auf allen Seiten könne man sich ja arrangieren.

Er hatte das alles etwas ausführlicher gesagt, aber im Kern war es das, was bei Johanna ankam.

Sie öffnete die Augen wieder und schaute ihn an. Er wollte ihre Hand nehmen. Sie zuckte zurück, und das feuchte Handtuch rutschte von ihrem Kopf.

»Du bist also echt fremdgegangen?« Sie schaute auf das feuchte Handtuch, das zwischen sie aufs Sofa gerutscht war.

»Das klingt furchtbar.«

Johanna kniff die Augen erneut für einen kurzen Moment zusammen, um ihn nicht anschauen zu müssen. »Das *ist* furchtbar.«

»Jo, das hat mit dir gar nichts zu tun.«

»Na, dann ist ja gut«, sagte sie und versuchte, dabei sarkastisch und nicht verzweifelt zu klingen.

Abrupt stand sie auf. Sie wollte weg. Doch wohin? Sie war eine Gefangene in ihrer eigenen Wohnung. Eine Knastinsassin in Schlabberhose, die Haare nass und das Gesicht aschfahl. Er wollte noch etwas sagen, doch sie unterbrach ihn. »Ich geh schlafen, war ein harter Tag.«

»Wollen wir nicht darüber reden?«, fragte David. Es klang, als winsele er.

»Nein«, entgegnete sie und verließ den Raum in Richtung Schlafzimmer. Stumm blieb David auf dem Sofa sitzen.

Auch ohne es ausgesprochen zu haben, war klar, dass er heute Nacht nicht neben ihr schlafen würde.

Kaum war die Schlafzimmertür hinter ihr geschlossen, sank Johanna zu Boden. Tiefschlag, war das Einzige, was sie denken konnte. Sie kroch schwer atmend aufs Bett, unter die Decke und krümmte sich wie ein Embryo zusammen, um die ganze Nacht wach zu liegen.

Am nächsten Morgen griff sie zu ihrem Handy und suchte in ihren Kontakten nach M wie Michael.

Ihre Stimme klang, als hätte sie schwer gefeiert.

»Hey, Michael, Jo aus Berlin hier. Langweilst du dich noch immer im Münsterland?«

Ein fröhliches Lachen war die Antwort.

Johanna räusperte sich. »Wollen wir tauschen?«

KAPITEL 6

Sie wusste es. Noch bevor ihre Schädeldecke brach, noch bevor das Blut herauslief, noch bevor sie nichts mehr sah, nichts mehr fühlte und ein letztes Mal dachte: Warum hat er so geschrien? Warum hat niemand ihm gesagt, er soll damit aufhören?

Sie versuchte, sich zu bewegen, hatte aber vergessen, wie das ging. Der Tunnel mit dem Licht am Ende, der müsste doch jeden Moment kommen. Oder wenigstens ein Engel. Eine Wolke. Ein Himmel … Sie sah den Mond. War er größer als sonst? Sie konnte die Augen nicht mehr schließen, sie wollte schreien, um Hilfe betteln. Aber sie atmete zu schnell, dann gar nicht mehr. Sie starb. Und sie hatte gewusst, dass es passieren würde. Genützt hatte ihr das nichts. Sie war einfach zu bescheuert gewesen.

+++

Der Jobwechsel mit dem Münsteraner Kollegen war schnell genehmigt worden. Wenn auch nicht ohne den Versuch ihres Chefs, sie umzustimmen. Doch er kannte Johanna gut genug, um zu wissen, dass sie es durchziehen würde. Ihre Eltern waren weniger begeistert gewesen, als sie gedacht hätte. Sie trauten der Sache noch nicht so recht. Schließlich war ihre Tochter bisher nicht durch besondere Liebe zum Leben in der Provinz aufgefallen – und sie kannten den wahren Grund ihrer Berlin-Flucht nicht. Johanna hatte etwas von »Stress bei der Arbeit« erzählt. Sie wolle »ein bisschen ruhiger machen«, es sei gar nicht so leicht gewesen, einen Tauschpartner zu finden, und ach ja, David. »Nein, der findet es gut, dass sie in ihre Heimat geht.« Ihre Mutter hatte am Telefon nur gesagt: »Nun gut. Das sind mal Neuigkeiten. Hast du denn schon eine Wohnung in Münster?« Als Johanna verneinte, kam ein sachliches: »Dann beziehe ich mal das Gästebett.« Johanna schluckte. »Danke«, sagte sie leise.

Die Stimme ihrer Mutter klang danach etwas weicher: »Komm du erst mal an, und danach dann eins nach dem anderen.« Dieser letzte Satz fühlte sich fast an wie eine kleine Umarmung.

Zwischen Davids Beichte und dem Einzug bei ihren Eltern lagen nur zweieinhalb Monate. Der Tausch zwischen Michael und ihr war reibungslos über die Bühne gegangen.

Er arbeitete in Berlin, sie ihn Münster. Doch sie hatte ihr Zeitgefühl verloren. Manchmal kam es ihr vor, als habe David ihr erst gestern das Unsagbare gestanden, dann wieder hatte sie das Gefühl, seine Beichte wäre aus einem anderen Jahrzehnt. Der Blick auf ihren Handykalender verriet: Sie arbeitete seit sechs Wochen in Münster. Doch es fühlte sich nicht so an, als sei sie wirklich angekommen. Deshalb lautete Johannas Vorsatz an diesem Tag: Essen gehen mit den Kollegen, nicht immer die wortkarge Lady in Black geben und ihrem Chef noch einmal sagen, dass er sie gerne auch für Kleinarbeit einteilen könne. Wolfgang Kötters würde sicher nichts dagegen haben. Er hielt nicht viel davon, dass Johanna mit einem seiner besten Männer den Job getauscht hatte und eine »ruhige Kugel« schieben wollte. Ganz so deutlich hatte er es zwar nicht gesagt, aber weil Wolfgang Kötters Johanna an ihren eigenen Vater erinnerte, konnte sie zwischen den Zeilen lesen. Oder besser: Sie konnte seine kurzen Sätze, das Nichtanschauen und das schwere Atmen deuten, mit dem er sie an ihrem ersten Tag begrüßt hatte. Auch die Kollegen schienen reserviert. Doch das perlte an ihr ab.

Sie spürte in diesen ersten Wochen nach ihrer Berlin-Flucht nicht viel. Sie nahm nur ihren eigenen Schmerz wahr und versuchte, ihn zu verdrängen. Das war auf Dauer anstrengend. Sie wusste, dass sie wieder aus sich selbst heraustreten und offen für Neues sein musste, sonst hätte sie nicht nur den Boden unter den Füßen verloren, sondern auch sich selbst.

Nach ein paar Tagen hatte sie sich schon neue Routinen angewöhnt. Struktur soll ja helfen, wenn man den Halt verloren hat. Ihre Formel für das Leben auf dem Land: morgens mit dem Zug zur Arbeit, abends mit dem Fahrrad zurück. Von Emsfeld bis zum Mordkommissariat am Friesenring in Münster waren es rund dreißig Kilometer. Ihr Rückweg von der Arbeit war damit gesundheitsfördernd, nachhaltig und voller Frischluft. Die muffig riechenden Untergrund-Touren mit der BVG, genauso wie den irrsinnigen Verkehr oberhalb der U-Bahn, war sie nun endlich los. Dabei hätte sie beinahe ihr Fahrrad in Berlin vergessen, wenn der kahl rasierte Umzugshelfer mit den bedrohlichen Tattoo-Buchstaben H.A.S.S. auf seinen Fingern nicht kurz vor Abfahrt des großen Lkw »Und – allet raus ausm Keller? Hamse keen Fahrrad oder so …?« gemurmelt hätte. Fast hätte sie den gruseligen Typen umarmt für seinen Hinweis. Denn sie hatte tatsächlich ein Fahrrad im Keller. Und was für eins. Ein Peugeot

PX 10, Baujahr 1964, ein Rennradklassiker. Natürlich war es schwarz – wie nahezu alles, was sie sich gekauft hatte, seitdem sie in Berlin lebte. Anfangs hatte sie mit der Nichtfarbe ihre Unsicherheit überdecken wollen. Wenn man Schwarz trug, konnte man nichts falsch machen. Diesen Entschluss hatte sie auch nie bereut, außer vielleicht bei fünfunddreißig Grad Außentemperatur im Sommer. Aber wenn sie sich die schwitzenden Touristen in ihren pinkfarbenen T-Shirts und blumigen Blusen an einem gelungenen Sommertag am Brandenburger Tor so anschaute und die Flecken unter deren Achseln sich vergrößerten, wusste sie, dass es allen gleich ging. Egal, ob sie nun rosa oder tiefschwarze Klamotten anzogen.

Mit ihrem Retro-Rennrad hatte sie jedenfalls große Pläne gehabt. Doch nach ein paar Touren von ihrer Wohnung in Friedrichshain über die Oberbaumbrücke bis hin zur Keithstraße, ihrem Arbeitsplatz, sah sie ein: Fahrradfahren in Berlin war kein Vergnügen. Auf den vollen Straßen galt das Recht des Stärkeren. Und da sie in ihrer normalen Arbeitszeit schon genug gefährliche Herausforderungen meistern musste, blieb das Rad sehr lange und sehr gut gesichert im Keller stehen.

Nun war es jedoch endlich wieder frei und trug sie durch ihr neues Leben. Das, wenn sie ganz ehrlich zu sich selbst war, im Moment noch gar nicht richtig begonnen hatte.

Erst wenn sie nicht mehr jeden Abend im warmen Wohnzimmer sitzen würde, um die aufgewärmten Essensreste der Eltern zu essen, wäre sie wieder sie selbst. Im Moment war sie zwar auch Johanna Eckstein, aber nur von außen betrachtet. Ansonsten war sie noch nicht wiederzuerkennen. Sie war müde, traurig, wütend, fühlte sich seltsam verloren.

Ziellos zappte sie durch die Programme. Ihre Mutter saß in ihrem verstellbaren Fernsehsessel und strickte Socken für die Enkel und Kinder – das machte ihr Mut. Sie musste nur aus ihrem Knäuel im Kopf und in der Magengegend den Anfang des Fadens finden und ihn dann vorsichtig abwickeln.

+++

Sie schob ihr Rad aus dem Zug, trug es auf ihrer Schulter die Treppen vom Bahnsteig hinunter und fädelte sich in den Radfahrerpulk ein, der schon vor der Ampel auf Grün wartete. Als die Farbe wechselte, trat sie voller Schwung in die Pedale, aber es passierte nichts, sie blieb stehen. Von hinten fuhr ihr ein Lastenrad beinahe auf. Die Fahrerin motzte sofort los, nur um danach ihr Kind im Beiwagen zu beruhigen. »Die Frau wusste nicht, dass man bei Grün fahren muss – das weißt ja sogar du schon.«

Johanna drehte sich um. »Nein, die Frau hat eine gerissene Kette. Und wer auffährt, hat immer Schuld – merk dir das.«

Die Lastenradfahrerin meckerte erneut. Johanna wusste, dass jede Argumentation mit uneinsichtigen Menschen vergebene Liebesmüh war. Am liebsten hätte sie der rasenden Mutter ihren Dienstausweis unter die Nase gehalten und ihr einen Vortrag darüber gehalten, wie gefährlich es sei, nicht angeschnallte Kinder in einer Kiste bei Höchstgeschwindigkeit vor sich her zu fahren, doch sie wusste, welches Aggressionspotenzial in Fahrradfahrerinnen stecken kann. Deeskalation, dachte sie und schob ihr Fahrrad zum nächsten Fahrradständer. Doch sie zögerte, es dort abzustellen. Als Polizistin und Neu-Münsteranerin wusste sie natürlich, dass schöne Rennräder in Bahnhofsnähe Diebe geradezu einluden, ihr Werk zu verrichten. Während sie noch überlegte, wie sie es sicher abstellen konnte, um mit dem Bus in Richtung Arbeit fahren zu können, entdeckte sie auf der anderen Straßenseite einen Fahrradladen.

Das Geschäft war noch geschlossen, doch sie hatte im Inneren einen menschlichen Schatten bemerkt. Sie lugte durch die Schaufensterscheibe und klopfte vorsichtig. Der Mann, der gerade in die Tür zur Werkstatt verschwinden wollte, drehte sich um und schaute sie verwundert an. Sie wurde rot. Patrick Verding blinzelte, lachte und öffnete ihr die Tür. »Jo, wie schön, dass du wieder da bist. Hat sich schon rumgesprochen.«

»Patrick! Ist das etwa dein Laden?«

Er nickte.

Mit einem »Kette gerissen« und einem Grinsen schob sie ihr Fahrrad in den Laden.

»Wow – schönes Fahrrad. So wie du.«

Er kann es immer noch, schoss es ihr in den Kopf, und sie rechnete nach, wie viele Jahre es her war, dass sie auf der Party nach der Emsfelder Frühlingskirmes mit ihm geknutscht hatte. Es waren fast dreißig.

»Lange nicht gesehen«, erwiderte sie nur und schämte sich sofort für diese bescheuerte Floskel. Aber was sagt man auch zu einem Mann, den man als Sechzehnjährige für den besten Küsser der Welt gehalten hatte und in den man so sehr verliebt war, dass man schon Herzklopfen bekam, wenn andere seinen Namen nur aussprachen.

»Ich kümmere mich um die Kette«, sagte er mit ruhiger Stimme. Für sie klang es wie: »Ich kümmere mich um dich.«

Sie lächelte ihn an und wusste nicht, was sie entgegnen sollte. Also blieb sie praktisch. »Danke! Ich müsste jetzt los, arbeiten. Wann kann ich es denn wieder abholen?«

»Heute Mittag sollte es fertig sein.«

»Okay. Dann komme ich auf dem Heimweg vorbei.«

»Ich freu mich!« Um seine Augen herum bildeten sich kleine Lachfältchen, und sein Mund verzog sich zu seinem schrägen Patrick-Grinsen, bei dem man auch damals nie wusste, ob er sich gerade über einen lustig machte.

Johanna hob die Hand und winkte wie ein kleines Mädchen, als sie schnellen Schrittes aus dem Laden lief.

Es fühlte sich so an, als hätte sie gerade ein Date mit Patrick ausgemacht.

KAPITEL 7

»Ah, wie schön – Berlin ist auch inzwischen angekommen.« Die Ironie war nicht zu überhören. Aus Johannas Plan, heute mit dem Gut-Wetter-Machen in ihrem Kommissariat zu beginnen, würde nichts werden, so viel war klar. Sie war zu spät. Und niemand interessierte sich für die zerrissene Kette und ihre ölverschmierten Hände oder den falschen Bus, in den sie gestiegen war.

Sie setzte sich still zu den anderen Kollegen, die sich im Besprechungsraum eingefunden hatten. Ihr Chef, Wolfgang Kötters, war gerade dabei, sie über die aktuelle Lage zu informieren. Johanna spürte die Anspannung im Raum, jeder hörte genau zu, keiner wollte etwas verpassen, alle waren bereit, sofort mit der Arbeit zu beginnen. Es musste etwas passiert sein. Vielleicht gab es doch Mord und Totschlag im Münsterland.

Im Ort Emsfeld sei vor einer halben Stunde eine Leiche gefunden worden. Johanna zuckte bei der Erwähnung des Ortsnamens kurz zusammen. Emsfeld.

Zwei Kollegen seien bereits dort und regelten alles, was nötig sei. Die Spurensicherung sei gerade auf dem Weg dorthin und müsse auch jeden Moment am Leichenfundort ankommen. Eine junge Frau oder ein Mädchen sei auf einem Acker gefunden worden, führte Kötters weiter aus. Sie sei dort quasi begraben worden. Die Leiche sollte gefunden werden. Die Zeugen, die die Leiche entdeckt und die Polizei gerufen hatten, hätten am Telefon ausgesagt, dass alles so aussah »wie auf einem Friedhof«. Ein kleines Feldstück mit losen Blumen verziert. Sie seien neugierig geworden und hätten nachgeschaut. Ihr Hund hatte dann angefangen, in der Erde zu buddeln. »Lange blonde Haare seien zum Vorschein gekommen.« Johannas Chef machte eine kleine Pause, in der sich alle das schaurige Bild vorstellten, das sich den Spaziergängern dort dargeboten haben muss. »Die Identifizierung steht noch aus. Und der ganze Rest natürlich auch. Todesursache und so weiter.« Kötters schaute in die Runde. »Hierzu Fragen?«

Johanna hob ihre Hand und kam sich dabei vor wie eine Erstklässlerin, die aufzeigte. »Keine Frage. Aber ich komme aus Emsfeld und wohne dort derzeit bei meinen Eltern. Da gab's schon mal einen ähnlichen Fund.«

»Ich erinnere mich dunkel daran, war aber damals nicht zuständig. Die jungen Leute hier wissen sicher nichts darüber. Fass mal kurz zusammen, Johanna aus Berlin.«

»Es war Mitte der Achtzigerjahre. Damals wurde eine Sechzehnjährige auf einem Acker gefunden. Es sah so aus, als habe ein professioneller Friedhofsgärtner dort ein Grab für sie angelegt. Die Tote damals hieß Lydia Rose, und dafür verurteilt wurde Adam. Adam Paczek. Er war tatsächlich ein Auszubildender in der nahe gelegenen Friedhofsgärtnerei Altmeyer. Ich kannte beide. Aber nur flüchtig.«

»Und kaum bist du wieder zu Hause, passiert schon wieder was«, grummelte Kötters. Es schien, als habe er als Einziger im

Raum keine Lust auf einen neuen Fall. So kurz vorm Renteneintritt wollte er sein Berufsleben ganz in Ruhe ausklingen lassen. Stattdessen musste er nun das Ermittlerteam einteilen. Zusammen mit Björn, dem jüngsten Kollegen in der Runde, sollte Johanna die Erstbefragungen in Emsfeld durchführen. »Kennst ja da wahrscheinlich Hinz und Kunz«, sagte er, ohne eine Antwort abzuwarten. »Und schreib vorher noch eine schnelle Zusammenfassung über den Fall damals. Ruhig erst mal so aus dem Gedächtnis – und schick das dann bitte einmal an das gesamte Kollegium. Dann kann sich jeder schon mal einen Eindruck davon machen.«

Sie nickte. »Das Mädchen damals wurde ›Blumentochter‹ genannt. Ich würde das einfach in die Betreffzeile schreiben.« Ihr Chef war einverstanden.

Er und sein Team wussten, dass sie solch einen Fall noch nie hatten. Alle Medien würden sich für das tote Mädchen interessieren. Der Fund war einfach zu besonders. Dazu noch die Geschichte vor einunddreißig Jahren.

Kötters sah sich um und räusperte sich. »Damit wir uns nicht falsch verstehen. Auch wenn ich nach außen hin ruhig wirke, bin ich das natürlich nicht. Wir müssen alle hoch konzentriert arbeiten und uns nicht verrückt machen lassen. Ich habe keine Lust, dass irgendwer von außerhalb diese Ermittlungen an sich reißt. Das kriegen wir allein hin. Oder was meint ihr?«

Er blickte allen nacheinander in die Augen. Jeder schaute zurück und nickte zuversichtlich. Auch Johanna spürte, dass der sonst so stille Westfale ein echter Motivator und Energiespender war, und stimmte mit ein.

Ehe er den Raum verließ, blieb Wolfgang Kötters noch einmal kurz vor Johanna stehen und musterte sie ein letztes Mal eindringlich.

KAPITEL 8

Ausgerechnet Björn Bormann. Er saß am Steuer, sodass Johanna ihren Kollegen, mit dem sie nun viel Zeit verbringen würde, in aller Ruhe von der Seite betrachten konnte. Sie schaute genau hin. Waren da überhaupt Stoppeln auf seinem makellosen Gesicht zu sehen, rasierte das Kind sich schon? Björn war bestimmt zwanzig Jahre jünger als sie. Er sah so perfekt und gleichzeitig nichtssagend aus, dass Johanna ihn bisher eigentlich nie wahrgenommen hatte. Das musste sich ändern, wenn sie gute Teamarbeit leisten wollten. Innerlich wiederholte sie zwanzigmal seinen Namen. Björn, Björn, Björn …

Sie machte den Außencheck: Die Zähne? Weiß und gerade. Bestimmt trug er selbst jetzt als Erwachsener noch jede Nacht eine Zahnspange, damit das auch so blieb. Seine Figur war vermutlich durch ausdauerndes Krafttraining im Gym und regelmäßiges Joggen modelliert. Apropos, Johanna sollte auch unbedingt mal wieder ein paar Runden laufen, dachte sie. Sie betrachtete ihre kleine Wampe, die der Gurt gerade in zwei kleine Bauchhügel zerschnitt. Sein Bauch war die Kletterwand in den Dolomiten, ihrer das hügelige Sauerland.

Wieso kamen ihr immer so seltsame Vergleiche in den Kopf? Sie schrieb eine kurze Nachricht an Ahmad, ihren Doppelpartner aus Berlin. *Ich vermisse deine hässliche Visage* und setzte dahinter ein Zwinkersmiley. Er antwortete mit einem Totenkopf und einem Herz. *Du mich auch, Jo!*

»Hier rechts und dann nur noch geradeaus«, dirigierte Johanna Björn nach Emsfeld. Sie kam sich vor wie eine Mutter, deren siebzehnjähriger Sohn gerade die Führerscheinprüfung bestanden hatte und bis zur Volljährigkeit nur fahren durfte, wenn die Eltern ihn dabei begleiteten. Unangenehm für beide Seiten. Die Kinder wollen lieber allein fahren, und die Eltern müssen so tun, als hätten sie keine Angst um ihr Leben.

Björn fuhr zum Glück sehr sicher, aber ein bisschen Sorge, dass er das nächste Stoppschild übersehen würde, hatte sie doch. Björn bremste entspannt.

»Du siehst gut aus«, sagte Johanna. Ihr war klar, dass sie ihn mit diesem unerwarteten Kompliment aus dem Konzept brachte. Aber das war wichtig, wenn man hinter die Fassade eines Menschen schauen wollte.

»Was!?«

»Du trainierst viel, oder?«

»Schon, aber …« Ohne den Satz zu beenden, fuhr er weiter.

Johanna musste lächeln. Sie hatte ihn verwirrt und sah nun dabei zu, wie sich auf seiner Stirn eine kleine Denkfalte bildete. Na endlich: ein kleiner Makel auf diesem hübschen Gesichtchen.

»Kannst du mir nachher ein paar Übungen zeigen? Ich will auch so ein Sixpack«, lachte sie.

Perplex schaute er kurz zu ihr herüber. »Kann ich machen, aber ich glaube, das hat bei dir keinen Zweck mehr …«

Gut so, dachte Johanna. Ihr junger Partner konnte sich wehren. Sie wagte sich noch ein bisschen weiter vor: »Darf ich nachher mal gegen deinen nicht vorhandenen Bauch schlagen?«

Er schüttelte grinsend den Kopf. »Du bist bescheuert.«

Sie fuhren an einem gepflegten Reiterhof am Ortsausgang vorbei. Johanna beschloss, dass ein bisschen Dorftratsch die Stimmung weiter auflockern konnte. »Da drüben wohnen übrigens unsere Lehensherren – die Große Kentrups.«

Viele Emsfelder würden den Große Kentrups jedes Jahr Erbpacht zahlen, denn die Grundstücke, auf denen sie in den Siebzigern gebaut hatten, waren früher einmal Acker der Große Kentrups gewesen, plauderte sie fröhlich weiter. »Der Sohn war mal ein richtig guter Reiter.«

Björn lächelte seltsam gequält.

»Oliver«, sagte Johanna und schlug zufrieden auf das Lenkrad. »Oliver Große Kentrup. Ja, so hieß er. Der ist Anwalt oder so ...«

»Richter«, entfuhr es Björn.

»Richter? Woher weißt du das denn? Ich dachte, du warst noch nie in Emsfeld. Kennst du ihn etwa?«

Björn zuckte mit den Schultern. »Keine Ahnung, irgendwo aufgeschnappt oder so.« Er klang vage.

Johanna wartete, bekam aber keine weitere Erklärung von ihrem Kollegen, dessen rechtes Auge nervös zuckte.

»Wohin es ihn wohl verschlagen hat?« Björn schwieg. Er sah blass aus. Dann kam der Fundort der Leiche in Sicht. Björn ging vom Gas, sie rollten auf den Acker Rabeneck zu. Ein weißer Pavillon leuchtete schon von Weitem. Er war über der Toten aufgebaut worden, um auch bei Regen noch brauchbare Spuren zu erhalten. Ein Flatterband hielt die Schaulustigen fern, von denen sich nur wenige eingefunden hatten. Natürlich waren alle Emsfelder neugierig, aber niemand wollte von den

Nachbarn beim Gaffen beobachtet werden, also rissen sie sich zusammen. Eine gelungene Sozialkontrolle, fand Johanna.

Sie schaute sich um und dachte an den Mord vor einunddreißig Jahren, an den Bauern, an sich selbst mit vierzehn. Inzwischen war hier ein kleines Baugebiet mit Minigrundstücken entstanden, auf denen Häuser ohne Dachüberstand errichtet worden waren. Der Acker war also kleiner geworden. Doch das hier war unverkennbar derselbe Acker, auf dem Lydia Rose damals vergraben worden war. Johanna öffnete die Beifahrertür. »Genug Teambuilding, auf geht's!«

+++

Es war enttäuschend. In der Siedlung »Am Rabeneck« hatte niemand etwas gesehen. Einige Hausbewohner waren nicht zu Hause, als Björn und sie klingelten. Wenn sie jemanden antrafen, waren die Leute unwissend, aber freundlich und dabei gleichzeitig sehr schüchtern. Und obwohl Johanna ihnen ansah, dass sie gerne nachgefragt hätten, was denn eigentlich los sei, hielten die Befragten ihre Neugierde gut in Schach.

»Die scheinen hier auf dem Land ja noch richtig Respekt vor der Polizei zu haben«, sagte Johanna nach dem Befragungsrundgang und klang dabei ironischer, als sie es wollte.

»Ist doch gut«, hielt ihr junger Kollege dagegen. »Ich habe gehört, in Berlin ist das nicht unbedingt so.«

Sie setzte sich hinters Steuer und schaute ihn direkt an, bevor sie den Wagen startete. »Du hast recht. Ich müsste jeden Tag dankbar sein, dass ich diese dauernde Wut auf uns Bullen nicht mehr ertragen muss.«

»War das der Grund, warum du abgehauen bist? Der mangelnde Respekt, diese Wut?«

»Unter anderem«, gab Johanna knapp von sich. Für mehr Privates musste sie ihm vertrauen. Und das dauerte bei ihr etwas länger als eine kurze Autofahrt.

»Ist bestimmt ein großer Schritt gewesen. Aus Berlin in dieses Kaff – ich glaube, ich könnte das nicht. So einen krassen Ortswechsel«, blieb Björn beim Thema.

»Du bist ja auch noch ein kleiner Welpe«, entgegnete sie und schmunzelte. »Ich bin ja schon groß!«

Daraufhin musste auch Björn lachen. »Na ja, vom Alter her vielleicht, aber sonst …«

+++

Natürlich hatte sie Zweifel gehabt. Sie liebte Berlin, auch wenn die Stadt schrecklich anstrengend war. Gleiches galt für David. Beides – Stadt und Mann – waren für sie das gewesen, was sie sich damals mit ihren vierzehn Jahren nicht mal zu träumen getraut hätte. Und dann hatte sie das alles plötzlich gehabt. Nein, eher allmählich. Seit ihrer Begegnung mit der Polizistin wusste Johanna, was sie werden wollte. Fünf Jahre lang reifte in ihrem Kopf der Plan, doch sie erzählte es niemandem. Nach dem Mauerfall tat sie, was niemand in Emsfeld, in ihrer Familie und in ihrem Freundeskreis der kleinen, zarten Johanna zugetraut hätte. Sie bewarb sich bei der Polizei. Aber nicht in Nordrhein-Westfalen, sondern in Berlin. Nichts konnte sie nach dem Abi davon abhalten. Nur ihre Körpergröße hätte ihr beinahe einen Strich durch die Rechnung gemacht. Die Grenze für

Polizeianwärterinnen lag damals bei einhundertdreiundsechzig Zentimetern. Beim offiziellen Messen für den Eingangstest hielt sie sich sehr aufrecht und streckte ihre Wirbelsäule. Punktlandung. Sie wurde angenommen.

Zur Vorbereitung auf den Umzug nach Berlin schaute sie sie sich immer wieder auf Video den Film »Ein Herz und eine Krone« an. Sie wusste zwar, dass der Vergleich nichts taugte, aber irgendwie kam sie sich auch so vor, als würde sie den Palastmauern entfliehen und auf eine abenteuerliche Entdeckungsreise gehen. Ihr Rom wäre Berlin, und das Erste, was sie dort tun wollte, war, zum Frisör zu gehen. Ein neuer Haarschnitt, ein neues Leben – so einfach war das manchmal. Sie wechselte die Frisur. Statt Pferdeschwanz trug sie nun einen Bob, der so aussah wie der von Audrey Hepburn während ihres Rom-Ausflugs. Ihre bunten Klamotten aus den späten Achtzigerjahren landeten nach und nach im Altkleidercontainer. Sie trug nur noch Schwarz. So wie die coolen Jugendlichen der Emsfelder Friedhofsclique damals.

Gruftis oder Gothics hatten sich die blassen Gestalten genannt. In Emsfeld waren sie wegen ihres unheimlichen Aussehens als Schatten bekannt. Sie trafen sich immer nachts in einem ausgedienten Gewächshaus und sollen über den Friedhof geschlichen sein, der in der Nachbarschaft der Gärtnerei lag. Auch von Mutproben in der Leichenhalle war die Rede. Johanna kannte die Geschichten, doch niemand wusste so recht, ob sie stimmten. Die Schatten strahlten in ihrer Ähnlichkeit mit den Toten viel Traurigkeit aus. Sie gingen gebückt und trübe dreinschauend durchs Leben. Und sie rochen alle gleich. Wahrscheinlich benutzten sie dasselbe Patschuli-Parfüm, das einen schweren erdig-holzigen und süßen Duft verströmte. In ihrer Schulzeit reichte ein Schatten im Schulbus, und alles roch nach einem modrigen Wald.

Johanna war fasziniert von dieser Gruppe Jugendlicher, die so anders waren als ihre anderen Klassenkameraden. Doch sie war zu jung und zu schüchtern, um sich ihnen anzuschließen. Als sie beschlossen hatte, nach Berlin zu gehen, fühlte sie sich ihnen immerhin ein kleines bisschen näher.

Das Heimweh verdrängte sie, soweit es ging. Schließlich war sie eine unabhängige, Schwarz- und Bob-tragende Berlinerin mit Polizeiausweis. Nach ihrem Studium an der Hochschule für Wirtschaft und Recht, ihrem Streifendienst und dem ersten Praktikum beim LKA 1 wurde ihr klar, dass sie gerne in der Keithstraße beim Mordkommissariat andocken würde. Dort, wo man sich um die wirklich üblen Verbrechen kümmerte, fühlte sie sich von Anfang an zu Hause.

Inzwischen war sie erste Kriminalhauptkommissarin und als solche immer mal wieder auch als Chefin verschiedener Mordkommissionen im Einsatz. Ihr Vater nickte inzwischen sogar anerkennend, wenn sie ihm von ihren Karrierefortschritten berichtete. Vielleicht bereute er mittlerweile, dass er ihr nicht zugetraut hatte, die Landmaschinenhandlung weiterzuführen. Ihre Brüder waren diesbezüglich eine große Enttäuschung gewesen. Der eine hatte keine Lust gehabt, der andere keine Ahnung von Maschinen.

Im Nachhinein war Johanna froh, dass er sie nicht einmal gefragt hatte, obwohl sie das einzige Kind mit technischem Verständnis gewesen war.

Ihre Kollegen und Kolleginnen beim LKA 1 waren im Laufe der Jahre zu Vertrauten, Freunden und vielleicht sogar ein bisschen Familie geworden. Man traf sich auf ein paar Bier, spielte zusammen Fußball, feierte Geburtstage, aß beim Thailänder und redete in den Pausen oder nach Feierabend über das Leben, die Haustiere, die Liebe und manchmal sogar über einen aktuellen Fall.

Als sie dann vor zehn Jahren David kennenlernte, war für sie alles beisammen. Job, Beziehung, Happy End – check!

Sie hatte David als Zeugen befragt. Er war mit einer jungen Frau in einer Bar gesehen worden, nur wenige Stunden bevor diese im Volkspark Friedrichshain vergewaltigt und mit einem Messer lebensgefährlich verletzt worden war.

David Bregenz war ehrlich betroffen von dem Beinahe-Tod seiner Barbekanntschaft. Mit wackeliger Stimme berichtete er von dem Abend, erzählte, wie Sofia und er sich über eine Onlinedating-Seite kennengelernt hätten. Doch ihnen sei schnell klar gewesen, dass es nicht funkte. Er war eindeutig nicht verdächtig. Und er war eindeutig nett. Seine blonden Haare fielen ihm immer wieder in sein jungenhaftes Gesicht. Johanna hätte ihn locker fünf Jahre jünger geschätzt. Auf Ende zwanzig, Anfang dreißig maximal. Doch David Bregenz war sechsunddreißig, ein Jahr älter als sie. Und als sie ihn nach seinem Beruf fragte und er »Computerspieleentwickler« entgegnete, musste sie ihm – natürlich erst nachdem er seine Aussage unterzeichnet hatte – einfach eine Frage stellen: »Können Sie mir den Trick verraten, wie ich bei Crash Bandicoot in das nächste Level komme? Ich hänge fest und werde demnächst durchdrehen!«

»Kann ich dir gerne mal zeigen«, sagte er und grinste sie an. Das »Du« kam ihm selbstverständlich über die Lippen. Und als sie zwei Wochen später auf ihrem Sofa saßen und abwechselnd mit der Steuerung ihrer alten Playstation den animierten Beuteldachs durch den Dschungel rennen ließen, war es auch selbstverständlich, dass sie ein Paar waren. Das nächste Level war erreicht.

Und nun war alles vorbei. Weil David sich nicht entscheiden konnte. Weil er eine andere liebte. Weil er vielleicht Vater werden würde. Was er übrigens immer kategorisch für sein Leben ausgeschlossen hatte. Und damit auch automatisch für ihres. Bitter fühlte sich das an. So, als habe sie sich verlaufen. Als sei ihr Weg schon immer falsch gewesen, als sei sie selbst falsch. Bei Crash Bandicoot war Game over und bei ihr nun auch.

Johanna hatte das Gefühl, als könne sie erst jetzt sehen, was sie nie sehen wollte: Sie war nicht so freiheitsliebend wie Audrey Hepburn, und David war trotz seines unbekümmerten Charmes ganz sicher nicht Cary Grant. Und Berlin? Berlin war auf gar keinen Fall Rom.

Aber war die Flucht aufs Land wirklich die Lösung gewesen? Würde sie ihre eigene Lebenslüge damit ungeschehen machen?

Die Antwort lautete »Nein«, und doch war Johanna in dem Moment, als sie beschlossen hatte, Berlin zu verlassen, so ruhig wie damals, als sie sich Richtung Berlin aufgemacht hatte. Sie wusste, es würde funktionieren. Denn die Johanna von heute wollte nicht weglaufen, sie wollte auch keine Palastmauern überwinden, sie wollte einfach endlich ankommen.

KAPITEL 9

Um 21 Uhr saß sie vor ihrem Laptop, um per Videokonferenz am abendlichen Teamtreffen ihrer Kollegen teilzunehmen. Kötters hatte ihr in wenigen, klaren Worten befohlen, direkt von zu Hause zu arbeiten und nicht die Zeit mit unnötigem Hin- und Herfahren zwischen Emsfeld und Münster zu »verdaddeln«.

Im Gegensatz zum Wohnzimmer war es im ehemaligen Esszimmer der Eltern immer kühl. Der Raum lag nach Norden, die Sonne fiel also immer nur indirekt in den Raum neben der Küche. Da er einen Tisch hatte und das WLAN im Erdgeschoss etwas besser funktionierte als in ihrem Gästezimmer, hatte sie sich hier ihren Homeoffice-Platz eingerichtet. Sie hatte sich so platziert, dass weder Chef noch der Rest des Teams die Wäscheberge ihrer Mutter und die furchtbare Schrankwand betrachten mussten. Wenn sie bei den Online-Teamsitzungen ins Bild kam, sah man hinter ihr nur Tapetenweiß. Das bunte Collagenbild aus den typischen Familienfotos hatte sie abgenommen. Es lehnte nun neben den Wäschebergen – und die Augen all ihrer Lieben blickten sie an, als Wolfgang Kötters die bisherigen Ermittlungsergebnisse zusammenfasste und Aufgaben verteilte.

Johanna schrieb mit, auch wenn sie alle Fakten parallel per Mail erhalten hatte.

Die Tote am Ackerrand des Rabenecks hieß Zoe Stürmer. Sie war sechzehn Jahre alt und besuchte die zehnte Klasse des Gymnasiums in Warendorf. Ihre Leiche war in eine Decke gewickelt und in eine nicht besonders tiefe Kuhle auf dem Acker abgelegt worden. Jemand hatte sie dort begraben und das notdürftige Grab liebevoll mit Blumen geschmückt. Todesursache war ein Schädelhirntrauma, wahrscheinlich ausgelöst durch Gewalteinwirkung auf den Hinterkopf. Der Zeitpunkt des Todes lag laut Rechtsmedizinerin circa vierundzwanzig Stunden vor dem Fund der Leiche.

Was die Tatwaffe oder Hinweise auf einen Unfall anging, gab es keine abschließende Meinung von der Rechtsmedizinerin. Gegenüber Kötters hatte sie lediglich geäußert, dass wahrscheinlich so etwas wie ein Stein oder eine Metallstange verwendet wurde.

Das Opfer, Zoe Stürmer, war die Tochter von Eva und Jens Stürmer, die inzwischen geschieden waren. Johanna hielt beim Schreiben inne. Noch ein Paar, bei dem es nicht gehalten hatte.

Eine Information zu den Personalien ließ Johanna aufhorchen. Eva war eine geborene Altmeyer. Das hieß: Die Mutter des toten Mädchens stammte von der Friedhofsgärtnerei Altmeyer. Johannas Gehirn begann zu arbeiten, während ihr Chef weiter zusammenfasste.

Zwei Beamten hatten der Mutter die Nachricht vom Tod ihrer Tochter überbracht, die daraufhin völlig zusammengebrochen sei. Sie musste notärztlich versorgt werden. Als ihr Kreislauf wieder stabil war, sprach aus ärztlicher Sicht nichts dagegen, dass sie allein zu Hause blieb. Die Krisenintervention gab grünes Licht. Eva Stürmer wirkte den Umständen entsprechend stabil und wollte keinen psychologischen Beistand. Auch das musste man akzeptieren, wenn Menschen das Schlimmste geschah, was man sich vorstellen kann. Jeder hat ein Recht darauf, auf seine eigene Art zu trauern. Und Zoes Mutter wollte mit sich allein sein, erst für sich selbst verstehen, was sie gerade erfahren hatte. Morgen wäre sie wieder ansprechbar, versprach sie. Und ja, die Polizei könne dann gerne wiederkommen, sie wäre dann bereit für alle Fragen. Mit blassem Gesicht habe sie die Tür zugezogen.

»Kennst du die vielleicht von früher, Johanna?«, wollte Wolfgang Kötters von ihr wissen.

Sie blickte auf und sah in sein eingefrorenes Gesicht in einem ihrer Bildschirmquadrate.

»Ich glaube, ja.«

Zu einer Reaktion kam es nicht, denn alle Quadrate auf ihrem Bildschirm zeigten plötzlich nur noch verpixelte Bilder an. Ihre Kollegen hatten sich dank der schlechten Internetverbindung in moderne, surreale Digitalkunst verwandelt.

»Hallo, hört ihr mich?«

Keine Antwort. Johanna fluchte.

Dann wieder Kötters Stimme. »Ich verstehe nicht, was du sagst, Johanna. Kennst du sie?«

»Jaaaa!«

»Johanna, kannst du bitte mal antworten?«

»Jaaaaaaaaa!« Sie sprach sehr laut.

»Johanna? Bist du noch da?«

Sie brüllte. »Ja, verdammt noch mal! Ich kenne sie!«

Kötters eingefrorenes Gesicht war wieder aufgetaut, obwohl das nicht leicht zu erkennen war, denn auch im echten Leben ging er sehr sparsam mit seiner Mimik um. Hätte er sich nicht gerade mit der rechten Hand über seine Glatze gestrichen, wäre er weiter als Standbild durchgegangen.

»Okay, dann fährst du morgen als Erstes zu Frau Stürmer, um die Befragung durchführen. Vielleicht fällt es ihr leichter, mit jemandem zu sprechen, dessen Gesicht nicht ganz fremd ist.«

»Oh, ich glaube nicht, dass sie mich kennt«, entgegnete Johanna.

»Aber du hast doch gerade fast schon hysterisch gebrüllt, dass du sie kennst.« Kötters wirkte etwas genervt.

»Das tue ich auch, aber ich bin zwei Jahre jünger als sie. Ich bin mir sicher, sie hat mich damals nicht wahrgenommen, auch wenn wir auf dieselbe Schule gegangen sind.«

»Egal«, blaffte ihr Chef. »Ein kleiner Anknüpfungspunkt reicht, um Vertrauen zu schaffen. Ist wahrscheinlich sogar besser, als wenn ihr Busenfreundinnen gewesen wärt.« Irgendwer aus dem Kollegenkreis lachte, und auch Johanna stolperte über dieses antiquierte Wort. »So oder so. Du stattest ihr zusammen mit Björn einen Besuch ab. Seid nett, aber nicht zu mitfühlend. Das macht es meistens nur noch schlimmer.«

KAPITEL 10

Björn holte sie am nächsten Morgen ab. Da sie seinen Ford Mondeo gehört hatte, stand sie schon in der Tür, als er ankam.

»Guten Morgen, wie geht's?«, begrüßte ihr Kollege sie.

»Gut. Danke der Nachfrage!« Sie grinste. Ein bisschen Höflichkeit war doch ganz schön ab und zu, dachte sie, als sie die Tür von innen zuzog. »Bei dir auch alles klar?« Björn hob seinen Daumen. »Yep!«

Auf dem Weg zur Gärtnerei schwiegen sie. Johanna spürte ihren Magen. Niemals würde sie sich daran gewöhnen, kurz nach der Tat mit den nächsten Angehörigen eines ermordeten Menschen zu reden. Die Trauer der Eltern, Partner, Geschwister oder Freunde war kaum auszuhalten, aber genau das war Bestandteil ihres Jobs. Sie räusperte sich, schaute über die Felder, an denen sie gerade vorbeifuhren, versuchte, an etwas anderes zu denken.

Es war inzwischen kurz nach neun. Eigentlich nicht zu früh, um irgendwo zu klingeln. Doch als sie über den Hof der ehemaligen Friedhofsgärtnerei rollten, sahen sie, dass an den Seitenfenstern des frei stehenden Bungalows die Rollläden noch heruntergelassen waren.

Björn sprach ganz leise: »Ich glaube, sie möchte nicht gestört werden. Wir könnten doch später wiederkommen.«

Johanna stieg aus und ging auf die Haustür zu. »Nicht zu nett, hat der Chef doch gesagt«, versuchte sie, Björn zu motivieren.

Dieser fühlte sich jedoch sichtlich unwohl. »Vielleicht sollten wir sie noch schlafen lassen?«

»Sie wird sicher nicht schlafen«, erwiderte Johanna.

»Ja, aber die Rollläden ...«

»Sie hat gestern erfahren, dass ihre Tochter tot ist. Sie wird wahrscheinlich gar nicht geschlafen haben.«

Björn sah immer noch nicht überzeugt aus.

»Deine erste Angehörige in einem Mordfall?«

Er nickte.

»Ist immer blöd«, sagte Johanna. »Aber egal, wie vorsichtig und zugewandt man ist, die Angehörigen der Opfer sind meist untröstlich. Ihnen ist etwas passiert, das so schlimm ist, dass wir es uns weder vorstellen noch uns in sie hineinversetzen können.«

Aufmerksam hörte Björn ihr zu.

»Das Einzige, was ihnen vielleicht hilft, ist, sachlich und zielorientiert zu bleiben. Und unser Ziel ist es, herauszufinden, was passiert ist. Deshalb müssen wir mit Zoes Mutter sprechen. Egal, wie scheiße es ihr gerade geht, egal, wie leid sie uns auch tut. Okay?«

»Okay!«

Johanna drückte auf den Klingelknopf aus Messing. Altmeyer stand dort. Nach der Trennung von Jens Stürmer war Eva wieder in das Haus neben der alten Gärtnerei gezogen. Ihr Vater war vor Jahren gestorben, ihre Mutter lebte seit anderthalb

Jahren in einem Altenheim, das sich auf Demenzerkrankungen spezialisiert hatte.

Johanna hatte schon ein bisschen Recherche betrieben. Ihre eigenen Eltern waren dabei ein sprudelnder Quell an Information gewesen. Deshalb wusste sie auch, dass Eva das Haus vor einem Jahr hatte renovieren lassen. »Allein das Bad soll fünfzigtausend Euro gekostet haben«, hatte ihr Vater gesagt. Er wusste das, weil der hiesige Klempner für die Installationen beauftragt worden war. »So viel Geld für 'ne Dusche und ein Klo! Das ist doch schon fast unanständig.«

Auch beim zweiten Klingeln rührte sich in Eva Stürmers Haus nichts. Johanna wurde nervös. Normalerweise öffneten die Menschen schnell die Tür, allein schon, um Neuigkeiten zu erfahren.

Gerade als sie zum dritten Mal klingeln wollte, rauschte ein Mercedes auf den Hof. Anhand der Initialen auf dem Kennzeichen des weißen Wagens konnte Johanna vermuten, wer hinter dem Steuer saß. JS – Jens Stürmer, Evas Ex-Mann. Johanna sah ihn, unabhängig davon, dass er wie ein Angeber rüberkam, zuerst als willkommene Verstärkung. Er würde vielleicht einen Schlüssel haben. Vielleicht hat er auch schon mit Eva telefoniert und konnte in dieser Situation helfen.

»Stürmer«, stellte er sich knapp vor, als er auf Johanna und Björn zuging. »Macht meine Ex-Frau die Tür nicht auf?«

Die Polizisten schüttelten synchron mit den Köpfen.

»Sie ist auch nicht ans Telefon gegangen«, sagte Stürmer. Er sah ungesund aus. Die Bartstoppeln waren ein bisschen zu lang, die Gesichtsfarbe blass, und sein hellblaues Hemd wies unter den Achseln Schweißflecken auf.

Jens Stürmer war in Berlin bei der Verleihung eines wichtigen Werbepreises gewesen, während seine Tochter tot auf dem Acker gefunden wurde. Als zweifelsfrei und rechtmedizinisch verbrieft feststand, dass es wirklich Zoe war, die gefunden wurde, versuchte Johanna umgehend, ihn telefonisch zu erreichen. Vergeblich.

Sie hatte daraufhin Ahmad aus dem Tiefschlaf geklingelt und ihn gebeten, sich vor Ort auf dem kurzen Dienstweg darum zu kümmern. Es schien ihr nicht anständig, den Vater von Zoe die Nacht durchfeiern zu lassen, ohne dass er wusste, was passiert war. Natürlich feierten die Werber im Kraftwerk, dem Inbegriff des Nachwende-Berlins. Das ehemalige Heizkraftwerk in Mitte war riesig groß und dabei so unperfekt, grob und rostig wie die Hauptstadt selbst. Als Ahmad in den unübersichtlichen Hallen endlich Jens Stürmer entdeckte, von dem er nur ein Handyfoto hatte, zog er ihn aus der feiernden Menge und überbrachte die furchtbare Nachricht. Stürmer hatte nach Luft geschnappt, dann war er still, dann hektisch.

»Ich muss zu ihr! Sofort! Kann ich sie sehen? Ich muss sofort zu ihr.«

»Sie sind, so wie ich das sehe, nicht mehr imstande zu fahren«, mahnte Ahmad.

»Sie haben recht, zu viel Gin Tonic. Mist! Ich bin ohne Auto hier … Und meine Sachen … Wer kann die – Sonja, kannst du die morgen aus meinem Hotelzimmer holen und mitbringen?«, wandte Jens Stürmer sich an seine Assistentin, die neben ihm stand. Sie schaute betreten, nickte aber.

Er drehte sich im Kreis, fasste sich verzweifelt an die Stirn. »Ich muss irgendwie zum Hauptbahnhof, aber hier kann doch keiner mehr fahren. Fahren noch U-Bahnen?« Jens rang um Fassung.

Vorsichtig legte Ahmad seine Hand auf Jens Stürmers Oberarm. »Kommen Sie, ich bringe Sie hin.«

+++

Nun stand der Mann nach seiner außerplanmäßigen Bahnfahrt von Berlin zurück nach Münster verzweifelt vor Johanna und Björn. Er hatte sich nicht umgezogen, nicht nachgedacht, sondern hatte in seiner Wohnung nur nach dem Schlüssel für seinen Zweitwagen gegriffen und war nach Emsfeld gerast. Er schwitzte, sprach schnell und stellte Fragen, deren Antworten die beiden Ermittler auch gerne gehabt hätten.

»Warum macht sie nicht auf? Was ist hier los? Sie kann doch nicht einfach schlafen?« Dann rief er »Eva, mach auf!«, und hämmerte mit seinen Fäusten auf die Eingangstür ein.

»Haben Sie vielleicht einen Schlüssel?«, fragte Johanna behutsam.

»Nein, das wollte meine Frau nicht. Meine Ex-Frau, meine ich. Aber ich weiß, wo ein Ersatzschlüssel liegt. Das Versteck hat mir Zoe verraten.« Er bekam ihren Namen kaum über die Lippen, doch lief zum Schuppen neben dem Haus und kam mit einem Schlüssel zurück.

Jens Stürmer wollte schon aufschließen, doch Johanna hielt ihn davon ab. »Bitte, setzen Sie sich in Ihren Wagen«, befahl sie in strengem Ton. Er übergab ihr den Schlüssel, sie wartete, bis er im Auto saß, und schloss auf.

»Du bist aber autoritär«, murmelte Björn, dem der schwitzende Vater leidtat. Johanna schob die Tür auf.

»Frau Stürmer, hier ist die Polizei. Sind sie wach?«

Johanna und Björn betraten einen dunklen Raum. Sie mussten das Licht einschalten, die Rollläden waren herabgelassen. Ihr Blick fiel auf eine überdimensional große Sofalandschaft und auf den Glastisch davor. Eine rote Pfütze hatte sich auf der durchsichtigen Oberfläche gebildet. Johanna spürte ihren Puls, doch sie zwang sich, ruhig zu bleiben. Sie schluckte ihren Ekel herunter, tunkte ihren Zeigefinger in die Flüssigkeit und hielt ihn sich unter die Nase. Vorsichtig atmete sie ein. Ihre Vermutung bestätigte sich. Es roch nach Alkohol. Gott sei Dank nur Rotwein, dachte Johanna. Die leere Flasche lugte unter dem Sofa hervor. Auch Björn erkannte den Irrtum. Sie schauten sich um. Hier war niemand. »Frau Stürmer? Sind Sie hier irgendwo?«

Sie waren wieder im Flur, von diesem ging eine Tür zu einem weiteren lang gezogenen Flur ab.

»Wir sind von der Polizei«, rief Johanna noch einmal und öffnete vorsichtig die erste Tür links. Das musste Zoes Zimmer sein. In der Mitte konnten sie eine Art Himmelbett stehen sehen, darauf lag noch das ungemachte Bettzeug. In einer Ecke erblickte Johanna einen Schminktisch, und in der anderen, auf dem Schreibtisch, lagen aufgeschlagene Schulbücher, ein Collegeblock und Stifte. All das würden sie gleich genauer unter die Lupe nehmen, dachte Johanna.

»Frau Stürmer?«, versuchte sie es zum wiederholten Male. Doch es kam keine Antwort.

»Hörst du das auch?« Björn flüsterte. Er war neben sie getreten. Johanna konzentrierte sich und lauschte. »Kommt das von oben?«, sie flüsterte ebenfalls. »Klingt wie ein Klopfen«, sagte sie immer noch leise – und bewegte sich auf die Treppe zu. Oben war eine Holztür zu erkennen, und gegen die wurde von innen getreten oder geschlagen. Flüstern machte keinen Sinn mehr, denn hier wollte jemand auf sich aufmerksam machen. Johanna überlegte nicht lange und nahm zwei Stufen gleichzeitig. »Frau Stürmer, sind Sie das? Können wir Ihnen helfen?« Björn hatte seine Waffe gezogen, angespannt beobachtete er, wie Johanna oben ankam. Das Klopfen hörte auf, stattdessen war ein seltsames Rauschen zu hören. »Treten Sie zur Seite, ich öffne die Tür«, rief Johanna, während sie die Klinke herunterdrückte. Die Tür schwang nach innen auf. »Frau Stürmer?« Johanna verschwand im Dunkel, Björn wollte ihr nach. Noch bevor er oben war, hörte das Rauschen auf, eine kurze Abfolge elektronischer Töne wie bei einem alten Videospiel war zu hören. Dann war es still.

»Johanna?« Björn ließ die Tür nicht aus den Augen. Noch bevor seine Kollegin wieder in Sicht kam, rief sie: »Entwarnung!« Sie grinste, als sie ihm entgegenkam. »So ein Ding hätte ich auch gerne«, sagte sie. Björn sah sie fragend an. Sie lächelte. »Es war nur ein Staubsaugerroboter. Der fleißige Kerl hat in seiner Putzwut nur die Tür gerammt.« Björn atmete auf und drehte sich erleichtert um. Wo war nur Zoes Mutter? Er schritt weiter durch den Flur im Erdgeschoss. Irgendwo musste sie doch stecken. »Frau Stürmer, wo sind Sie?«

Johanna war wieder unten angelangt. Ihr Kollege war nicht zu sehen, sie blickte sich um. »Björn? Frau Stürmer?« Die nächste Tür im Flur stand offen. Vorsichtig schaute sie hinein.

Dort stand er. Vor dem Fußende eines Bettes und rührte sich nicht.

Eva Stürmer lag auf dem Rücken, ihre Augen waren geschlossen, ihr Gesicht war bleich. Ihr rechter Arme ragte über den Bettrand hinweg, der linke lag auf der Bettdecke, die mit einem zarten Blümchenmusterstoff bezogen war. Aus ihren aufgeschnittenen Handgelenken floss ein dunkelroter Bach aus Blut. Rechts tropfte er in eine Pfütze, die sich auf dem Parkett gebildet hatte, links fütterte das Blut einen großen Fleck auf der unschuldigen Stoffwiese.

»Björn, Notarzt! Sofort!« Johanna sprach laut und deutlich mit ihrem jungen Kollegen, doch er bewegte sich keinen Zentimeter. »Du gehst jetzt zum Einsatzwagen und telefonierst!«, sagte sie noch ein bisschen lauter.

Erst dann sah er sie an. Entsetzt. Sie konnte sich nicht um ihn kümmern.

»Geh!«, befahl sie, während sie an die Seite des Bettes trat, auf der Eva Stürmer lag. Ihre Haare lagen wie ein Strahlenkranz auf dem Kopfkissen. Sie suchte mit ihren Fingern nach dem Pochen der Halsschlagader an ihrem Hals – und spürte nichts. Sie beugte sich vor, kam mit ihrem rechten Ohr ganz nah an Evas Mund. Hielt die Luft an, um kein Geräusch zu machen, lauschte. Da war noch etwas, ein Atmen, der Hauch von Leben. So leise, dass sogar das Geräusch ihrer Schuhe, mit denen sie in der Blutpfütze stand, lauter war.

»Verbandszeug aus dem Wagen!«, rief Johanna noch hinter ihrem Kollegen her, der aus dem Haus eilte. Sie rannte ins Badezimmer, griff nach zwei Handtüchern, die über dem Wannenrand lagen. Vielleicht würde sie noch etwas ausrichten können.

Zurück im Schlafzimmer wickelte sie die Frotteetücher um die Handgelenke der reglosen Frau und versuchte, sie ganz ruhig anzusprechen. »Eva, wir kümmern uns um Sie. Der Rettungswagen kommt gleich. Wir schaffen das.« Johanna wusste allerdings nicht, ob sie selbst daran glaubte.

Sie schaute sich um, versuchte, nichts zu übersehen. Das Messer, das dieses Blutbad angerichtet hatte, war Eva aus der Hand gerutscht, nachdem sie sich ihre Pulsadern aufgeschlitzt hatte. Es lag neben dem Bett, am Rande der Blutlache auf dem Boden. Johanna bückte sich, um es genauer zu betrachten. Es handelte sich um ein herkömmliches Küchenmesser mit gelbem Plastikgriff. Sie ließ es liegen, darum müsste sich die Spurensicherung kümmern.

Dann hörte sie Björns Stimme von etwas weiter weg. »Es tut mir leid, Johanna. Er ist einfach …«

Keinen Augenblick später stand Jens Stürmer schon in der Schlafzimmertür und brüllte. »Was ist hier los?!«

Johanna richtete sich auf. »Gehen Sie!«

Als er das Blut sah, schrie er noch lauter. »Nein! Das kannst du doch nicht machen, Eva! Eva!« Er schlug um sich und wollte zu seiner Ex-Frau, doch Johanna trat ihm entgegen, stemmte sich gegen ihn, hielt ihn fest. Endlich tauchte auch Björn in der Tür auf – mit dem Verbandskasten in der Hand.

»Schaff ihn hier raus!«, sagte Johanna. Mit aller Kraft schob sie Jens Stürmer in Richtung ihres Kollegen, der den Mann mit sich nahm. Sie blieb bei Eva Stürmer. Wechselte die Handtücher gegen die Verbände. Redete weiter mit ihr.

Als sie kurze Zeit später in die ernsten Gesichter der Rettungssanitäter blickte, ahnte sie, dass Eva mehr tot als lebendig war.

Ein lächerlich kleines Messer mit einem Plastikgriff hatte gereicht, um das anzurichten.

»So viel Blut habe ich noch nie gesehen«, gestand Björn, nachdem er und Johanna erschöpft im Auto saßen.

»Ja, das war viel. Zu viel«, sagte Johanna.

KAPITEL 11

Es war eine Übergangslösung. Johanna hatte nach der Rückkehr in die Heimat ihre Möbel in der ehemaligen Maschinenhalle ihres Vaters eingelagert und war in ihr altes Kinder- oder besser Jugendzimmer eingezogen. Das war inzwischen zum Gästezimmer umgenutzt und entsprechend renoviert worden. Das ersparte ihr zumindest die alten Poster von Duran Duran und Madonna. Obwohl sie sich tatsächlich auch heute nicht für ihren Musikgeschmack von damals schämte. Die Poster sahen seinerzeit allerdings furchtbar aus. Trotzdem waren die in blaue Rahmen gefassten Meerbilder, die so aussahen, als gäbe es dieses Meer gar nicht, keine große Verbesserung. Ihre Eltern hatten sie sicherlich im Einrichtungshaus gekauft, aus dem auch die praktische Kommode und das dazu passende Bett stammten. Und sie hatten augenscheinlich nicht zu viel Geld ausgegeben. Billiges Pressholz und ein plastikhaftes Furnier mussten ausreichen, schließlich war Johanna nicht oft zu Besuch. Jedes Mal hörte sie die gleichen Vorwürfe der Eltern: »Ach, endlich kommst du auch mal wieder.« Davids Abneigung gegen die Provinz, ihre wechselnden Dienste und Schichten – und letztlich auch ihr erfülltes Leben in Berlin –, all das hatte sie von regelmäßigen Fahrten nach Emsfeld abgehalten. Vielleicht wollte sie auch einfach nicht mehr hören, wer gerade wieder Kinder in die

Welt gesetzt und wer zuletzt geheiratet hatte. Ihre ehemaligen Freundinnen und Freunde waren plötzlich Teile von Familien, zu denen es keinen direkten Zugang mehr gab. Fragte sie nach einem kleinen Treffen in der Ortskneipe, löste man damit eine ungeahnte Kettenreaktion aus. Ehepartner mussten gefragt, Termine abgestimmt, der Familienkalender gelesen, Babysitter gefunden und schlimmstenfalls sogar Milch abgepumpt werden, damit man für zwei Stündchen ein bisschen über die alten Zeiten reden konnte.

So saßen sie dann da, Johanna mit einem großen Bier und ihre ehemals beste Freundin Nicki mit einer Apfelschorle – und sie taten so, als unterhielten sie sich. Nach solchen Treffen fühlte sich Johanna oft seltsam abgeschnitten und einsam.

Sie versuchte, sich das Bild mit dem Strand schönzuschauen, und dachte doch wieder an die Poster, die sie aus der Bravo gefummelt hatte.

Es tat gut, einfach mal über Schwachsinn aus ihrer Jugend nachzudenken und sich für einen Moment nicht an Eva Stürmers leblosen Körper zu erinnern. Noch hatten die Ärzte sie nicht aufgeben, sie wurde am Leben gehalten, irgendwie. Dass sie jemals wieder aufwachen würde aus ihrem künstlichen Koma, glaubten sie nicht.

Die grauenvolle Geschichte vom Morgen hatte zwar dafür gesorgt, dass für eine Weile auch David aus ihrem Bewusstsein verschwand, aber auf Dauer funktionierte diese doppelte Verdrängung – blutiger Suizid und Liebeskummer – nicht. Egal, welche Grausamkeiten um sie herum auch geschahen, immer wieder sah sie David mit der anderen vor sich. Natürlich hatte sie die Frau gegoogelt, als er ihr den Namen verraten hatte. Erst wollte er es nicht, doch ihr Einwand, dass sie ja vielleicht bald Stiefmutter eines Kuckuckskinds sein könnte, schien ihn seltsamerweise nicht wütend zu machen, sondern auf eine neue Idee zu bringen. Es wäre die perfekte Dreierbeziehung: Stiefmutter (alt) und Mutter (jung) – das ergab in Summe zwei Frauen und einen Mann. Nie gäbe es in dieser Konstellation Babysitterprobleme, dachte Johanna. Würde David zum Vögeln bei Sigrid – so hieß seine Affäre – sein, würde Johanna sich um das kleine Bündel Mensch kümmern, das ja nichts dafür konnte, dass Papa seine Triebe nicht im Griff gehabt hatte. Sie schämte sich für ihr egoistisches Leiden. Was war schon ihre Eifersucht gegen ein totes Mädchen und eine fast tote Mutter. Doch sie konnte sich nicht gegen dieses Gefühl wehren. Sie war nicht wütend. Dazu war sie gar nicht in der Lage. Sie fühlte sich durch seinen Verrat wie angeschossen. Aus der offenen Bauchwunde blutete es, und das Herz kam kaum hinterher mit dem Nachpumpen. So wie bei Eva Stürmer, dachte sie kurz, schob die Bilder des Morgens aber beiseite – und war wieder bei ihrem eigenen Schicksal.

Vielleicht hatte sie wegen ihrer Unfähigkeit, mit diesem großen, bösen Gefühl – der Eifersucht – umzugehen, nichts dagegen gehabt, zuerst zu Hause einzuziehen – und von dort aus auf Wohnungssuche zu gehen. Das konstant warme Wohnzimmer, der Kaffeeduft jeden Morgen um 7 Uhr, der unkrautbefreite Garten, die frisch gereinigten Pflastersteine der Einfahrt, die unnötigen Kabbeleien ihrer Eltern – früher hatte sie das wahnsinnig gemacht, momentan fand sie darin Trost.

Und nun lag sie also hier. Im Gästebett auf einer Matratze, die ihr Vater zu einem vermeintlichen Schnäppchenpreis im Matratzen-Outlet-Center bekommen hatte.

Sie schlief unruhig, wachte immer wieder auf – und träumte. Ihr Unterbewusstsein hatte ihr ein Bild von Lydias Hand und die lilafarbenen, kurzen Fingernägel ins Gehirn gespült. Die Hand war das Motiv auf dem letzten Teil eines Starschnitts, der die sechzehnjährige Blumentochter von damals darstellte. Sosehr Johanna es in ihrem Traum auch versuchte, sie bekam diesen Teil des Posters einfach nicht an die passende Stelle geklebt. Immer wieder fiel das dünne Posterpapier zu Boden, es riss ein, ließ sich nicht gerade ausrichten. Kurz bevor Johanna endlich aufwachte, hing in ihrem Kinderzimmer zwischen Madonna und Duran Duran Lydia ohne Hand.

Sie wachte auf, begriff, dass sie nur geträumt hatte, und drehte sich noch einmal im Bett um. Wie weh es Lydia wohl getan hatte, als Adam ihr damals den Schädel einschlug. Er hätte es aus Liebe getan, erzählten sich die Leute in Emsfeld. Ein seltsamer Grund, hatte Johanna als Vierzehnjährige gedacht. Heute wusste sie, dass man aus Liebe die schlimmsten und irrationalsten Dinge tat. Jemanden töten oder die geilste Stadt der Welt verlassen und zurück in sein altes Kinderzimmer ziehen.

Schon wieder war ein Mädchen tot, und seine Mutter hatte sich die Pulsadern aufgeschlitzt. Wie sehr muss Eva Stürmer ihre Tochter geliebt haben?

KAPITEL 12

»Is für dich.« Ihr Vater war noch nie ein Mann vieler Worte gewesen. Und obwohl er wegen seiner verschlissenen rechten Hüfte nur noch langsam durchs Haus und über den Hof schlurfen konnte, war er schon außer Hörweite, als Johanna fragte: »Für mich? Wer denn?«

Sie hatte gerade die Schüssel mit dem Porridge vor sich auf dem Tisch abgestellt und wollte frühstücken. Daraus wurde nun erst einmal nichts, sie stand auf. Patrick war vor der Tür, grinsend und sehr lässig mit der rechten Hand ihr Fahrrad haltend.

»Ach du Scheiße, das habe ich ja total vergessen!«

»Ich freu mich auch, dich zu sehen! Ich dachte, ich bring's dir vorbei. Du wohnst ja aufm Weg.«

»Danke, dass ist echt nett. Wegen der Geschichte am Rabeneck hatte ich das Rad echt vergessen«, erklärte Johanna.

»Ja, krass. Ich habe es schon gehört. Ist ja fast wie damals, oder?«

Sie brachte lediglich ein Nicken zustande.

»Du darfst mir wahrscheinlich nichts erzählen?«

Erneutes Nicken.

»Wollen wir heute Abend 'ne Runde drehen?« Patrick klopfte auf den Sattel ihres Rennrades, dann schaute er sie an.

»Gerne.«

»Super, ich komme vorbei. Um halb acht?«

»Passt. Wenn ich länger arbeiten muss …«

»Dann rufst du mich einfach an«, sagte Patrick und drückte ihr seine Visitenkarte in die Hand.

Er ging zu seinem Bulli und stieg ein. Er schlug die Tür des Wagens zu und fuhr winkend vom Hof, sie stöhnte auf. Johanna hatte sich doch eigentlich auf einen Abend auf dem Sofa eingestellt. Aber nun stand noch eine Radtour an.

Sie blickte an sich selbst herunter. Was soll's?! Eine Extra-Einheit Sport würde ihrem Körper sicher guttun und ihr den Kopf frei machen.

+++

Es blieb nicht bei der Radtour. Natürlich war sie mit Patrick nach der kleinen Runde um Emsfeld noch auf ein Bier in das neue Bistro im alten Bahnwärterturm gegangen. Sie kannte den Turm noch, als von dort oben die Schranken gesteuert wurden. Nachdem die ersten ICs über die Gleise rasten und später die noch schnelleren ICEs folgten, war der Bahnübergang geschlossen und durch eine Überführung ersetzt worden. Das außergewöhnliche Gebäude stand viele Jahre nutzlos herum, doch nun hatte sich ein idealistischer Emsfelder gefunden, der daraus ein Kultur-Bistro mit kleiner Karte und außergewöhnlicher Aussicht auf die Gleise gemacht hatte.

Als sie und Patrick den Raum betraten, war er recht gut gefüllt. Doch sie fanden noch einen Platz an einem der Fenster.

»Sieht inzwischen aus wie ein Lost Place.« Johanna zeigte mit dem Zeigefinger auf ein altes Gebäude aus Glas, während sie die ersten Schlucke ihres Biers tranken. Das Gewächshaus der Friedhofsgärtnerei war von Efeu bewachsen, einige Glasscheiben fehlten, andere waren zu verdreckt, um durchzuschauen.

»Glaubt ihr, dass es wieder Adam war?« Patrick wusste, was es mit der Gärtnerei auf sich hatte.

Sie zuckte nur mit den Schultern und nahm noch einen Schluck. Natürlich war das der Gedanke aller Ermittlerinnen und Ermittler in ihrem Team gewesen.

So grausam auch der Suizidversuch – noch war es ja nur ein Versuch – von Zoes Mutter war, die Ärzte bestätigten den Anfangsverdacht: Eva Stürmer hatte sich die Pulsadern selbst aufgeschnitten und war fast verblutet. Die Haustür war laut Spurensicherung ebenso wie die Terrassentür abgeschlossen gewesen, niemand hatte hier nachgeholfen.

Johanna konzentrierte sich wieder auf ihr Bier und ihre Begleitung. Sie hätte gerne mit Patrick über den Fall geredet und ihre Gedanken zu Adam mit ihm geteilt, doch sie sagte nur gerade so wenig, dass sie ihm nicht zu viel verriet.

»Es könnte ja auch ein Trittbrettfahrer sein«, warf sie daher ein.

»Oder eine Trittbrettfahrerin.«

Sie lachte und wechselte das Thema. »Hey, ihr Emsfelder gendert ja sogar.«

»Wir sind offener, als du denkst«, sagte er und schaute ihr dabei direkt in die Augen.

Ist das seine Art, mit mir zu flirten?, fragte sich Johanna und blickte vorsichtshalber wieder durch das Fenster des Bahnhäuschens. Kurz dachte sie an David. Wie er ihr von der Idee einer offenen Beziehung erzählt hatte. Ich bin *nicht* so offen wie ihr alle, dachte sie. Und mit *ihr* waren alle Männer gemeint. Dass das ein Klischee, eine haltlose Übertreibung war und ganz und gar nicht der Realität entsprach, war ihr in diesem Moment egal.

»Ich sollte schlafen gehen«, meinte sie, nachdem das Bierglas fast leer war und nur noch ein bisschen Schaum in einer Pfütze ganz unten umherschwamm. Patrick winkte dem Kellner und zahlte. Sie gingen über das schmale Treppenhaus nach unten.

»Kanntest du Adam Paczek eigentlich? Er ist zwei Jahre älter als ich, also ungefähr in deinem Alter«, wollte Johanna von Patrick ganz beiläufig wissen, als sie ihre Fahrräder vor der Tür aufschlossen.

»Ja, er war in meiner Grundschulklasse. Aber danach hatte ich eigentlich nichts mehr mit ihm zu tun. Ich weiß nur, dass er immer extrem schüchtern war.«

»Und das Opfer damals, Lydia?«

»Die kannte doch jeder«, lachte Patrick. »War ja auch nicht gerade unauffällig unterwegs, das Mädel.«

Sie schaute ihn direkt an: »Hattest du auch mal was mit ihr?«

Patrick wickelte sein Zahlenschloss umständlich um die Sattelstange, ihm war die Frage unangenehm.

»Kann ich die Aussage verweigern?«

»Alles klar«, antwortete Johanna, die jetzt wusste, dass Patrick sein Können beim Küssen durch viel Training erworben hatte.

»Hat es dich eigentlich gewundert, dass Adam sie erschlagen hat?«

Er schüttelte den Kopf und grinste. »Aus Liebe machen wir die dümmsten Dinge.« Und schon wieder klingt es zweideutig, dachte Johanna. Sie wusste noch nicht, ob ihr das gefiel. Sie wusste nur: Patrick hat eine Familie, einen Sohn im Teenageralter, eine neunzehnjährige Tochter und eine Frau. Sie lebten getrennt, hatte er ihr erzählt. »Alles läuft friedlich zwischen uns«, hatte er auch gesagt. »Jeder macht sein Ding.«

Beneidenswert, dachte Johanna. Sie wusste nach dem David-Desaster noch nicht einmal genau, was »ihr Ding« eigentlich war.

»Und kanntest du auch Zoe und ihre Mutter Eva?«

»Klar, wie fast jeder hier. Hübsch. Beide, Mutter und Tochter. Aber mehr weiß ich echt nicht über sie. Wirklich schlimm das alles.«

Wieder wusste Johanna nicht, was sie von seiner Antwort halten sollte. War Patrick nicht sogar in Eva Stürmers Parallelklasse im Gymnasium gewesen? Und sein Sohn war so alt wie Zoe, ging auf dieselbe Schule wie sie … Sie wollte aber nicht weiterfragen. Johanna wollte hinter ihm herradeln und für einen Moment lang nicht weiter darüber nachdenken.

Als er sie zum Abschied vor ihrer Haustür kurz umarmte, atmete sie mit geschlossenen Augen ganz bewusst durch die Nase ein. Ja, er verströmte noch immer diesen typischen Patrick-Duft. Schon damals hatte er gut gerochen. Nicht nach Parfüm oder Aftershave, eher nach sehr dezentem Weichspüler.

»War nett. Bis bald«, sagte sie in nüchternem Tonfall. Sie gähnte, er lachte. »Bis bald.«

Johanna schaute ihm nach, schloss die Tür und überlegte, wann sie ihn offiziell befragen würden. Denn eins war klar: Patrick wusste mehr, als er zugeben wollte. Da konnte er noch so sehr versuchen, sie mit diesem betörenden Duft zu verwirren.

+++

Am nächsten Morgen musste sie ihr Gähnen mühsam unterdrücken. Björn und Johanna waren dieses Mal im Präsidium in Münster anwesend, um Bericht zu erstatten und das weitere Vorgehen zu klären. Durch den Suizidversuch waren alle aufgewühlt und nervös. Eine verzweifelte Mutter, die noch um ihr Leben rang und die nichts sagen konnte. Das alles ließ weder die Ermittler noch die Öffentlichkeit kalt. In neunzig Prozent aller Tötungsdelikte waren die nächsten Angehörigen an der Tat beteiligt oder Mitwissende. Niemand würde Zoes Mutter derzeit befragen können. Nicht zu dem Messer, nicht zu ihrem Todeswunsch und nicht zu der Decke, in der ihre tote Tochter eingewickelt war. Was hatte sie damit zu tun? Der Vater hatte ein Alibi, das wie aus Beton gegossen dastand: Er war in Berlin, als seine Tochter starb – und das mit mehr als zwanzig Kollegen seiner Werbeagentur, die ihn alle mehrere Tage lang zu jeder Tageszeit und zu manchen Stunden in der Nacht gesehen hatten.

Natürlich würde man ihn trotzdem befragen, sobald er sich wieder etwas gefasst hatte.

»Kümmert euch um den alten Fall«, war der Arbeitsauftrag, den Wolfgang Kötters Johanna und Björn erteilte.

Vor allem Adam stand dabei im Fokus der beiden Ermittler. Er hatte vor einunddreißig Jahren Lydia getötet. Er war bei der Friedhofsgärtnerei Altmeyer Lehrling gewesen. Deshalb war das Grab der Toten auf dem Rabeneck-Acker auch so schön hergerichtet gewesen. Was bekannt war: Nie hatte er die Tat abgestritten, er wurde vom Richter zu acht Jahren Jugendarrest verurteilt. Er hatte sie in der Jugendvollzugsanstalt Heinsberg abgesessen und war längst schon wieder ein freier Mann.

Es lag nahe, ihn als Erstes auf die Liste zu setzen. Die Fragen drängten sich auf: Was machte Adam jetzt? Wo lebte er? War er resozialisiert? Wie war es ihm nach seinem Jugendgefängnisaufenthalt ergangen? Und warum hätte er es tun sollen? Erneut, ein zweites Mal. Dieselbe Tat, ein anderes Mädchen. Was könnte sein Motiv sein? Und wenn er mit dem Ganzen nichts zu tun hatte – wer hatte die Sache mit dem Grab kopiert? Wollte der Täter oder die Täterin ihn damit belasten?

Björn und Johanna machten sich sofort an die Arbeit. Das Einwohnermeldeamt spuckte eine Adresse in Berlin aus. Adam war verheiratet und Familienvater. Er hatte den Namen seiner Frau angenommen und hieß nun Bössner. Als sie dort anriefen, nahm niemand ab. Johanna rief ihren alten Chef in Berlin an und bat ihn, eine Streife bei ihm vorbeizuschicken. Eine halbe Stunde später erfuhr sie aus Berlin: Adam und seine Familie waren nicht zu Hause, als die ehemaligen Kollegen von Johanna bei ihm klingelten. »Urlaub in Dänemark«, war die Erklärung, die die Nachbarin den Beamten gab. Sie schien plausibel. Sie hatte den Auftrag, die Blumen zu gießen und die Post anzunehmen. Sein Handy war ausgestellt.

Bevor sie ins Bett ging, fuhr sie noch einmal ihr Notebook hoch und schaute, ob neue E-Mails mit weiteren Informationen eingegangen waren. Die Zeit direkt nach einem Verbrechen war für die Mordkommission die des Sammelns von Spuren und Vermutungen. Bewerten und Schlüsse ziehen konnte man später. Im Moment stand man erst einmal an der Startlinie und hatte keine Ahnung, ob ein Marathon oder Einhundert-Meter-Spurt bevorstand. Was allerdings schon klar war: Es würde ein Hürdenlauf werden.

Sie und Björn hatten von Wolfgang Kötters gleich mehrere Laufbahnen zugeteilt bekommen. Sie sollten die Zusammenhänge zum Mord vor einunddreißig Jahren finden.

KAPITEL 13

Was hätte sie damals für diesen Blick in die Ermittlungsakten gegeben. Johanna hatte die Unterlagen zum Blumentochter-Fall aus dem Jahr 1984 aus dem Polizeiarchiv angefordert, nun lag der erste Ordner aufgeschlagen vor ihr. Es kam ihr fast so vor, als blättere sie in ihrem eigenen Tagebuch. Nur, dass hier Fotos von der toten Lydia angeheftet waren. Sie selbst hatte damals Zeichnungen von der Szene am Rabeneck angefertigt. Mit einem schwarzen Kugelschreiber hatte sie alles niedergekritzelt, was sie gesehen hatte. Den kleinen Erdhügel, die freigelegte Hand des Mädchens. Sie hatte sogar den Fundort aus der Vogelperspektive gezeichnet, die Abstände zwischen dem kleinen Grabhügel und der Gärtnerei geschätzt. Sie konnte nachlesen, dass sie nur um ein paar Meter danebengelegen hatte. Die Stelle, an der Bauer Ludger in die Knie gegangen war, war von den großen Altmeyer-Gewächshäusern polizeilich nachgemessene fünfhundertneunzehn Meter entfernt, sie hatte fünfhundert Meter geschätzt. Dazwischen lag – etwa auf halber Strecke – ein kleines Waldstück, mit ein paar Birken, Büschen und stacheligen Himbeersträuchern. Johanna hasste diese Sträucher, an deren Dornen sie sich immer die Arme und Beine zerkratzte, wenn sie mit ihrer Mutter Beeren für Marmelade sammeln musste, die sie nicht einmal mochte.

»Was ist das?«, fragte Björn und zeigte auf ihr aufgeschlagenes

Tagebuch. Er und Johanna waren in der Polizeistation in Münster. Sie hatten sich selbst einen Bürotag verordnet und saßen Rücken an Rücken an ihren Schreibtischen. Sie hatte nicht mitbekommen, dass er aufgestanden und hinter sie getreten war. Er schaute über ihre Schulter. Sie hatte ihr Tagebuch neben die Ermittlungsakte gelegt und verglich ihre eigenen Notizen von damals mit den offiziellen Blättern der Polizei.

Ihre Eltern hatten ihr zum vierzehnten Geburtstag ein Büchlein im chinesischen Stil geschenkt. Es war mit blau glänzendem Stoff bezogen, die Ecken waren mit braunem Kunstleder abgesetzt. Eigentlich fand sie es zu kitschig, mit all den Blüten- und den Teehaussymbolen. Doch gleichzeitig liebte sie genau diesen romantischen Firlefanz. Typisches Pubertätsdilemma, dachte sie und musste lächeln. Ihre Mutter hatte immer gesagt: »So, nun ist also diese typische Zwischen-Baum-und-Borke-Zeit auch bei dir angebrochen.« Dass sie gut dreißig Jahre später immer noch nicht genau wissen würde, wohin sie gehörte, hatte ihre Mutter damals sicher nicht vorausgeahnt.

Johanna unterdrückte den Reflex, ihr privates Buch zuzuschlagen, und klärte Björn auf. »Ich habe mich seinerzeit auch schon sehr für den Fall interessiert.« Sie las ihm ihre Faktenliste vor, die sie als Vierzehnjährige erstellt hatte – und die tatsächlich einige Übereinstimmungen mit den professionellen Ermittlungsergebnissen der Soko »Blumentochter« aufwies. *Fundort sieht aus wie ein Grab*, hatte sie aufgeschrieben. *Erster am Tatort: Ludger Schulze. Opfer: Lydia Rose, sechzehn Jahre alt, Schülerin.*

Verdacht: Vielleicht einer von den Schatten. Motiv: Die kennen sich dort aus (Friedhofsgärtnerei mit Gewächshaus in der Nähe), mögen Leichen, lieben Gräber.

Björn wiederholte das Wort: »Schatten?«

»Das war damals so eine morbide Grufti-Clique, die immer in Friedhofsnähe abhing. Sie trafen sich im Gewächshaus der Friedhofsgärtnerei.«

»Davon steht in unseren polizeilichen Akten …« Björn wühlte in der Akte.

»… kaum etwas«, ergänzte Johanna.

»Und über Adam Paczek, den Täter, steht in deinem Tagebuch was genau?«

Sie hielt ihrem Kollegen das Tagebuch entgegen und zeigte auf eine Textstelle.

»Sie wissen, wer es war. Hätte das nie von Adam gedacht«, las Björn leise vor und schaute dann zu Johanna auf. »Warum nicht? Warum hätte die junge Johanna das niemals von ihm gedacht?«

»Adam war einfach viel zu nett. Viel zu leise. Das passte nicht.«

»Aber er hat es nicht abgestritten«, entgegnete Björn.

»Ich weiß.«

Sie blätterte weiter in einer der letzten Ermittlungsakten zum alten Fall und betrachtete das Foto, auf dem Adam Paczek ernst in die Kamera schaute. Genau diesen Blick kannte sie. Traurig, schüchtern. Sie hatte früher nicht viel mit Adam zu tun gehabt. Man kannte sich. Vom Schulhof, aus dem Schwimmbad oder weil man gemeinsam in der Schlange an der Eisdiele für drei Kugeln mit Sahne anstand. Er und seine Mutter Suzanna kamen nicht aus Emsfeld. Sie stammten aus Polen, aber warum sie ins Münsterland kamen und dort sesshaft wurden, wusste niemand. Erst durch die Akte erfuhr sie, dass er in Jaworzno geboren wurde. Sie hatte noch nie davon gehört, dabei ergab ihre Google-Recherche, dass die Stadt mit ihren neunzigtausend Einwohnern fast zehnmal so groß wie Emsfeld war.

Als Adam damals verhaftet wurde, war er gerade im zweiten Lehrjahr als Friedhofsgärtner und spielte beim SV Emsfeld Fußball in der A-Jugend. Er war zurückhaltend, aber durchaus anerkannt. Bei den Schatten, weil sie jemanden, der täglich mit Gräbern zu tun hat, faszinierend fanden. Bei den Mannschaftskameraden, weil er gute Pässe spielte. Nur die Mädchen hatten den blassen Jungen nicht auf dem Radar. Auch Johanna hatte ihn kaum wahrgenommen. Leise, nett, schüchtern – nicht gerade das, was sie und ihre Freundinnen damals attraktiv fanden.

Es fiel ihr schwer, sich Adam als verheirateten Familienvater in Berlin vorzustellen. Sein Beruf – Buchhalter bei einem Papierwarenhersteller in Steglitz – hatte zwar nichts mehr mit seinem ursprünglichen Lehrberuf zu tun, war für sie aber genau das, was zu ihm passte. Gut, dass seine Jugendstrafe ihm den Weg in einen sicheren Job nicht verwehrt hatte. Den Haft-Akten konnte sie entnehmen, dass Adam während seines Aufenthalts im Jugendgefängnis sein Abi gemacht hatte und anschließend ein Fernstudium in BWL angefangen hatte.

Wie er heute wohl aussah? Welche Frau hatte ihn geheiratet? Ob sie wohl wusste, dass er ein Mörder war?

»Alle Wege führen zur Vernehmung von Adam«, murmelte Johanna vor sich hin.

»Wer ist eigentlich P.L.?«, fragte Björn neugierig, was Johanna zum Grinsen brachte. Ihr Kollege spielte wohl auf die kleinen roten Herzchen an, die unter ihrem Lageplan und der Faktenliste die Seite zierten und mit den Initialen P.L. versehen waren.

Er musste sie beim Durchblättern gesehen haben. Niemals würde sie ihm verraten, dass sie damit Pierre Littbarski gemeint hatte. Den kleinen, o-beinigen Fußballspieler, in den sie schwer verliebt war.

Es war schon verrückt, dass sie dieses Zeitdokument ihrer Jugend noch hatte. Eigentlich hatte sie es schon vergessen, doch vor ein paar Jahren bekam sie es wieder in die Hände, als ihre Eltern das Kinderzimmer renovierten. Sie sollte ihre Sachen ausräumen. Als sie ihre Schreibtischschubladen ausleerte, entdeckte sie wenige Dinge, die sie behalten wollte. Ihre Tagebücher durften allerdings auf keinen Fall im Altpapier oder Schredder landen. Also legte sie die Erinnerungen in einen Schuhkarton, beschriftete ihn mit den Worten *Johanna – privat* und bat ihre Eltern um einen Regalplatz im Keller.

»Und was ist das?« Björn berührte mit seinem Zeigefinger die kleine Figur, die Johanna neben die Tastatur des Rechners gestellt hatte.

»Das ist ein Polizisten-Schlumpf«, sagte sie. »Unser Schutzpatron.«

Ihr Handy brummte kurz auf. Eine Textnachricht von den Kollegen aus Berlin: *Adam Paczek ist aus dem Urlaub zurück. Wollt ihr ihn kontaktieren?*

Sie antwortete mit einem kurzen: *Yes!*

+++

Adam war nicht erfreut über Johannas Anruf. Sie hatte ihm vom toten Mädchen auf dem Acker, von den Sonnenblumen, von der Dringlichkeit, ihn zu sprechen, geredet, doch er fiel ihr ins Wort: »Ich habe kein Interesse, mit der Polizei zu reden«, sagte er kurz und knapp. Er wäre gerade erst aus dem Urlaub zurück, eines der drei Kinder habe Fieber und müsse zum Arzt – und auch er fühle sich nicht gut. Adam hustete. Es klang echt, befand Johanna.

Sie zwang sich, freundlich zu bleiben. »Nur eine kurze Frage noch, Herr Paczek. Wo genau in Dänemark haben Sie Urlaub gemacht?«

»Wollen Sie auch verreisen, oder interessiert Sie mein Alibi?« Sie antwortete nicht auf seine provokante Frage.

»Dræby. So hieß der Ort. Friggsvej 17. Es war nicht viel los. Große Grundstücke, viel Platz, wenige Zeugen, die mich gesehen haben könnten. Liegt nah an der Ostsee. Ist schön dort, vor allem ruhig – und keiner ruft an.«

Sie überhörte die letzte spitze Bemerkung.

»Wir melden uns in ein paar Tagen noch einmal. Gute Besserung und alles Gute für Sie und Ihre Familie! Meine Kontaktdaten habe ich Ihnen ja schon zugemailt, Sie können sich jederzeit bei uns melden, es ist wirklich wichtig, dass wir miteinander sprechen.«

Doch das hörte er schon nicht mehr. Er hatte längst aufgelegt.

KAPITEL 14

Sie hatten sich aufgeteilt. Björn wollte die wichtigsten Zeugen von damals abtelefonieren und ein paar Treffen vereinbaren, Johanna war auf dem Weg zu Margarete Abel. Adresse und Telefonnummer hatte Kötters ihr mitsamt eines Arbeitsauftrags per Handy geschickt. Die kurze und knackige Nachricht lautete: *Fahr da hin, die hat damals ermittelt. Vielleicht hilfreich.*

Daher irrte sie nun über Feldwege, vorbei an Äckern und Feldern und Kuhweiden. »Das Ziel befindet sich auf der linken Seite«, erklärte die künstliche Stimme des überforderten Navis. Demnach musste Margarete Abel auf einem Hochsitz leben. Sie hätte es besser wissen müssen, diese Bauerschaften hatten ihre eigenen Gesetze, was Hausnummern anging. Langsam fuhr Johanna weiter, hielt am nächsten Hof und klingelte auf gut Glück. Auch wenn Margarete Abel hier nicht wohnen sollte, könnten die Bewohner ihr vielleicht wenigstens sagen, wo sie diese findet.

Aufgrund des lauten Kläffens des Hundes war sie sich nicht sicher, ob die Klingel überhaupt funktionierte. Doch nach einer Minute öffnet ihr eine Frau, schaute erst misstrauisch, dann aber freundlich drein, als Johanna nach Frau Abel fragte.

»Die Frau Abel, die ist nicht weit«, sagte sie und lachte. Dann zeigte sie auf einen frei stehenden Fachwerkspeicher in etwa fünfzig Meter Entfernung. »Müsste zu Hause sein. Ihr Auto und ihr Fahrrad sind da. Und Licht ist auch an.«

+++

»Na, schon die Bekanntschaft mit meiner aufmerksamen Nachbarin gemacht?« Margarete Abel stand in der kleinen Eingangstür, als Johanna näher kam.

»Ja, der Frau entgeht anscheinend nichts, sie wusste genau, dass du da bist, weil sie Licht bei dir gesehen hat«, antwortete sie und streckte Margarete die Hand entgegen.

»Ich bin Maggy«, sagte Margarete.

»Johanna, aber nenn mich gerne Jo.« Margarete und Johanna, zwei Polizistinnen, zwei Spitznamen und ein fester Händedruck. Guter Anfang, dachte Johanna und trat ein.

Als sich ihre Augen daran gewöhnt hatten, dass es drinnen um einiges dunkler als draußen war, erblickte sie die pure Gemütlichkeit. Abgewetzte Fliesenplatten auf dem Boden, ein grober Holztisch in der Mitte des Raumes, daran vier verschiedene Stühle. Die Wände waren weiß getüncht, dazwischen setzten sich die leicht krummen Fachwerkbohlen in Dunkelbraun ab. Ein paar gerahmte Fotos und moderne Drucke hingen an der Wand. Die Küche bestand aus einzelnen Ikea-Blöcken, und das dunkelrote Sofa diente als eine Art Raumtrenner zwischen Küchenbereich und Fernsehecke. Auf der Stelle wollte Johanna sich auf die Couch setzen, Vanilletee trinken und durch die kleinen Fenster auf die umliegenden Felder blicken.

»Tee?«, fragte Maggy, als ob sie ihre Gedanken gelesen hätte. Johanna nickte, entdeckte die bereitgestellten Tassen auf dem Tisch, verabschiedete sich innerlich vom weichen Sofa und nahm auf einem der Stühle Platz.

»Schön hast du es hier.«

Maggy lächelte. »Das totale Landidyll, oder?«

»Ja, fast schon kitschig.« Johanna trank einen Schluck. Kein Vanillearoma, schwarzer Tee.

»Und ich brauche keinen Wachhund.« Maggy zeigte in die Richtung des Hofgebäudes, während sie noch immer auf der anderen Seite des Tisches stand.

Sie war groß, schlank und durchtrainiert. Sie trug eine enge Jeans, darüber ein dunkelgrünes T-Shirt mit einer hellgrünen Strickjacke. Ihre Haare waren zu einem wirren Knoten zusammengebunden, und vereinzelt blitzten graue Strähnen hindurch. Maggy war knapp über sechzig Jahre alt. Sie arbeitete im Kriminalkommissariat 12, das unter anderem für Jugendkriminalität, Nötigung, häusliche Gewalt und Stalking zuständig ist. Im Fall *Blumentochter* war sie damals eine der Ermittlerinnen gewesen. Das waren die Infos, die sie von Kötters bekommen hatte.

»Wolfgang Kötters hat mich angerufen und mir erzählt, dass es einen ähnlichen Fall gibt und du die Zusammenhänge zwischen damals und heute unter die Lupe nehmen sollst.«

Johanna nickte.

»Was willst du wissen?«

»Alles.«

»Dann lass uns lieber aufs Sofa setzen, das dauert 'ne Weile«, entgegnete Maggy. Sie und Johanna standen auf und ließen sich mit einem wohligen »Ah« ins Sofa fallen.

»Warst du damals als erste Beamtin am Tatort?«, wollte Johanna wissen.

Margarete Abel nickte lächelnd. »Und du warst die kleine, kluge Zeugin.«

KAPITEL 15

Björn bekam die Bilder nicht übereinandergelegt. Johanna hatte ihm ein paar Namen der ehemaligen Friedhofsclique genannt, von denen einige noch in Emsfeld wohnten. Sein Job war es nun, mit zweien von ihnen zu sprechen: Torsten Heiser und Andrea Thies. Er wurde früher Torti genannt, ihr Spitzname war TK, englisch ausgesprochen. Sie waren Mitte der Achtzigerjahre DAS Paar ihrer Gruppe gewesen. Beide waren bettlakenblass und zu jeder Gelegenheit und Uhrzeit komplett in Schwarz gekleidet gewesen. Torsten Heiser war mindestens ein Meter neunzig groß und schlank wie ein Grashalm, sie fast zwei Köpfe kleiner. So hatte Johanna ihm das morbide Traumpaar aus der Erinnerung heraus beschrieben. Björn saß den beiden gegenüber und schaute sie ungläubig an. Sie hatten sich im Café »Treffpunkt« neben der Kirche verabredet und saßen in einer der gepolsterten Sitzecken, deren rosa-grau-hellblau gesprenkelter Stoff in den Neunzigern schon altbacken ausgesehen hatte. Torti war zwar so groß wie beschrieben, aber längst war da nichts Schlaksiges mehr an seiner Figur. Aus TK war eine gut proportionierte Frau mit gesträhnter Kurzhaarfrisur geworden, die man in der Generation 50+ wohl »flott« nennen würde. Blass waren sie beide nicht, sondern verfügten über eine gesunde Gesichtsfarbe. Er trug Funktionskleidung und sie eine gemusterte Bluse samt Stoffhose in Dunkelblau. Von schwarzen Kutten weit und breit keine Spur. Insgeheim freute sich Björn schon, seiner Kollegin später von dieser Verwandlung zu berichten. Auch sonst hatten die beiden so gar nichts Gruseliges an sich. Torsten wippte mit seinem Fuß auf und ab, Andrea Thies rieb mit dem Zeigefinger ihrer rechten Hand über ihre Daumenkuppe. Sie waren nervös. Björn konnte sie verstehen. Sie waren nicht gewohnt, mit der Polizei zu reden.

Björn begann das Gespräch mit den einfachen Fragen nach Familienstand und Beruf. Andrea Thies war geschieden, Torsten Heiser verheiratet – dass sie jemals ein Paar gewesen waren, konnten sie selbst kaum noch glauben. Natürlich hatten sie von Zoes Tod gehört und von Eva Stürmers Versuch, sich das Leben zu nehmen. Beide waren erschüttert. »Die Eva, die kennen wir schon ewig«, sprach Torsten Heiser. Sie sei damals auch in der Friedhofsclique gewesen, auch wenn sie eigentlich nicht so richtig dazu gepasst hätte.

»Warum nicht?«, wollte Björn wissen.

Synchron zuckten beide mit den Schultern.

»Richtig hübsch war sie früher. Genauso, wie ihre Tochter es war«, sagte Andrea Thies. Es klang, als sei das die Erklärung. Zu hübsch für die morbide Clique, dachte Björn.

»Evas Eltern hatten diese Gewächshäuser neben dem Friedhof. Das war unser Treffpunkt, alleine deshalb war es gut, dass sie mit uns abhängen wollte«, ergänzte Torsten Heiser.

»Und was war mit Lydia, gehörte die auch zu euch Schatten?«

»So haben uns eigentlich immer nur die anderen genannt – Schatten.« Äußerte Torsten, ehe er ernst wurde. »Das mit Lydia hat uns damals echt geschockt. Wir fanden eigentlich alles spannend, was mit Tod und Friedhöfen zu tun hatte. Aber als da plötzlich eine echte Tote war, die wir kannten, da …« Er schüttelte den Kopf. Ihm schienen die richtigen Worte zu fehlen.

Andrea Thies beendet den Satz für ihn. »Da machte das plötzlich keinen Spaß mehr. Lydia war vielleicht nicht immer bei unseren Treffen dabei, aber sie gehörte zu uns. Wir fanden sie cool. Ich hatte aber auch immer ein bisschen Angst vor ihr, weil sie so dreist war und unberechenbar.«

Torsten Heiser lächelte kurz und schaute in Richtung seiner Jugendfreundin. »Du warst auch immer ein bisschen eifersüchtig auf sie.«

In diesem Moment konnte sich Björn doch vorstellen, dass die beiden einmal ein Paar waren. »Stimmt das, Frau Thies?«

»Wahrscheinlich schon. Aber ich war sicherlich nicht die Einzige damals, die eifersüchtig auf sie war. Lydia kannte keine Grenzen. Und sie traute sich was. Keine Ahnung, mit wie vielen Jungs sie was hatte.«

Sie nannten ein paar Namen, und einige kamen Björn aus den Ermittlungsakten von damals bekannt vor. Ulli Brandner, Lars Schulte, Alexander Heithoff – alle aus Emsfeld oder dem benachbarten Warendorf – und alle mit einem wasserdichten Alibi ausgestattet, weil sie zu dem Zeitpunkt von Lydias Ermordung gemeinsam auf Stufenfahrt in Prag waren. Doch dann kamen Namen, bei denen Björn hellhörig wurde.

»Patrick, der Hübsche, Oliver, der Reiter und tja, auch ich«, schloss Torsten heiser die Aufzählung ab.

Andrea Thies verschluckte sich am Wasser. »Dann war ich ja gar nicht grundlos eifersüchtig«, meckerte sie.

Björn hörte nicht mehr zu, was Torsten ihr antwortete.

Er würde Johanna viel zu erzählen haben. Denn als er die Nachnamen der bisher unbekannten Lydia-Liebhaber notierte, wurde ihm nicht nur klar, dass die Ermittlungsakte von damals eine große Lücke aufwies. Er musste nun auch mit Johanna über seinen Vater, Oliver, sprechen. Denn der stand auf der Liste der Verdächtigen auf einmal ganz weit oben.

Allerdings musste er sich wieder konzentrieren, denn aus den alten Akten wusste er, dass man vor drei Jahrzehnten zumindest mit dem langen Torti gesprochen hatte.

»Es war ja klar, dass sie uns in Verdacht hatten«, sagte Torsten Heiser dazu. »Uns hat man durchaus zugetraut, eine Tote so schön zu präsentieren.«

Seine ehemalige Freundin pflichtete ihm bei. »Der Adam hat sich auch wirklich viel Mühe gegeben. Die Rosen und dann diese weißen Blumen mit diesen federleichten Blüten – eine gelungene Kombination. Wie hießen die Pflanzen noch mal?«

»Zauberschnee, glaube ich. Sah auf jeden Fall toll aus, dieses provisorische Grab von Lydia.«

Zu Adam konnten sie beide jedoch nicht viel sagen. Er war still, zurückhaltend. Sie fanden ihn interessant, weil er die Gräber auf dem Friedhof bepflanzte und in der Gärtnerei ein Zimmer im Keller hatte, aber Teil der Clique war er nicht gewesen.

»Man kennt sich hier halt«, sprach Andrea. »Auch wenn wir 'ne Kleinstadt sind, ist das eigentlich ein Dorf hier.«

»Wussten Sie denn, wie Adam und Lydia zueinander standen, war er in sie verliebt, lief da was?«

Beide antworteten mit »Nein«.

»Aber das muss nichts heißen«, ergänzte Andrea. »Ich wusste ja auch bis gerade eben nicht, dass Torti was mit ihr hatte.«

Björn arbeitete seinen Fragenkatalog zu Ende durch und fand keine Ungereimtheiten, nichts, was die Kollegen damals übersehen haben könnten. Er bedankte sich und war erleichtert, dass er nun endlich seinen eigenen Gedanken nachhängen konnte.

Lydia Rose und sein Vater. Oliver Große Kentrup. Der Ex seiner Mutter, der schon von der familiären Bildfläche verschwunden war, bevor Baby Björn überhaupt geboren war. Gefehlt hatte er ihm nie. Seine Mutter war in Ordnung, sein Stiefvater auch. Anders als in irgendwelchen rührenden Filmen musste er nicht nach seinem Vater suchen. Er kannte seinen Namen, kannte seine Adresse in Düsseldorf und hätte jederzeit Kontakt aufnehmen können. Aber Björn und auch sein leiblicher Vater wollten das nicht. Er hätte nicht sagen können, warum. Sein leiblicher Vater hatte an Björns erstem Geburtstag erfahren, dass es den Jungen gab. So hatten es seine Eltern ihm später erzählt. Aber Oliver hielt sich zurück, wollte die intakte Familie nicht stören. Er bot an, Unterhalt zu zahlen, doch Björns Mutter lehnte ab. Sie war verheiratet, ihr Mann war faktisch der Vater – und so war alles okay.

Und durch Torsten Heiser und Andrea Thies musste er nun erfahren, dass sein leiblicher Vater damals eine Affäre oder Liebschaft, also irgendetwas Sexuelles mit der Toten, gehabt hatte. Und sie erzählten ihm, dass er schon kurz nach den Ermittlungen aus Emsfeld weggezogen war, um zu studieren.

Ohne dass irgendein Polizist wusste, dass Oliver Große Kentrup ein wichtiger Zeuge in einem Mordfall war, weil er das Opfer besser kannte als gedacht.

Wahrscheinlich war das ein Zufall. Es gab immerhin einen Täter, der nie abgestritten hatte, für Lydias Tod verantwortlich zu sein. Trotzdem war es für einen angehenden Richter sicher besser gewesen, dass er gar nicht erst mit dem Fall in Verbindung gebracht wurde.

Björn spürte seinen Magen grummeln. Es half nichts, er würde Johanna alles erzählen müssen.

KAPITEL 16

Sie hatte sich zurückgelehnt, der Tee hatte die richtige Trinktemperatur, und Maggy startete gerade mit ihrer Reise in die Vergangenheit, als Johannas Handy brummte. Sie hatte es mit dem Display nach unten auf den Couchtisch oder – besser gesagt – die umgedrehte alte Weinkiste gelegt. Eine Art Höflichkeitsgeste, die aber im Falle eines Anrufs auch nichts half. Sie entschuldigte sich, nahm das Handy, schaute aufs Display und drückte den Anrufer weg. Noch bevor sie es wieder hinlegen konnte, vibrierte es erneut.

»Tut mir leid«, murmelte sie. Stand auf, nahm das Handy und ging nach draußen.

»David. Was soll das? Ich bin in einer Besprechung.« Sie sprach halblaut. Maggys Nachbarin hatte bestimmt schon die Ohren aufgestellt.

»Wir sollten reden«, jammerte er.

»Nein, falsch. Es gibt nichts zu bereden«, sagte sie.

»Du kannst nicht einfach abhauen und nichts mehr zu mir sagen.«

»Doch. Das kann ich.«

»Du weißt genau, dass wir noch ein paar Sachen klären müssen. Also. Heute Abend?«

Sie hätte ihn am liebsten wieder weggedrückt. Doch er hatte recht. Sie mussten noch ein paar Dinge bereden. Nicht nur die

Sache mit dem Mietvertrag – sie war immer noch die Hauptmieterin der gemeinsamen Wohnung in Berlin, auch über die Sache mit ihnen beiden sollten sie vielleicht noch einmal in Ruhe sprechen.

»Okay.« Johanna lenkte ein. »Ich ruf dich später an.« Dann legte sie auf.

Sie freute sich überhaupt nicht auf das Telefonat.

»Lass mich raten«, sagte Maggy, als Johanna wieder eintrat. »Komplizierte Männer-Geschichte?«

»So eindeutig?«

»Hey, ich bin Stalking-Expertin.«

Johanna wollte etwas erwidern, denn ein Stalker war David schließlich nicht. Doch Maggy kam ihr zuvor. »Ist nur mein Bauchgefühl. Du siehst gerade so nach ›mein Ex nervt‹ aus.« Johanna erwiderte nichts.

»Ich weiß, dass du dienstlich hier bist. Aber wollen wir uns trotzdem einen Wein aufmachen?« Maggy stand auf und holte zwei Gläser aus dem Schrank über ihrer Spüle. »Ich habe noch viel von dem Fall damals zu erzählen. Außerdem können wir dann ganz in Ruhe überlegen, wo die Parallelen zwischen Lydia und Zoe zu finden sein könnten.«

Johanna grinste – noch unentschlossen. »Und mein Auto?«

»Lässt du stehen. Ich ruf' dir einfach ein Taxi.«

»Ich wollte eigentlich gleich noch David anrufen.«

»Du wirst gleich ein paar Gläser Wein getrunken haben, ruf ihn besser nüchtern an.«

Johanna nickte und schickte David eine kurze Textnachricht. »Melde mich morgen. Geht heute nicht.«

Dann stießen die beiden Polizistinnen mit einem fruchtigen Weißwein an.

+++

Nachdem Johanna und Maggy ein paar Gläser geleert hatten, war eine Nachricht von Björn auf Johannas Handy eingegangen. *Adam Paczek hat mit Anwältin gesprochen, er will nicht mit uns reden. R*

Johanna wählte Björns Nummer.

»Hi, was ist das denn für ein Mist? Das akzeptiere ich so nicht.«

Björn musste lachen. »Na, dann ist ja gut.«

»Ich werde jetzt doch die Dorfkinder-Karte ziehen«, sagte sie. »Immerhin kenne ich Adam von früher. Ich kontaktiere ihn privat. Braucht Kötters übrigens nicht zu erfahren.«

»Klingt nach einem sehr seriösen Plan«, erwiderte Björn. »Aber geht klar. Ich weiß von nichts.«

Sie lächelte.

Björn räusperte sich. »Ich muss dich übrigens auch sprechen. So halb privat. Heute Abend vielleicht?«

»Okay, dann holst du mich heute von Maggy ab – ich schicke dir die Adresse.«

Johanna legte auf. »Der einzige Mann, mit dem ich sprechen will, möchte lieber schweigen, die anderen beiden wollen unbedingt gleich heute Abend mit mir reden. Immerhin kann ich mir jetzt das Taxi sparen, Björn holt mich nachher ab.«

Maggy schüttelte den Kopf und brachte nur ein leicht vernuscheltes »Männer« hervor.

»Warum hast du nur dein Handy nicht ausgeschaltet, war doch gerade so chillig?«, maulte Maggy, ehe ihr ein Kichern entwich. »Man muss auch mal Wein sagen können.«

Johanna grinste. Den Spruch kannte sie zwar, aber Maggy war trotzdem lustig. Sie war außerdem sehr strukturiert. So hatten die beiden Frauen schon nach dem zweiten Glas eine Liste aufgestellt, in der sie alles gegenübergestellt hatten, was es in den beiden Fällen zu vergleichen gab. Die Übereinstimmungen hatten sie mit hellgrünem Textmarker gekennzeichnet, die Unterschiede mit Neon-Pink – und bei offenen Fragen oder Dingen, die sich nicht vergleichen ließen, hatten sie ein helles Blau genommen.

Fünf Blätter eines großen Aquarellzeichenblocks hatten sie gefüllt und auf dem Fußboden ausgelegt.

Auf einem sechsten Blatt hatte Maggy mit dickem, schwarzen Edding »Offene Fragen« geschrieben. Darunter wurde es mit jedem Glas Wein unübersichtlicher – die Schrift kippelte mal nach rechts und mal nach links.

Als Björn klingelte, war Johanna gerade dabei, das bunte Gesamtwerk Blatt für Blatt abzufotografieren. Sie würde es sich morgen, im nüchternen Zustand, noch einmal genau anschauen müssen. Am besten zusammen mit ihrem jungen Kollegen, der von außen einen Blick auf die Dinge haben würde.

Maggy ließ Björn eintreten, nachdem sie sich einander kurz vorgestellt hatten.

»Ich komme schon«, rief Johanna und stand auf. Sie umarmte Maggy zum Abschied, griff nach ihrer Jacke und wollte sie überziehen. Sie traf erst im dritten Versuch ihren Ärmel. Björn half ihr, verdrehte die Augen und ging zum Auto voraus.

»Du hast eine Fahne«, sagte er, als Johanna neben ihm im Wagen saß.

»Sorry«, entgegnete sie und kramte in ihrer Tasche nach den Kaugummis. »Du wolltest mit mir reden?«

Ihr Kollege nickte nur und schaute geradeaus. »Ich glaube, das verschieben wir auf morgen.«

Johanna atmete tief ein. Das Zitronenkaugummi wirkte erfrischend.

»Wenn du meinst.« Dann also morgen, dachte sie. Und dann noch mit David telefonieren und Adam überreden, doch noch mit ihnen zu sprechen.

KAPITEL 17

»Ist er verdächtig? Ist er ein Zeuge? Habt ihr irgendetwas, außer der Ähnlichkeit der beiden Fälle?«

»Nein«, sagte Johanna. »Nicht direkt. Aber dass er nicht mit uns sprechen will, spricht auch nicht gerade für ihn.«

Kötters grummelte etwas, das man nicht verstehen konnte.

»Dann müsst ihr etwas finden. Was ist mit seinem Urlaub, war er zur Tatzeit wirklich in Dänemark?«

Björn nickte. »War er – höchstwahrscheinlich. Zumindest haben wir heute den entsprechenden Mietvertrag von der Ferienhausagentur zugemailt bekommen. Und die dänischen Kollegen haben zumindest für den Freitag in der ersten Urlaubswoche einen Zeugen aufgetan. Ein Kammerjäger war bei der Familie und hat ein Wespennest entfernt, er hat auch mit Adam geredet.«

»Aber das war nicht genau am Tag, an dem Zoe gestorben ist?«

Björn und Johanna schüttelten beide den Kopf.

»Ich glaube einfach nicht an einen Zufall. Irgendetwas sagt mir, dass er etwas damit zu tun hat.«

»Aber keine der gefundenen Spuren an der Leiche deuten auf Adam«, warf Björn ein. »Wir haben wirklich nichts.«

Kötters seufzte. Es war klar: Sie durften Adam Paczek nicht

vorladen. Sie befanden sich in einem Dilemma. Luden sie ihn vor, weil er verdächtig war, durfte er schweigen, um sich nicht selbst zu belasten. Luden Sie ihn als Zeugen vor, hätte er schlicht Zeuge sein müssen – aber selbst das war er nicht. Sie waren also darauf angewiesen, dass er freiwillig mit ihnen sprechen wollte, und aus diesem Gespräch konnten sie dann mit viel Glück ein paar zusätzliche Aspekte ziehen, die vielleicht ein paar Dinge klarer machen würden. Zwingen konnten sie ihn nicht.

Johanna verstand das. Sie glaubte nicht an eine Wiederholungstat, trotzdem wollte sie es nicht hinnehmen. Sie hatte Adam deshalb schon vor dem Gespräch mit Kötters eine sehr persönliche Mail geschickt. Von Dorfkind zu Dorfkind – von ihrer privaten Mailadresse an seine private Mailadresse.

Hallo Adam,
ich duze dich einfach, weil wir uns schon sehr lange kennen, und hoffe, das ist für dich in Ordnung. Falls du mich nicht einordnen kannst: Ich bin Johanna Eckstein, vom Landmaschinenhandel Eckstein in Emsfeld. Wir haben uns öfter in der Eisdiele getroffen. Ich schreibe dir privat, weil mein Chef nichts davon wissen muss. Ich glaube fest, dass jemand dir etwas anhängen will, indem er diese Sache mit dem Grab bei Zoe wiederholt hat. Und mein Kollege Björn Bormann und ich wollen herausfinden, wer. Du hast deine Strafe abgesessen, du hast also nichts zu befürchten. Hilf uns, den wahren Täter zu finden, wir wollen nur die beiden Fälle miteinander

vergleichen. Du kannst alles erzählen und auch loswerden. Sag uns, was du dazu denkst, wie es dir damit geht. Wir werden nichts davon verwenden, wenn du es nicht willst.
Melde dich bitte!
Johanna

Kötters gegenüber erwähnte sie nichts davon.

Am Mittag hatte sie eine Antwort. *Meine Familie weiß nichts davon*, schrieb Adam. *Und das soll auch so bleiben.*

Er schlug einen neutralen Treffpunkt in Berlin vor. Direkt am nächsten Tag. Johanna war es recht, dann konnte Adams Anwältin ihm hoffentlich nichts mehr ausreden.

Sie buchte zwei Bahn- und Hoteltickets für Björn und sie und informierte Kötters über die Reise. Sie blieb ihm gegenüber vage und sprach nur über eine mögliche Bereitschaft Adams, doch über damals zu reden. Kötters nickte, fragte zum Glück nicht weiter nach, und Björn freute sich über die Aussicht, nach Berlin zu fahren.

»Berlin, Berlin – wir fahren nach Berlin«, sang er lachend am Telefon, als Johanna ihn einweihte.

»Du klingst wie ein Fußballfan«, sagte sie und dachte:

»Berlin, Berlin, ich fahre nach Berlin.« Seit der Sache mit David war sie nicht mehr da gewesen. Ihr Magen zog sich zusammen.

Weil sie die Anreisezeit nutzen wollten, um sich eine Gesprächsstrategie zurechtzulegen und um noch einmal alles durchzugehen, fuhren sie mit dem Zug. Johanna hatte zwar nur einen leichten Kater, aber die Flasche Wein verursachte ein unangenehmes Pochen in ihrer linken Schläfe. Sie gähnte. Björn saß aufrecht und sehr konzentriert neben ihr, während sie beide in dasselbe Notebook schauten. Auf diesem sahen sie die Bilder, die Johanna von ihren Aufzeichnungen und Kritzeleien gemacht hatte.

»Man, hast du 'ne Sauklaue«, meckerte Björn.

Doch dann gingen sie Blatt für Blatt durch und verglichen die bekannten Details des Mordfalls von 1984 mit dem Mordfall von heute.

Zunächst sammelten sie die Übereinstimmungen. Johanna las aus ihren Aufzeichnungen vor: »Alter des Opfers: sechzehn. Fundort der Leiche: Acker Rabeneck.

Szene drapiert wie ein Grab. Bezug zur Friedhofsgärtnerei Altmeyer (Täter im Fall 1 arbeitete dort, Opfer in Teil 2 ist die Enkelin der damaligen Betreiber). Todesursache: Schädel-Hirn-Trauma durch Schlag auf den Kopf (Stein, Holzkeule, Metall?).«

Björn unterbrach sie. »Krass, dass die Tatwaffe nie gefunden wurde.«

»Stimmt«, pflichtete Johanna bei, ehe sie weiterlas. »Täter: In Fall 1 bekannt. Adam Paczek, ein Jugendlicher, der in der Gärtnerei gearbeitet hat. Motiv: nicht verifiziert. Womöglich unerwiderte Liebe. Denn das Einzige, was der Täter – also Adam – damals ausgesagt hatte, war, dass er es aus Liebe getan habe.«

»Ja, ja, die Liebe …«, murmelte Björn. Johanna zwang sich, nicht an David zu denken, und erzählte weiter. Die Ermittler hatten seinerzeit folgende Rekonstruktion für die glaubhafteste gehalten: Adam hatte Lydia in der Nähe des Ackers getroffen, sie vielleicht sogar abgepasst. Ihr Heimweg von der Party, auf der sie vorher gewesen war, verlief dort entlang. Er hat sie vermutlich angesprochen, sich ihr genähert, doch es lief nicht so, wie er geplant hatte. Vielleicht hatte sie ihn ausgelacht, weil er ihr näherkommen wollte, oder sie hatte ihn beleidigt. Daraufhin hat er sie erschlagen. Mit einer großen Schubkarre der Friedhofsgärtnerei habe er Lydia, unter Zeugenbeobachtung, zum nahe gelegenen Acker gekarrt, er wollte sie dort würdig begraben, so die Vermutung. Er schaufelte ein Grab von etwa dreißig Zentimetern Tiefe, legte die junge Frau hinein und bedeckte sie mit Erde. Darauf wurden kleine Rosen und Zauberschnee gepflanzt. Die Plastikblumentöpfe hatte er zum Müll der Friedhofsgärtnerei geworfen.

Die Schubkarre, mit der er die Tote zu ihrem Grab transportierte, hatte er im Anschluss direkt wieder auf dem Hof abgestellt. Ganz offen, ohne sie vorher zu säubern. Die Spurensicherung fand daran Haare und Blutspuren von Lydia. Fingerabdrücke waren reichlich auf den Griffen, auch die von Adam. Alle ehemaligen oder aktuellen Mitarbeiter der Gärtnerei nutzten die Schubkarre. Außerdem fand man Lydias Fahrrad an die Häuserwand gelehnt, sie musste also dort gewesen sein. Später kam noch eine Zeugenaussage dazu. Eine Zeitungsbotin hatte einen schlanken Mann gesehen, der eine Schubkarre geschoben hatte. Sie hatte ihn nicht erkannt, doch sie war sicher: »Der war jung, der hatte etwas zu verbergen.« All diese Indizien und Aussagen belasteten Adam schwer. Er machte sich nicht einmal die Mühe, die Tat zu verschleiern. Als die Polizei seine Kellerwohnung in der Gärtnerei durchsuchte, fanden sie Turnschuhe, an denen noch die Ackererde klebte. Auf seinem T-Shirt, das im Wäschekorb lag, konnten sie Blut von Lydia nachweisen, und er leistete keinerlei Widerstand, als sie ihn festnahmen. Die Tatwaffe wurde nicht gefunden. Als sie ihn danach fragten, schwieg er. Trotzdem legte sich die Polizei schnell auf ihn als Täter fest.

Björn schrieb das Wort TATWAFFE in Großbuchstaben in seinen Notizblock. Danach mussten sie Adam nachher fragen. Er hatte seine Strafe abgesessen, es würde ihm nicht schaden, ihnen nun die ganze Wahrheit zu erzählen.

Er sah kurz zu Johanna rüber und sah seine Zeit gekommen. »Jo, ich muss dir noch was sagen.«

»Gleich. Lass uns erst mal beim Fall bleiben«, murmelte sie.

»Tun wir damit. Genau darum geht's.«

Sie hob den Kopf und sah ihn abwartend an.

Björn zögerte, wusste nicht, wie er beginnen sollte. »Ich … also … ich habe einen Vater.«

Johanna lachte. »Den haben wir alle.«

Unbeirrt von ihrem Scherz rückte er endlich mit der Sprache raus. »Mein Vater … heißt Oliver Große Kentrup.«

»Was?!«

»Und wie ich erfahren habe, hatte er auch was mit Lydia. Er ist aber nie dazu befragt worden – und war auch ziemlich schnell weg aus Emsfeld.«

»Du bist Olivers Sohn?«

Björn nickte.

»Wieso rückst du erst jetzt damit raus?«

»Ich dachte, es sei nicht wichtig, und ich wollte es dir ja die ganze Zeit schon sagen«, antwortete Björn.

»Scheiße, ist das krass«, Johanna schüttelte den Kopf.

»Und da wir neue Infos haben und er eigentlich ein Verdächtiger war, hätte er damals zumindest verhört werden sollen. Ist er aber nicht …«

»Du hast einen anderen Nachnamen«, stellte Johanna fest.

»Ich hatte auch einen anderen Vater. Meinen Stiefvater. Der heißt wie ich, oder besser ich heiße wie er.«

»Ich dachte, du kennst Emsfeld gar nicht?«

»Tue ich auch nicht. Ich bin zum ersten Mal hier, höchstens mal vorbeigefahren.«

»Dann sind die Große Kentrups deine Großeltern?!«

Traurig nickte er.

»Kennen die dich? Wissen sie, dass es dich gibt?«

»Mein leiblicher Vater weiß, dass es mich gibt, er hat mir Postkarten geschrieben, als ich klein war. Aber wir kennen uns nicht persönlich. Ob er es seinen Eltern erzählt hat, weiß ich nicht.«

»Wieso hast du nichts gesagt, als ich neulich über die Große Kentrups gesprochen habe?«

»Du hasst die Familie.«

»Na und? Ich hasse ziemlich viele Dinge. Das tut doch aber nichts zur Sache.«

Björn konnte nichts erwidern.

»Du bist befangen«, schlussfolgerte Johanna. »Und das ist echt bescheuert.«

»Aber nur, wenn es jemand erfährt«, sagte Oliver.

Ein paar Minuten sagten beide nichts. Dann fasste Johanna einen Entschluss: »Erst mal machen wir so weiter wie bisher. Aber wenn wir mit Oliver sprechen – und das müssen wir –, solltest du nicht dabei sein.«

»Einverstanden«, erwiderte er.

»Du siehst ihm ähnlich«, schob Johanna noch hinterher.

Björn ging nicht darauf ein, sondern übernahm das Vorlesen ihrer Notizen. »Tathergang Fall 2.«

KAPITEL 18

Wie immer wurde es ihm flau im Magen, wenn der Name Emsfeld erstmals auf den Schildern der A1 auftauchte.

Oliver Große Kentrup blinkte und nahm die Ausfahrt. Noch vierzehn Kilometer über Land, vorbei an eintönigen Maisfeldern und durch drei kleine Orte mit Einfamilienhäusern, von denen er nicht ein einziges geschenkt haben wollte. Zu spießig. Zu hässlich. Die Höfe, die er ebenfalls passierte, waren da schon eine andere Nummer. Genauso wie der seiner Eltern, den sie geschmackvoll hergerichtet hatten. Immerhin hatten sie das viele Geld, das ihnen durch den Verkauf ihrer Ländereien in den Schoß gefallen war, sinnvoll angelegt. Wie gut, dass seine kleine Schwester sich als Hoferbin zur Verfügung gestellt und schon den Reitstall mit den Einstellpferden übernommen hatte. Andernfalls hätte er sich zu den üblichen Vorwürfen seiner Eltern, dass er sich viel zu selten blicken ließ, auch noch dafür rechtfertigen müssen, dass er den Plan seines Vaters zerstört hätte. Weder hatte er, wie eigentlich einmal angedacht, seine Reitkarriere weiterverfolgen können, noch hatte er sich als Anwalt in der Nähe von Emsfeld niedergelassen. Dann hätte er die Immobilien und Investmentanlagen seines Vaters verwalten können, dazu war juristisches Fachverständnis nötig.

Dass er Richter am Oberlandesgericht in Düsseldorf war, machte seine Mutter zwar schon ein kleines bisschen stolz, aber trotzdem hätte sie sich gewünscht, dass der Junge in Emsfeld heiratet und mindestens zwei Enkel geboren werden.

Wenn sie nur wüsste, dass er eigentlich einen Sohn hatte und ihnen nichts von ihm erzählte? Die Geschichte schmerzte zu sehr, und sie hätten nicht verstanden, warum er nicht alles getan hatte, um die Mutter des Jungen an sich zu binden. Weshalb er nicht darauf bestanden habe, seinem Jungen ein Vater zu sein. Das gehöre sich alles nicht, dass die Mutter einfach verschwand, dass die Familie sich nicht zusammenriss, dass er das alles nicht auf die Reihe bekam. Wie hätte er ihnen erklären sollen, dass er von seinem Sohn erst an dessen ersten Geburtstag erfahren hatte, als er schon längst einen neuen Vater hatte.

Seinen Besuch heute hatte er angekündigt und bereute es eigentlich schon wieder. Denn natürlich würden nun beide Eltern erwarten, dass er pünktlich erschien und mindestens zwei Tage blieb.

Dass er nicht wusste, wie lange er bleiben würde, dass er dieses Mal sogar Zeit hatte, weil er seine geplante Urlaubsreise in die USA storniert hatte, ihm aber die freien Tage blieben, dass er – mal wieder – eine Frau hatte gehen lassen, die er von Anfang an schon nicht geliebt hatte, und dass er gerade sehr müde war, all das würden sie nie von ihm erfahren. Genauso wenig würde er ihnen sagen, dass er so etwas wie Erleichterung empfand, weil Eva Stürmer, geborene Altmeyer, im Krankenhaus lag und um ihr Leben rang. Sie konnte sich nicht rühren, konnte ihn nicht finden, war endlich ruhig.

Die Kastanienallee kam in Sicht. Die Zeit der Blüte hatte er verpasst, inzwischen bogen sich die Äste unter der Last der Früchte, die noch in ihren stacheligen Kapseln heranreiften. Die dunkelgrünen Blätter warfen ihren tanzenden Schatten auf die gepflasterte Auffahrt. Was für eine Arbeit das wieder im Herbst sein würde. Er erinnerte sich an die großen Rechen, an die Laubhaufen, an die Kinder aus dem Dorf, die zum Kastaniensammeln kamen und die schönen Blätterhaufen lachend durcheinanderwirbelten. Zu Hause, dachte er. Und sie ist nicht da, sondern atmet im Krankenhaus durch einen Schlauch und rührt sich nicht.

KAPITEL 19

Der neutrale Ort, den Adam vorgeschlagen hatte, lag nicht in seinem Wohnbezirk oder in der Nähe seiner Arbeitsstelle, sondern in Berlin-Mitte. Er wollte vor allem, dass seine Kinder und seine Frau ihn nicht zufällig treffen würden, wenn er mit der Polizei redete. Also war Steglitz keine Option gewesen. Sie saßen nun an einem in die Jahre gekommenen Tisch im Zosch. Die Kneipe lag in der Tucholskystraße, einer Seitenstraße der Oranienburger. Die U-Bahn-Stationen Hackescher Markt und Friedrichstraße waren fußläufig zu erreichen, die Anbindung an den öffentlichen Nahverkehr war also optimal. Sie fragte, wie Adams Anreise gewesen sei, und während er höflich antwortete, schaute sie sich um.

Björn hielt sich im Hintergrund, so hatten sie es abgesprochen. Nur, wenn Adam zu persönlich werden sollte, würde er eingreifen und das Gespräch auf die sachliche Ebene ziehen, und er wollte ihn auf Ungereimtheiten ansprechen, falls Adam sich verstricken sollte. Johanna würde ihre persönliche Bekanntschaft mit ihm nutzen, um vielleicht mehr zu erfahren als die Ermittler damals.

»Was ging dir durch den Kopf, als du von dem toten Mädchen in Emsfeld erfahren hast?«, war das Erste, was Johanna wissen wollte, nachdem das Vorgeplänkel vorüber war.

»Ich weiß es nicht. Ich habe versucht, nichts zu denken, bin nervös geworden.«

»Du hast es verdrängt.«

»Ja. Bis zu deiner Mail neulich. Seitdem denke ich viel an Evas Tochter. An Zoe. So heißt sie, oder?«

Johanna nickte.

Adam konnte sie nicht anschauen, seine Hände kneteten sich gegenseitig. Er fühlte sich nicht wohl. »Du weißt doch hoffentlich, dass ich damit nichts zu tun habe. Ich könnte so was nie tun.«

»Aber du hast es schon einmal getan.«

Sein Gesicht wurde augenblicklich aschfahl.

»Hör zu«, sprach Johanna versöhnlich weiter. »Ich habe es dir schon geschrieben. Wir wollen dir nichts unterstellen, wir brauchen dich aber, um die beiden Fälle miteinander zu vergleichen. Du warst damals – entschuldige bitte den Ausdruck – am nächsten dran. Hast aber kaum etwas gesagt.«

Unruhig rutschte Adam auf dem Stuhl hin und her. Gleich steht er auf und geht, dachte Johanna. Sie musste ihn überzeugen zu bleiben. Und er musste reden.

»Wir gehen davon aus, dass die Fälle einander zwar ähneln, dass sie aber sehr unterschiedlich sind. Diese Unterschiede müssen wir herausfiltern. Und wir müssen verstehen, warum es Ähnlichkeiten gibt.«

»Wie soll ich euch dabei helfen?«, fragte Adam und schaute sie und Björn ratlos an.

Lass uns einfach von vorne anfangen. Für Lydias Tod hast du deine Strafe abgesessen, hast nichts mehr zu verlieren. Erzähl uns einfach von damals. Alles, was dir einfällt. Es wird keine Konsequenzen haben.«

»Meine Anwältin hat gesagt, ich soll nichts sagen.«

»Ich weiß. Das muss sie sagen. Sie ist Anwältin«, erwiderte Johanna.

»Dann sollte ich auf sie hören?«

»Die Sache jetzt macht dich fertig. Du kriegst deine Gedanken nicht aus dem Kopf, wenn du sie uns nicht mitteilst. Sieh es als eine Art Vergangenheitsbewältigung.«

Ungläubig schaute Adam Johanna an. »Bist du meine Therapeutin, oder was?«

»Nö. Aber ich bestell uns einfach mal etwas zu trinken. Mein Kollege klappt sein Notizbuch zu, und wir reden einfach drauflos. So wie früher«, bot sie an.

»So wie früher? Du kanntest mich doch gar nicht richtig.«

»Du hast immer eine Kugel Banane bestellt.«

Er zog überrascht die Augenbrauen hoch.

»Und du warst der Einzige, der mir erklärt hat, wie das mit dem Tischtennis-Rundlauf geht. In Brocks' Garage, weißt du noch?«, fuhr Johanna fort.

Adam musste vorsichtig lächeln. »Du warst das?«

»Ja, ich war das. Die unbegabteste Spielerin aller Zeiten.«

»Bist kaum gewachsen seitdem.«

Erleichterung durchflutete Johanna, es war, als höre sie das Eis brechen. »Aber ich weiß mittlerweile, wie man im Uhrzeigersinn läuft.« Björn überlegte kurz, ob er eingreifen sollte. Das Gespräch wurde gerade sehr persönlich. Sollte er das nicht verhindern?

»Drei Radeberger«, rief Johanna Richtung Tresen, dann wandte sie sich wieder Adam zu. »Wir ermitteln wirklich nicht gegen dich, Adam. Wir suchen nur die losen Enden von vielen Fäden.«

Für ein paar Sekunden sagte er nichts, dann fasste Adam offenbar einen Entschluss. »Okay.« Als das Bier vor ihm abgestellt wurde, nahm er einen großen Schluck und schaute erst Johanna und danach Björn an. »Sie können den Notizblock wieder rausholen. Ich glaube, ich muss einiges loswerden.«

KAPITEL 20

Seine Eltern hatten ihm das ganze Drama ausführlich dargelegt, ohne zu wissen, wie sehr er darin verwickelt war.

Zoe sei ihrer schönen Mutter so ähnlich gewesen, nun sei das arme Mädchen tot. Genauso wie damals »diese Lydia« sei sie begraben worden. Nur waren es dieses Mal Sonnenblumen, frisch geschnitten und auf das Grab verteilt, die ein Unbekannter oder eine Unbekannte für sie ausgesucht habe. Sie seien vom benachbarten Selbstpflückerfeld. Dieses Mal habe sich der Täter nicht so viel Mühe gegeben, die Blumen waren nicht samt Ballen eingepflanzt worden wie bei Lydia. Aber der Adam Paczek, der sie damals erschlagen hatte, der kannte sich ja auch aus mit Grabbepflanzungen. Dieses Mal sei es bestimmt ein anderer gewesen. Oder aber der Adam habe keine Zeit gehabt, die Blumen zu pflanzen. »Wer einmal tötet, dem glaubt man nicht«, sagte seine Mutter in Abwandlung des bekannten Spruches.

Oliver hätte sich am liebsten die Ohren zugehalten, doch dafür war er einfach zu erwachsen. Seine Eltern waren ohnehin nicht zu bremsen. Sie redeten schneller als sonst, waren aufgeregt, weil endlich etwas passiert war in seinem Heimatkaff.

Die Mutter von Zoe sei auch fast tot. Vor Kummer habe sie sich die Pulsadern aufgeschnitten. Ob sie es »packt«, könne keiner sagen. »Die Eva, die schöne Eva. Die war damals so ein nettes Mädchen gewesen. Die hättest du halten sollen«, schimpfte sein Vater. »Die war gut für dich. Damals nach deinem Unfall.«

Alles damals war ein Unfall gewesen. Das Pferd, das ihn abwarf, aber auch das, was danach geschehen war. Es pfiff in seinen Ohren, schrill und laut. Er nickte, sagte immer mal wieder »Aha«. Er wollte nicht über Eva Stürmer sprechen, nicht über deren Tochter und auch nicht über Lydia. Schon gar nicht über sie.

»Eva liegt in der Uniklinik«, merkte seine Mutter an. »Kämpft da ganz allein um ihr Leben.«

Er nickte wieder. Spürte die Erleichterung darüber, dass sie ohne Bewusstsein war. Zumindest in diesem Moment war er sicher vor ihr und ihrem Gift. »Ihr wart so ein hübsches Paar«, schob seine Mutter noch hinterher.

Oliver hatte es aufgegeben, seinen Eltern zu erklären, dass sie nie ein Paar waren. Niemand hatte ihm das je geglaubt. Er selbst war sich am Ende auch nicht mehr sicher gewesen.

Was hatte Eva nicht alles für ihn getan, in dieser Nacht, als Lydia ihn vor der Haustür angebrüllt hatte, weil sie enttäuscht von ihm war. Er hatte Lydia ausgenutzt, das wusste er, das wusste sie. »Senftöpfchen«, nannten die Jungs sie. »Jeder darf mal sein Würstchen reinhalten.« Sie hatte sich nicht geziert, war offener als viele andere Mädchen. Ein bisschen gefährlich war sie auch, das fand er spannend. Er stand unter Druck. Das Turnier war eine Woche später gewesen, er musste liefern. Sein Pferd musste liefern. Das erwarteten seine Eltern, sein Trainer und vor allem er selbst.

Beim letzten Training hatte er gemerkt, dass Kimar nicht so lief wie sonst. Der Hengst wirkte unkonzentriert oder »glotzig«, wie Reiter sagten. Kimar war ängstlicher, nervöser. Zum ersten Mal seit Wochen verweigerte er einen Sprung, warf den Kopf ungestüm nach oben. »Kann es sein, dass er zu viel trainiert?«, hatte er gefragt, doch sein Trainer lachte nur. »Der will gewinnen! Es liegt alles nur an dir.«

Abends war er auf eine dieser Zehn-Mark-Frei-Saufen-Partys gegangen, hatte viel getrunken – und plötzlich war da Lydia. Als er hatte gehen wollen, da er fit sein musste für das Turnier, lachte Lydia ihn aus, hielt ihm ein Schnapsglas mit rotem Johannisbeerlikör unter die Nase und sagte. »Das Pferd ist doch nüchtern, reicht das nicht?«

Drei »Rote« und zwei Bier später hatte er sie an ihrem Handgelenk nach draußen gezogen. Er hatte es genossen, dass jemand ihm mal keinen Druck machte.

»Wollen wir mal den Mond anschauen?«, hatte er gesagt und gemerkt, dass er nicht mehr deutlich sprechen konnte.

Sie hatte gekichert und erwidert, dass der Mond genauso voll sei wie er selbst, und übernahm die Führung. Hinter der Partyscheune gab es einen schmalen Pfad, der direkt auf einen Tümpel zulief. Dort war eine Beobachtungshütte.

»Passt doch«, hatte sie gelacht. »Vögeln in der Vogelhütte.«

Ihm war schwindelig und schlecht gewesen. Doch es war so einfach. Alles war so einfach. Er musste nichts tun. Sie schob ihn in die Hütte, befahl ihm, sich einfach hinzulegen, den Rest würde sie erledigen. Kurz danach saß sie auf ihm und bewegte sich rhythmisch. Es dauerte nicht lange, bis er kurz aufstöhnte, woraufhin sie aufstand, sich den Slip wieder hochzog, den Minirock nach unten und ihm dabei half, seinen Reißverschluss zu schließen. Das gebrauchte Kondom warf sie durch die Beobachtungsluken in den Tümpel. Aus der Ferne hörte man Cindy Lauper »Girls just wanna have fun« singen. Lydia dichtete den Text kurzerhand zu »Boys just wanna have fun« um. Dann ging sie zurück zur Party, während er mit dem Fahrrad nach Hause fuhr, sich wusch und seine feuchtklebrige Unterhose unten im Wäschekorb versteckte.

Nur einmal hatte er danach noch mit ihr gesprochen. Ein paar Stunden später. Als sie ihn beschimpfte, dass er sie nur ausgenutzt habe, als er ihrem Schlag auswich, als sie stürzte. Danach sprachen sie nie wieder miteinander.

An diesem Abend war Eva für ihn da. Ob er es wollte oder nicht. Nun lag sie im Uniklinikum.

Er kam sich vor wie in der Kulisse von Raumschiff Orion. Oliver Große Kentrup war in die vierte Etage des Ostturmes der Uniklinik gefahren und betrat die Intensivstation. Warum er den Entschluss gefasst hatte, herzukommen, konnte er nicht mehr sagen. Es war wie ein innerer Drang gewesen, eine Stimme, die ihm zuraunte: »Überzeuge dich selbst, schau sie dir an, hör auf, sie zu hassen.«

KAPITEL 21

Adam räusperte sich und richtete sich auf. »Wo soll ich anfangen?«

»Am Anfang«, sagte Johanna.

Er nahm noch einen Schluck Bier, überlegte und fand den Anfang nicht.

»Woher kanntest du Lydia?«, half sie ihm.

»Aus dem Badebus.«

Björn schrieb das Stichwort auf. Er wollte nachfragen, was es mit dem Badebus auf sich hatte. Doch als er sah, wie selbstverständlich Johanna nickte, verhielt er sich still. Zuhören musste reichen.

+++

Johanna kannte den Badebus. Er fuhr in den Herbst- und Wintermonaten einmal in der Woche zum Hallenbad nach Bad Rothenfelde. Die Emsfelder Jugend nutzte ihn, öffentlichen Nahverkehr gab es in den Achtzigerjahren nicht in Emsfeld. Mit der Schulbuskarte durfte man kostenlos mitfahren, und – was das Wichtigste war – man traf auf andere Jugendliche. Ums Schwimmen ging es nur vordergründig. Sie erinnerte sich an ihre Zeichnungen in einem ihrer Tagebücher. Akribisch hatte sie die Sitzordnung festgehalten. Patrick saß leider nie neben ihr, trotzdem war es ihr schon eine Bemerkung wert, wenn er eine Reihe näher gerückt war als bei der Fahrt zuvor. Lydia fuhr auch manchmal mit. Sie war nicht zu übersehen. Mit ihren lila lackierten Fingernägeln, ihrem Madonna-Look und ihrem knallrot geschminkten Mund. Manchmal trank sie auf der kurzen Fahrt aus einer Wodkaflasche, lachte laut und rief den Jungen Kosenamen wie »Hey, Schnuckel« oder »Hallo, Sweety« zu. Im Schwimmbad sah Johanna sie nie. Sie nutzte die Fahrten nur für ein kleines Besäufnis. Oder hatte sie sich dort mit jemandem getroffen? Sie hatte nie darüber nachgedacht. Natürlich war Lydia so auch Adam aufgefallen.

»Ich mochte sie nicht besonders«, gestand er leise. »Sie hat mich eingeschüchtert mit ihrer lauten, aggressiven Art. Das hat mir Angst gemacht.«

Johanna wusste genau, was er meinte. Sie erinnerte sich an Lydia und an ihre eigene Eifersucht. Die älteren Jungs reagierten auf Lydia. Sie bekam mit, dass diese sie lange ansahen, wenn sie dachten, keiner merke das. Es war klar: Ihnen gefiel die freche Lydia, auch wenn sie das mit ihren anzüglichen Sprüchen überspielen wollten. »Die macht doch für jeden die Beine breit.«

»Aber sie war schlagfertig und sah dabei noch sehr gut aus«, sagte Johanna. »Ich war immer neidisch auf ihren Mut, ihre Taille und ihre grünblauen Augen.«

»Ich weiß nicht. Ich fand sie vor allem zu extrem, aber andererseits auch bemitleidenswert.«

Hatte in der Ermittlungsakte nicht gestanden, dass Adams mögliches Motiv Liebe gewesen sei? Johanna war gespannt.

Doch statt der erwarteten Liebesgeschichte lieferte Adam

eine Sozialstudie über Lydias verkorkste Kindheit mit einer Mutter, die Männer spannender fand als ihre eigene Tochter. Einen Vater gab es nicht, der fünf Jahre jüngere Halbruder war vom Jugendamt in Obhut genommen worden. Lydia blieb bei der Mutter. Sie war zu alt für Pflegeeltern.

Björn und sie kannten die Eckdaten. Sie hatten sie in den Ermittlungsakten gelesen. Vieles wusste Johanna auch damals schon. Instinktiv. Lydia und ihre Mutter waren anders als die meisten Familien in Emsfeld. Damals sagte man »Assis« zu Leuten wie ihnen. Billige Klamotten, kleine, dunkle Mietwohnung, dauerrauchend und laut fluchend – so waren sie. Lydias Mutter kellnerte im kurzen Minirock, ihre Haare waren gefärbt und sahen immer leicht fettig aus. Heute würde man sie mit anderen, aber auch nicht viel schöneren Worten beschreiben: Lydia und ihre Mutter gehörten zur sozial schwachen Bevölkerungsgruppe. Die Mutter war bildungsfern. Das klang zwar schon neutraler als faul und ungebildet, aber jeder wusste, dass dasselbe gemeint war.

Über Frau Rose hatten sie es öfter gesagt, über Lydia allerdings nie. Denn erstens hatten sie Angst, Lydias Sprüche abzubekommen, und zweitens wussten alle, dass sie nicht dumm war. Im Gegenteil. Eine Lehrerin hatte auf einer Trauerfeier in der Schule gesagt: »Wahrscheinlich war sie zu klug für die Schule – und für uns alle.«

+++

Adam hatte nie über Lydia gelästert. Und schon gar nicht über deren Mutter. Er kam selbst aus prekären Verhältnissen. Vielleicht hatte er deshalb Verständnis für den Zorn Lydias. Doch trotz ähnlicher Voraussetzungen war er ganz anders. Statt die Wut über die selbst erfahrene Ungerechtigkeit nach außen zu tragen, versteckte er sich hinter einer schüchternen, aber immer freundlichen Fassade. Doch egal, ob zornig oder ruhig – beide waren sie Außenseiter in Emsfeld gewesen.

»Ihr habt uns doch alle nie akzeptiert«, sagte er und schaute Johanna in die Augen. Sie begriff, dass er recht hatte. Er legte nach. »Ihr mit euren Häusern, den kochenden Mamas und den rauchenden Vätern, die zwar nie da waren, aber wenigstens das Geld nach Hause brachten und den Kredit abbezahlten.«

»Hast du dich deshalb in Lydia verliebt, weil sie dich verstehen konnte?«

Adam schüttelte den Kopf. »Nein. So war es nicht.«

»Aber du hast doch gesagt, du hättest es aus Liebe getan. Wollte sie nicht mit dir zusammen sein, hat sie dich weggestoßen? Warst du wütend, weil sie nicht wollte?«

Noch während sie diese Fragen stellte, kam sich Johanna dumm vor und begriff, dass alles, was sie bisher über den Mord vor einunddreißig Jahren gedachte hatte, völlig falsch war. Sie wusste nicht genau, was nicht stimmte, aber wenn sie noch ein Bier für Adam bestellte und sich in Geduld übte, dann würde er ihnen vielleicht erzählen, warum Lydia damals sterben musste. Denn nach all dem, was er schon erzählt hatte, war es keine Tat aus Leidenschaft. Er stritt zwar nicht ab, dass er in Lydia verliebt gewesen war, aber für Johanna klang alles eher danach, als habe er einfach nur Verständnis für sie gehabt. Er hasste sie nicht. Im Grunde genommen hatte er nur Mitleid mit ihr und fühlte sich durch ihr Außenseiterdasein mit ihr verbunden.

Mitleid, Verständnis, die gleiche Außenseitergeschichte? Beim besten Willen, nichts davon war ein starkes Motiv.

»Noch ein Bier?«, wollte Johanna von den zwei Männern wissen. Adam nickte, während Björn dankend ablehnte. Adam knetete seine Finger, die Füße wippten auf und ab. Dann setzte er sich plötzlich aufrecht hin.

»Ich werde euch alles erzählen. Aber nur, weil es dieses Mal um Evas Tochter geht. Ihr müsst herausfinden, warum Zoe sterben musste. Und vor allem, wer es war. Warum hat man es wie damals aussehen lassen? Wer will mir etwas anhängen? Ich kapier das nämlich nicht. Und wenn auch noch Eva stirbt, dann ergibt das alles überhaupt keinen Sinn …«

Johanna hörte, dass seine Stimme brach. »Wir werden alles tun, um Zoes Mörder zu fassen«, versprach sie. »Aber wir müssen alles wissen, um das tun zu können.«

Das Bier kam, Adam nahm einen Schluck. Pause. Er räusperte sich. Björn hielt den Kugelschreiber so fest, dass sein Zeigefinger verkrampfte. Er versuchte, kein Geräusch zu machen, um Adam nicht abzulenken. Ihm durfte nichts entgehen. »Ich fand sie überirdisch schön.« Dem Ausdruck seiner Augen zufolge war er schon in seine eigene Zeitmaschine gestiegen.

»Lydia?« Björn hatte ganz leise gesprochen.

»Nein, Eva. Nicht gerade standesgemäß, oder? Die Tochter meines Chefs.«

Er erwartete keine Antwort. Er war allein mit sich und seiner Geschichte. Und die erzählte er nun endlich.

KAPITEL 22

Sie wollte absagen. Warum nur hatte sie einem Treffen mit David zugestimmt? Viel lieber hätte sie mit ihren alten Kollegen in der Gartenlaube von Ahmad gesessen und noch mehr kaltes Bier getrunken, Mist erzählt, Klatsch und Tratsch ausgetauscht. Sie hätte ihnen davon erzählt, wie schrecklich schön es in ihrer neuen, alten Heimat war, und dass man dort gut Fahrrad fahren konnte. Über den Fall hätte sie berichtet. Der interessierte die Leute sogar in Berlin. Die Boulevardzeitungen hatten bundesweit darüber geschrieben. Sogar in Emsfeld tauchten ein paar Bild- und B.Z.-Reporter auf, denn es war etwas Besonderes, die Sache mit den Blumen und den Parallelen der beiden Fälle. Zum Glück entpuppten sich die Emsfelder als typische Münsterländer und schwiegen lieber, statt mit der Presse zu reden.

Statt einen netten Abend mit lieben Menschen zu haben, hatte sie sich dazu entschieden, den Mist von David anzuhören.

»Ich schick ihm eine Nachricht, dass ich nicht kann, weil wir uns über die neuen Infos unterhalten müssen.« Johanna fischte schon nach ihrem Handy. Doch davon wollte Björn nichts wissen.

»Du musst das hinter dich bringen«, sagte er. »Hast du gerade nicht mitbekommen, wie fatal es ist, wenn man seine Gefühle nicht ausspricht und nie mit einer Sache abschließt.«

»Du willst meine Beziehung also mit der unglücklichen Liebe von Adam und Eva …« Sie stutzte.

»Nein. Und über all das reden wir morgen. Du regelst erst einmal die ganze David-Sache.«

Sie hatte gehorcht und klingelte nun deshalb an der Tür ihrer ehemaligen gemeinsamen Wohnung in der Rotherstraße, direkt zwischen Kreuzberg und Friedrichshain. Sie hoffte, dass nicht seine vielleicht schwangere Affäre die Tür öffnen oder ihr gar einen Kaffee kochen würde. Doch David war allein, als er die Wohnungstür öffnete. Er sah gut aus. Leider. Und – was noch schlimmer war – er redete keinen Mist.

KAPITEL 23

Der Aufzug hielt in jeder beschissenen Etage. »Guten Tag«, »Hallo«, ein Nicken. Dann ging es weiter. Oliver versuchte, gelassen auszusehen. Dass er blass war, war in der Uniklinik nicht ungewöhnlich. Ein junger Mann mit Krücken ächzte herein, was ihn an sich selbst denken ließ, an seinen Trümmerbruch, an seine Wochen im Krankenhaus ohne jede Hoffnung auf Heilung. Alles befand sich im freien Fall. Seine Eltern hatten sich auf ihn verlassen, sein Trainer hatte auf ihn gezählt, der ganze Ort war stolz auf den talentierten Nachwuchsreiter gewesen. Er hatte sie alle enttäuscht.

Mit Lydia hatte das alles begonnen. Oliver, der unbekümmerte Reiter, war gestorben, als sie es war. Er kam nicht mehr auf die Beine.

Endlich hielt der Aufzug im Erdgeschoss. Oliver verließ als Letzter den metallenen Käfig. Erst dann wagte er es, sich die Schweißtropfen mit dem Handrücken von seiner Stirn zu wischen. Niemand sollte sehen, wie erschöpft er war.

KAPITEL 24

»Du siehst gut aus!« Björn machte kein Kompliment, er stellte einfach nur fest.

»Danke«, sagte Johanna.

»Und – ist euer Treffen gut verlaufen?«

»Yep.«

»Alles besprochen, alles geklärt?«

»Ja. Mehr oder weniger.«

Er merkte, dass sie nicht darüber reden wollte, und es störte ihn. Im leeren Zug saßen sie sich am Vierertisch gegenüber. Sie hatte das Notebook aufgeklappt und las, was Björn aus seinem Notizbuch abgeschrieben hatte. Er beobachtete sie. Die feinen Augenbrauen, die kleinen Augenfältchen, ihren Mund, den sie so meisterlich zu einem spöttischen Lächeln verziehen konnte. Jetzt wirkte er eher streng, die Lippen waren aufeinandergepresst. Sie konzentriert sich, dachte er.

Bis spät in die Nacht hatte Björn an den Aufzeichnungen gesessen. Adam Paczek war vielleicht kein großer Erzähler, aber seine Geschichte war mitreißend, spannend und warf ein völlig neues Licht auf den alten – und damit vielleicht auch auf den aktuellen Fall. Ob alles stimmte, was er ihnen in seinem inoffiziellen Gespräch offenbart hatte, wusste Björn nicht. Doch zumindest gestern im Zosch und auch beim Aufschreiben erschien alles schlüssig, logisch – oder wie man es in gehobener Polizeisprache sagen würde: kohärent.

+++

Er hatte ihnen alles gesagt. Fast alles. Die Dinge, die sie nichts angingen, hatte er weggelassen. Unvorstellbar, dass er vor einunddreißig Jahren sicher war, er würde nie wieder einen Menschen so lieben wie Eva. Jetzt wusste er, dass wahre Liebe sich anders anfühlte als dieses unglückliche Sehnen damals. Er dachte, es wäre normal, sich klein und unwürdig zu fühlen im Angesicht dieses perfekten Mädchens.

+++

1984

Er, Adam, war nur ein Auszubildener, sie, Eva, die Tochter seines Chefs. Als sie ihm an seinem ersten Arbeitstag zublinzelte, viel Glück wünschte und sagte, dass seine Augen dieselbe Farbe hätten wie die Veilchen, die er gerade eintopfte, war er verloren gewesen.

Adam schaute damals gerne amerikanische Filme mit Happy End. Er hatte gespart und sich einen VHS-Rekorder zugelegt. Jedes Wochenende ging er in die Videothek, die in einem Hinterraum einer verrauchten Kneipe lag, und lieh sich alles aus, was das Sortiment hergab – und was nicht in die Kategorie Porno und Splatter-Movie gehört.

Eva war für ihn die Idealbesetzung der schönen Cheerleaderin. Dieser Typ Mädchen, der in jedem Highschool-Film mit einer blonden, blauäugigen Schauspielerin besetzt war. Für Adam war Eva die verletzliche Cheerleaderin, hinter deren Maske nur er blicken konnte. Der schüchterne, unterschätzte, aber natürlich kluge Junge aus der Nachbarschaft.

Ein bisschen stimmte das sogar. Adam wohnte in einem Zimmer, das zur Gärtnerei gehörte. Es lag im Souterrain, war klein und besaß ein Minibad. Weil das Zimmer kostenfrei war, zog er ein und half damit seiner Mutter. Sie konnte sein bisheriges Zimmer in ihrer gemeinsamen Wohnung untervermieten, sodass er ihr nicht mehr auf der Tasche lag – und sogar noch ein kleiner Beitrag zu ihrem Einkommen dabei rausprang. Trotzdem war es ihm schwergefallen, zu Hause auszuziehen. Denn auch wenn seine Mutter und er jeden Pfennig umdrehen mussten, waren die beiden ein gutes Team.

Bei Eva war es genau umgekehrt. Geld war reichlich vorhanden, aber diese Teamgeschichte lief bei ihr und ihren Eltern nicht. Ein strenger Vater, der nur arbeitete, eine schwache Mutter, die sich über den erwirtschafteten Wohlstand der Gärtnerei definierte, aber eigentlich kein Interesse an Blumen, Sträuchern, Bäumen – oder gar ihrer Tochter hatte.

Adam jedenfalls sah, dass Eva trotz ihres bezaubernden Lachens eigentlich unglücklich war. Verloren. Doch ihm stand es nicht zu, sie zu finden. Deshalb blieb Eva für ihn unantastbar. Er malte sich nur in seiner Fantasie aus, wie es wäre, Eva ganz nah zu sein. Er stellte sich vor, wie ihre Haare dufteten, wie ihre Lippen schmeckten. Natürlich stellte er sich auch vor, wie sie nackt vor ihm stand, näher kam, sich an ihn schmiegte.

Doch er verwendete nur das große Wort Liebe, die dreckige Lust ließ er außen vor.

+++

Es war noch dunkel draußen, als sie an Adams Tür klopfte. Er hatte einen leichten Schlaf und wachte sofort auf. Als hätte er mit ihr gerechnet, hatte er sich noch schnell ein T-Shirt und eine kurze Sporthose übergezogen.

Sie trug eine orange-schwarz gestreifte Hose, dazu ein schwarzes, enges T-Shirt. Figurbetont. Er konnte nicht anders, als kurz auf ihre Brüste zu schauen, wie sich ihr Brustkorb schnell hob und senkte. Dann blickte er beschämt zu Boden, öffnete die Tür noch weiter und machte ihr den Weg in sein Zimmer frei. Sie trat ein, und er konnte ihren Schweiß riechen.

»Ich habe Scheiße gebaut, Adam. Wenn das meine Eltern erfahren, ich weiß nicht, was …« Sie ließ den Satz unvollendet. Ihr aufgeregter Atem hatte jetzt übernommen.

Adam wusste nicht, was er sagen sollte. Er schwieg, wartete ab. Eva kam näher, berührte seine Schulter. Ihre Augen flackerten unruhig hin und her. »Wirst du mir helfen?«

Er konnte immer noch nicht sprechen.

»Es war ein Unfall. Ich wollte das nicht.«

Unfall? Adams erster Gedanke war, dass sie heimlich mit dem Auto ihrer Eltern gefahren sei. Vielleicht hatte sie zu viel getrunken und war dann gegen etwas gefahren. Aber wie sollte er ihr helfen? Er war kein Automechaniker.

»Sie ist …«, brach es schluchzend aus Eva heraus. »Sie ist … Sie bewegt sich nicht mehr. Kein Puls mehr. Sie ist tot!«

Seine Knie drohten unter ihm nachzugeben. Eva brachte kein Wort mehr heraus. Sie weinte, klammerte sich an ihn. Jetzt wusste er, wie ihre Haare dufteten. Nach Minze. Ihre Tränen versickerten im Stoff seines T-Shirts.

»Ich helfe dir«, flüsterte er, und Eva schaute nach oben in seine Augen. Kajal und Tränen hatten sich zu kleinen schwarzen Bächlein vereint und hinterließen Spuren auf ihrem Gesicht. Sie lächelte. Und er war in diesem Moment der König der Welt.

KAPITEL 25

Kurz vor Osnabrück vibrierte Johannas Handy. Kötters rief an und grummelte seine schlechten Nachrichten durch die Leitung. Eva Stürmer musste wiederbelebt werden. Knapp war es. Medizinisch war das zu erwarten gewesen. Denn Aufgrund ihres hohen Blutverlustes sei es zu schwerwiegenden Komplikationen gekommen. So diagnostizierten es die Notfallmediziner schon direkt nach ihrer Einlieferung. Es war zu einem Schock aufgrund von mangelndem Sauerstoff im Körper und damit einhergehend zu Multiorganversagen gekommen. Die Prognose bei diesem Befund sei »fragwürdig«, so die uneindeutige Antwort.

Einem Krankenpfleger war jedoch aufgefallen, dass kurz vor dem ausgelösten Alarm ein Mann ziemlich eilig die Station verlassen habe.

»Wir wissen nicht, ob das etwas zu bedeuten hat. Ob dieser Mann in ihrem Zimmer war, ob etwas vorgefallen ist oder nicht. Aber …«

Johanna trommelte mit ihren Fingern ungeduldig auf dem Holztisch der Deutschen Bahn und verdrehte dabei die Augen Richtung Björn. »Aber?«

»Aber wir haben ein Merkmal, mit dem wir ihn wahrscheinlich gut ermitteln – und ihm dann auf den Zahn fühlen können.«

Genervtes Stöhnen. Ihr Chef ließ sich wirklich alle Details aus der Nase ziehen.

»Welches Merkmal? Hat er ein Einhorn auf die Wange tätowiert, oder trug er ein Hemd mit seinen Initialen drauf?«

»Ganz so simpel ist es dann doch wieder nicht. Wir wissen nur, dass er mittleren Alters ist, außerdem ist er mindestens ein Meter fünfundachtzig groß. Und …«, Kötters genoss seine Kunstpause. »Da ist noch etwas. Er humpelt.«

»Davon gibt es nicht so viele hier in der Gegend. Das ist leicht«, entgegnete Johanna süffisant.

»Du kennst ihn?«

»Ja. Ich kenne ihn. Nicht besonders gut, aber schon sehr lange.«

+++

1983

Sie hatte ihn zum ersten Mal im Schwimmbad gesehen. Sie war um die dreizehn und er bestimmt schon siebzehn oder achtzehn Jahre alt. Der Badebus ins Hallenbad, von dem auch Adam gesprochen hatte, fuhr im Sommer nicht. Denn dann hatte das Freibad im Nachbarort geöffnet. Sie war mit ihrer Freundin Nicki mit dem Fahrrad gefahren. Es war heiß an diesem Tag, die Luft auf dem Parkplatzasphalt vor dem Eingangsbereich flirrte. Johanna und Nicki trugen abgeschnittene Jeans und T-Shirts. Sie zogen sich gemeinsam in einer dieser kleinen Umkleiden um.

Dann suchten sie sich einen Platz auf der Liegewiese mit

Blick auf den Sprungturm, nicht weit vom Kiosk entfernt, wo es Softeis gab. Pommes gab es damals noch nicht.

Nicki hörte über ihren Walkman »Wild Boys« und hatte die Augen geschlossen, sie selbst saß aufrecht im Schneidersitz, um den Jungs auf dem Fünfer zuzuschauen. Die meisten sprangen gerade herunter, einige kletterten wieder rückwärts die Leiter zurück, weil sie sich doch nicht trauten. Nur einer wagte zunächst einen kerzengraden Köpper und danach noch einen Salto. Der Junge war braun gebrannt und offensichtlich beliebt. Immer wenn er oben auf dem Turm ankam, klatschten ihn die anderen ab. Nach ein paar Sprüngen rief er den anderen zu, dass er eine Pause machen wolle. Er kam an ihrem Liegeplatz vorbei, die Wassertropfen perlten an seiner glatten Haut ab, seine nassen Haare hatte er zurückgestrichen.

Er blickte einfach geradeaus und legte sich auf sein Handtuch, das nicht weit entfernt von den Mädchen lag. Plötzlich richtete er sich auf, schaute Johanna direkt in die Augen – und fragte gut hörbar für sie und andere Badegäste: »Warum guckst du so dämlich?«

+++

2015

Ja, sie kannte ihn nicht gut, aber schon sehr lange. Oliver Große Kentrup hatte sich für immer in ihr Gehirn gebrannt. Vielleicht war er sogar der Grund, warum sie gut aussehenden Männern bis heute misstraute.

Oliver Große Kentrup saß ihr im Kommissariat in Münster gegenüber. Dass Björn deshalb nicht anwesend war, weil er als unehelicher Sohn befangen war, verriet sie niemandem.

KAPITEL 26

David hatte ihr bei ihrem Klärungsgespräch in Berlin schlüssig dargelegt, warum nicht er das egoistische Arschloch sei, sondern sie. Menschen seien nun einmal keine monogamen Wesen, sie selbst hätte doch auch gespürt, dass in ihrer Beziehung etwas gefehlt habe, und sie selbst sei doch immer dafür gewesen, realistisch zu sein und sachlichen Argumenten zuzuhören. Ihr Wunsch, dass er mit keiner anderen Frau schlafen dürfe, sei altmodisch, spießig, provinziell und entspräche schlicht dem antiquierten Weltbild ihrer Eltern, lautete sein Vorwurf. Das hatte gesessen. Sie war müde. Zu müde für ein Gegenargument. Sie wollte nicht jämmerlich und bedürftig wirken, konnte ihm nicht sagen, wie verletzt sie war. Das Problem war, dass er zudem gut roch und diesen Rotwein nachschenkte, den sie immer auf Vorrat in der Wohnung hatten. Die Tür zum Schlafzimmer stand offen, das Bett sah so weich aus, Davids Haut auf ihrer, seine Hände, seine Finger, seine Zunge, er. Es war wie früher, als alles noch so leicht und richtig war.

Danach fühlte sie sich schlecht. Spießig. Nicht verliebt und auch nicht wiedervereint mit David. Ob er das genauso sah? Sie war froh, dass sie gehen musste. Ohne erneutes Klärungsgespräch, sondern mit einem feuchten Kuss zum Abschied, der nach nichts schmeckte.

Als ihr junger Kollege sie auf der Heimfahrt fragte, ob zwischen ihr und David alles gesagt wäre, schämte sie sich. Und sie merkte, dass Björn sie anders anschaute als sonst. Er weiß es, dachte sie. Er sieht es mir an.

KAPITEL 27

Adam schloss die Wohnungstür auf. Er hatte seinen Schlüssel noch nicht wieder abgezogen, als seine Frau schon aus der Küche rief: »Du bist zu spät, wir haben schon alles aufgegessen.« Sie klang nicht böse. Sie klang, wie sie immer klang. Freundlich, nett.

»Macht nichts«, erwiderte er.

Ein Hauch von Knoblauch schwebte gemeinsam mit seiner ältesten Tochter Sara durch den Flur. Wahrscheinlich hatte es Spaghetti aglio e olio gegeben, dachte er.

»Ciao!«, sagte seine Tochter und schlüpfte durch die offene Tür nach draußen. Er trat ein, legte den Schlüssel in die kleine Schale, die sein Sohn vor vielen Jahren aus einer alten Käseschachtel in der Kita gebastelt hatte.

Eine Jacke trug er nicht, denn es war noch warm in der Stadt gewesen. Er bückte sich, löste die Schnürsenkel seiner Lederschuhe.

Auf grauen Socken, ganz langsam, Schritt für Schritt, tastete er sich näher an das Unvermeidliche. Heute. Heute. Eine Holzdiele knarrte. Noch ein Schritt. Heute. Er hatte es Johanna Eckstein und ihrem jungen Kollegen erzählt. Jetzt musste er nur weitermachen. Einunddreißig Jahre lang hatte er es niemandem erzählt. Nur daran gedacht. Und in den letzten zwanzig Jahren auch das immer weniger.

Er war in all diesen Jahren nie frei gewesen. Nicht nach seiner verbüßten Jugendstrafe. Auch jetzt noch nicht, nachdem Johanna sich von ihm verabschiedet hatte, als er reinen Tisch gemacht hatte. Das Gefühl der Befreiung, es stellte sich nicht ein. Er wusste, warum. Er musste weitergehen, noch einen Schritt. Es würde der schwerste sein. Im Radio lief »Take me to Church«. Ja, gleich würde er ihr alles beichten.

Er stand in der Tür, seine Frau räumte gerade die Spülmaschine ein. Kurz drehte sie sich um, lächelte ihn an. »Was hast du ausgefressen?«

»Ein Mädchen ist wegen mir gestorben«, platzte er heraus. »Sie war so alt wie Sara.«

Ihr Lächeln war schlagartig wie weggewischt. Sie verstand nicht, was er sagte. Natürlich nicht. Dachte, er habe gerade einen schrecklichen Unfall verursacht.

»Was?!« Ihre Stimme schlug über.

Er schaute sie an, ihr schönes Gesicht, ihre Augen, sah die Panik. Würde sie ihn hassen? Würde sie ihn verstehen. Noch ein Schritt, nur noch ein Schritt.

»Was ist passiert, Adam?«

Dann erzählte er ihr von damals. Als seine große Liebe ihn dazu gebracht hatte, eine Tote wegzuschaffen, die gar nicht tot war. Er erzählte ihr von Lydia Rose, von ihrem Grab, und wie er es damals ausgehoben hatte.

Melisa hörte ihm zu. Er konnte sehen, dass sie sich mit jedem Satz, den er sagte, von ihm entfernte. Schritt für Schritt. Einunddreißig Jahre waren vergangen. Doch nichts war vergessen.

Nun musste seine Frau den Teil von ihm kennenlernen, von dem er geglaubt hatte, er gehöre nicht mehr zu ihm. Egal, welchen Preis er dafür würde zahlen müssen.

Wieder war ein Mädchen gestorben. Begraben. Sein langes Schweigen hatte nichts gebracht. Es passierte wieder.

»Die Frau, für die ich das alles getan habe, will nicht mehr leben«, sagte er. Adam Paczek hatte einmal geglaubt, dass er Eva liebte. Was für ein fataler Irrtum das war.

Melisa und er saßen sich am Küchentisch gegenüber. Sie legte ihre Hand auf seine. »Adam, wovon sprichst du? Wer ist Lydia, wer ist Eva? Wieso kenne ich sie nicht?«

Er konnte nicht aufschauen, er musste es allein schaffen. Nur nicht aufhören zu reden. »Sie tat mir leid, so leid. Bewegte sich nicht mehr, lag einfach da. Und wir hatten an dem Tag schöne Rosen reinbekommen, in der Gärtnerei. Lydia hieß Rose mit Nachnamen, und diese stolze Blume, die passte zu ihr«, erzählte Adam. »Doch Lydia war auch zart und flüchtig, deshalb habe ich mich für Zauberschnee als zweite Sorte entschieden. Kennst du Zauberschnee?« Melisa antwortete nicht, er redete weiter.

Endlich sah er auf. Schaute Melisa an. Ihre Augen, ihre schönen Augen. Er wollte, dass sie nett und freundlich wirkten, wie in all den Jahren, die sie zusammen waren. Durch Melisa und durch ihre gemeinsamen Kinder hatte er verstanden, dass Liebe etwas ist, das nichts verlangt, sondern einfach gegeben wird. Ein Geschenk. Etwas, das einem guttut, keine Forderungen stellt.

Er begriff, dass er mit seinem Schweigen alles riskiert hatte. Er hatte im Laufe der Jahre gelernt, stets auf der Hut zu sein. Er redete nie unbedacht, überlegte sich immer, was er sagte. Aber nun – das wusste er – musste er es riskieren, es ging nicht mehr.

Eva, für die er all das einmal auf sich genommen hatte, war dabei zu sterben. Ihre Tochter war auf dieselbe Art begraben worden wie damals Lydia. Nichts hatte sich in den einunddreißig Jahren verändert.

»Adam? Was ist los mit dir? Ich verstehe das alles nicht. Wer bist du?«

Adams Sicht verwischte, Tränen drängten sich in sein Blickfeld. Er konnte Melisa nicht mehr klar erkennen. »Ich bin Adam Paczek. Als ich siebzehn Jahre alt war, habe ich etwas sehr Schlimmes getan. Und es ist wieder passiert. Ein Mädchen ist gestorben und begraben worden. Damals und auch jetzt. Es hört nicht auf. Nie. Ich werde es nicht los. Und immer hat sie damit zu tun.«

»Wer hat damit zu tun, Adam? Wer?«

»Eva.« Damals war sie der Grund für das alles. Heute wollte sie sterben, weil ihre Tochter tot ist. Und Eva wird bekommen, was sie will. Das war schon immer so.

KAPITEL 28

Sie wollte ihn nicht dabeihaben. »Oliver Große Kentrup ist dein Vater. Mehr muss ich dazu nicht sagen.«

Ja, sie hatte recht. Dieser Mann war sein Vater, und er war damit zweifellos befangen. Obwohl sie Oliver wahrscheinlich besser kannte als er selbst. Das Thema »Heute lerne ich meinen leiblichen Vater kennen« musste er angehen, das wusste er. Aber nicht so übereilt. Der richtige Moment musste her. Erst einmal galt es, zwei Fälle zu klären.

Johanna hatte sich diese Maggy Abel dazugeholt. Eine Frau, die er schlecht einordnen konnte. Sie stand kurz vor der Pensionierung, war ein ähnliches Semester wie sein Chef Kötters und kannte sich mit dem alten Fall aus. Wenn Maggy lachte, wirkte sie wie ein junges Mädchen. Doch ihre grauen Haare erzählten von ihrem wahren Alter. Johanna war jünger als die Abel, aber älter als er selbst. Björn konnte nicht schätzen, ob Ende dreißig oder vierzig. Die Fältchen rund um ihre Augen und den Mund konnten genauso gut vom Lächeln oder streng Schauen rühren.

Björn saß in seinem Auto, räusperte sich und konzentrierte sich wieder auf einen Namen und die dazugehörigen Kontaktdaten, die der Chef ihm gerade auf sein Handy geschickt hatte. *Tim Verding, siebzehn Jahre alt. Ex-Freund von Zoe? Klären!* Er tippte die Adresse in sein Navi ein und startete den Wagen.

Zwar hatte Kötters ihm auch eine Festnetznummer geschickt, aber in der Regel war ein persönliches, unverbindliches Vorgespräch überraschender und damit effektiver. Würde er es für sinnvoll erachten, weiter zu ermitteln, gäbe es ohnehin eine Einladung auf die Dienststelle.

Die Kollegen hatten sich aufgeteilt, um im Umfeld von Zoe zu ermitteln, und schnell war die Ermittlungsakte voller Gesprächsprotokolle. Freundinnen und Freunde waren befragt worden, Lehrer, der Vater natürlich. Gab es Verdächtigungen? Beobachtungen? Gründe? Motive? Andeutungen? Ungereimtheiten? Was für ein Mensch war Zoe? Was hat sie am Tag ihres Todes getan? Wer hat sie zuletzt gesehen?

Was man bisher wusste, war, dass sie eine mäßige, aber gut aussehende Schülerin war. Besonders Mathematik und die Naturwissenschaften fielen ihr schwer, doch das schien ihr relativ egal zu sein. Sie achtete lieber auf ihr Äußeres. Teure Markenkleidung, Make-up mit Glow-Effekt, glatte, gepflegte und mit hellblonden Strähnchen versehene Haare, lackierte Fingernägel in Naturfarben. Einige sagten, sie war schlank, andere fanden sie zu mager. Sie trainierte dreimal in der Woche in einem Fitnesscenter in Münster. Eine ihrer Freundinnen gab zu Protokoll, dass die Scheidung der Eltern sie wahrscheinlich belastete, auch wenn sie das nie explizit erwähnt hatte. Dass sie die Streitigkeiten ihrer Eltern aber auch zu ihrem Vorteil nutzte, erzählte ein anderes Mädchen. »Erst fragte sie den einen Elternteil, bekam sie es nicht, zahlte der andere.«

Rich Kid, dachte Björn. Der äußere Schein war ihr wichtig, das Zimmer war aufgeräumt gewesen. Björn hatte die Fotos der Kollegen angeschaut, sich gewundert, wie sauber dort alles war. So, als hätte gerade ein Profi-Putzteam seinen Job erledigt. Die weißen Regale waren kaum gefüllt, außer ein paar Parfümflakons, Cremes und Make-up war in den Fächern nichts zu finden. Ihre Schulbücher waren in der Schule gelagert. Nur in einer Schreibtischschublade lagen ein paar Collegeblöcke und Hefter mit unvollständigen Unterrichtsunterlagen. Kein Tagebuch. Keine aufgehobenen Tickets von Konzerten. Kein einziger Krümel, nicht einmal ein Staubkorn.

Ihr Kleiderschrank erstreckte sich über eine ganze Wand. Auch hier war alles sortiert, gefaltet und roch frisch gewaschen.

Jedes Zimmer in einem Möbelkatalog wirkte gemütlicher als dieser sterile Raum ohne jede Persönlichkeit. »Wer warst du, Zoe?«, fragte Björn sich.

Inzwischen stand er vor der Haustür des Vielleicht-Ex-Freundes. Ein Junge aus Zoes Stufe. Die Auswertung ihrer Handydaten hatte ergeben, dass sie und er zwischen Januar und Mai ein paar Mal telefoniert hatten. Auch einige WhatsApp-Nachrichten sind hin- und hergeschickt worden. Sie waren ähnlich nichtssagend wie Zoes Zimmer. Hölzerne Sätze, die mit viel Fantasie darauf hindeuten konnten, dass sie einander kannten. Ende Mai endete jeder Kontakt abrupt. Die Vermutung lag also nahe, dass bis dahin irgendeine Form von Beziehung bestanden hatte.

Björn klingelte. Und 30 Sekunden später wusste er, dass Tim Verding ein schlechtes Gewissen hatte, kein guter Lügner war und seine Gefühle überhaupt nicht im Griff hatte. Der Junge stritt ab, Zoe näher zu kennen. Er behauptete, gerade erst von ihrem Tod gehört zu haben, und knallte Björn die Tür wieder vor der Nase zu.

»Ich sage gar nichts mehr«, konnte man Tim im Haus noch schimpfen hören.

Björn musste grinsen. Er schrieb Kötters eine Nachricht. *Tim Verding unbedingt als Zeugen vorladen! Er hatte was mit ihr!* Gerade als er auf Senden tippte, öffnete sich die Haustür noch einmal. Eine ältere Ausgabe von Tim trat heraus und ging mit energischen Schritten auf ihn zu.

»Dürfen Sie überhaupt mit meinem Sohn sprechen?« Er klang wütend.

Björn lächelte betont freundlich, wandte sich dem Mann zu, reichte ihm die Hand und stellte sich vor. »Meine Kollegen und ich sprechen gerade mit sehr vielen Menschen, die uns im Fall ›Zoe‹ eventuell weiterhelfen könnten. Dass ich hier bin, ist also reine Routine. Ihr Sohn hat aber energisch behauptet, Zoe nicht näher zu kennen.«

Björn achtete auf das erstaunte Gesicht seines Gegenübers. Der Vater wusste nicht, was er sagen sollte. Daher übernahm er die weitere Gesprächsführung.

»Ich denke, dass er das nur sagt, um seine Trauer zu verbergen.«

Tims Vater atmete aus.

»Glauben Sie, ich liege damit richtig?«, hakte Björn nach.

Ein vorsichtiges Nicken.

»Was halten Sie davon, wenn Sie noch einmal mit Ihrem Sohn sprechen und ihm klarmachen, dass wir einfach nur Informationen sammeln. Und morgen kommen Sie zusammen zu uns nach Münster ins Präsidium, dann reden wir ganz in Ruhe über alles.«

»Er ist nicht verdächtig?«

»Natürlich nicht. Uns fehlen noch weitere Informationen über Zoe. Vielleicht kann er uns als Freund …« Björn legte eine kleine Pause ein. »Oder Ex-Freund ja weiterhelfen.«

Tims Vater nahm die Visitenkarte, die er ihm entgegenstreckte, und hielt sie unentschlossen in seiner Hand. »Ex«, sagte er noch. »Die beiden waren nicht lange zusammen, wenn man überhaupt davon sprechen kann.«

»Alles klar. Morgen dann?«

»Okay, wir kommen um 16 Uhr.«

Als Björn wieder im Auto saß, lächelte er zufrieden. Johanna und er würden Tim und seinen Vater Patrick in die Mangel nehmen. Patrick. Patrick Verding. Björn hatte das Gefühl, den Namen in einem anderen Zusammenhang schon einmal gehört zu haben, aber es wollte ihm einfach nicht einfallen, in welchem.

KAPITEL 29

Johanna war froh, Maggy beim Gespräch mit Oliver an ihrer Seite zu wissen. Denn dass es nicht leicht sein würde, einen erfahrenen Richter zu befragen, lag in der Natur der Sache oder besser noch in der Natur des deutschen Rechtssystems.

Das Gespräch mit Oliver Große Kentrup musste also vor allem eins sein: eine Befragung eines Zeugen – und nicht das Verhör eines Verdächtigen.

Statt Druck auszuüben, mussten Maggy und Johanna an die Hilfsbereitschaft von Große Kentrup appellieren und dabei äußerst diplomatisch, freundlich und gelassen vorgehen. Dinge, die Maggy sehr viel leichter fielen als Johanna.

Die beiden Frauen hatten sich vorher überlegt, welche Fragen sie unbedingt beantwortet haben wollten.

Warum war Oliver im Krankenhaus bei Eva Stürmer gewesen? In welcher Beziehung stand er zu Eva? Und in welcher Beziehung hatte er damals zu Lydia Rose gestanden?

Die wichtigste Frage wäre eigentlich: »Wollten Sie Eva Altmeyer im Krankenhaus umbringen – was haben Sie mit den beiden Morden zu tun?« Doch diese würden sie nicht stellen können. Oliver Große Kentrup wäre ab diesem Moment offiziell verdächtig. Er würde das wissen und gar nichts mehr sagen.

Also lächelten Johanna und Maggy ihn freundlich an, als er

den Raum betrat. Sie hatten sich einen Besprechungsraum ausgesucht, der auf der Südseite des Polizeigebäudes lag und deshalb hell und freundlich wirkte. Auf einem ovalen Tisch in der Mitte des Raumes standen drei kleine Wasserflaschen, dazu auf den Kopf gedrehte Gläser. Sie setzten sich – scheinbar zwanglos.

»Möchten Sie einen Kaffee?«, fragte Maggy.

Oliver lehnte ab. Routiniert höflich, nicht zu freundlich. Er war auf der Hut, das spürte Johanna, die ihn in dieser Dreierrunde besser beobachten konnte, als wenn sie ihm allein gegenübergesessen hätte.

Sie selbst fühlte sich nicht besonders wohl in ihrer Haut. Sie hoffte inständig, dass er sich nicht an das peinliche Mädchen aus dem Schwimmbad erinnerte, das ihn einst so angestarrt hatte. Sie schämte sich jetzt noch für sich selbst.

Nachdem sie kurz das gute Wetter und die Parkplatzsituation vor der Dienststelle thematisiert hatten, war es Oliver Große Kentrup, der das Gespräch vorantrieb.

»Ich weiß, dass Sie wissen, dass ich gar nicht hier sein müsste. Aber ich helfe natürlich gerne. Nur wäre es schön, wenn wir nicht allzu lange brauchen, weil ich gleich noch wohin muss.« Er schaute auf seine Uhr, um die Dringlichkeit zu verdeutlichen.

»Kein Problem. Wir sind hier schnell durch. Danke, dass Sie trotz Ihrer Termine bereit waren, so schnell mit uns zu sprechen.« Maggy hatte die Spiele eröffnet. Ebenfalls routiniert und freundlich.

Oliver schenkte sich ein Wasser ein und nahm einen Schluck. Er ist nervös, dachte Johanna.

»Wir wissen, dass Sie Eva Stürmer auf der Intensivstation besucht haben.«

Keine Regung war in seinem Gesicht zu erkennen.

»Warum?«, hakte Maggy nach.

»Warum?«

»Ja. Wir würden gerne wissen, weshalb Sie dort waren. Wir sammeln im Moment alles, was wir über Zoe und ihre Mutter herausfinden können. Wir suchen Menschen, die die beiden gut kannten, damit wir uns ein besseres Bild verschaffen können. Bislang haben wir das Gefühl, kaum jemand kannte sie. Wir dachten deshalb, dass Sie …«

Oliver nahm noch einen Schluck Wasser. »Ausgerechnet ich soll Ihnen weiterhelfen?« Er lachte bitter. »Ich lebe seit dreißig Jahren schon nicht mehr in Emsfeld. Wie sollte ich etwas über die beiden sagen können?«

»Sie haben Eva Stürmer besucht. Deshalb stellt es sich für uns so dar, als seien Sie ein Freund oder ein guter Bekannter von ihr«, ergriff Johanna nun das Wort.

Die Vermutung, dass er vielleicht sogar versucht hatte, sie im Krankenhaus zu töten, behielt sie für sich.

»Ich kann Ihnen da nicht weiterhelfen«, entgegnete Oliver Große Kentrup. Sein Glas hatte er leer getrunken, hielt es dennoch in der Hand. »Ich bin weder ein Freund noch ein guter Bekannter.«

Maggy und Johanna schauten ihn abwartend an. Sie mussten die Stille aushalten und hoffen, dass er selbst sie durchbrechen würde. Dass er Eva im Krankenhaus besucht hatte, stellte er nicht infrage. Aber warum war er dort gewesen? Was hatte ihn dazu gebracht, sich ins Auto zu setzen, ins Uniklinikum zu fahren, an ihr Bett zu treten – und kurz darauf wieder eilig zu verschwinden?

»Warum waren Sie dann bei ihr, Herr Große Kentrup?«, wollte Maggy nach Minuten des Schweigens erneut wissen.

Oliver antwortete nicht. Ihm glitt das leere Glas aus den feuchten Händen.

KAPITEL 30

Eva in seinen Armen, ihre Tränen auf seinem T-Shirt und sein großes Versprechen: »Ja, ich helfe dir.« Adam Paczek war nicht dumm, auch nicht mit siebzehn. Aber er war verliebt, naiv, ja, vielleicht war er sogar glücklich, als sie ihn anflehte, den Unfall zu vertuschen. Ausgerechnet ihn, den Jungen, der im Kellerzimmer ihrer Eltern wohnte. Sie bat ihn um Hilfe. Wie hätte er da »Nein« sagen können? Für ihn war es eine dieser Chancen, die sich nicht so oft im Leben boten. Schon gar nicht ihm, Adam, dem unscheinbaren Jungen mit der alleinerziehenden Mutter mit dem polnischen Akzent. Er war gefragt, er würde ein Held sein.

Eva lächelte ihn an und nahm seine Hand. Adam hatte nicht einmal gefragt, wer tot war. Er folgte Eva einfach ins Gewächshaus. Der Mond schien in dieser Nacht hell durch das Glas, und er konnte Lydia sofort erkennen. Ihre Augen schienen in den Himmel zu starren, ihr rot geschminkter Mund stand offen, neben ihr lag eine umgekippte Leiter. Auf diesen Anblick war er nicht vorbereitet. Abrupt blieb er stehen. Er wollte umkehren, weglaufen, nach Hilfe schreien. Er schloss die Augen, rieb sich die Stirn, schnappte nach Luft. Er hoffte, dass er sich getäuscht hatte, dass all das nicht wirklich passierte. Was machte er hier? Was um Himmels willen sollte er tun? Er öffnete seine Augen.

Eva hatte sich vor ihn gestellt, verdeckte den Anblick, den er nicht ertragen konnte.

»Ich habe sie angelockt, ich bin schuld. Nur ich. Habe ihr von meinem ›Drogenschatz‹ erzählt, den ich im alten Gewächshaus gebunkert habe. Also nicht harte Drogen. Haschisch. Nur Haschisch. Ich wollte ihr zeigen, dass ich nicht so brav bin, wie immer alle denken. Ich habe das Päckchen selbst auf dem letzten metallenen Querbalken festgeklebt. Also erst habe ich es in einen Gefrierbeutel gewickelt, war ja nur so groß wie 'ne Tafel Milka.« Eva redete ohne Punkt und Komma. Ihre Stimme klang höher als sonst, zerbrechlich irgendwie, fand Adam. »Ich selbst war gar nicht so scharf auf das Zeug, aber die Schatten schon. Ich wollte mich wichtigmachen bei Lydia. Mit dem Shit. Und die fand es auch spannend. Wahrscheinlich war sie deshalb hier. Und dann ist sie … Oh mein Gott. Es ist alles meine Schuld.« Sie schluchzte. »Du musst sie hier wegschaffen, meine Eltern bringen mich sonst um«, flüsterte sie und drückte seine Hand.

Auch wenn Adam sicher war, dass das natürlich nie passieren würde, wusste er, dass Evas Eltern – vor allem ihr Vater – zu Jähzorn neigten. Ein totes Mädchen in seinem Gewächshaus würde ihn rasend machen. Wenn er erfahren würde, dass es nur dort lag, weil Eva mit einem geheimen Haschischversteck geprahlt hatte, konnte es schon sein, dass er komplett ausflippte.

»Lydia wollte bestimmt ein Stück davon haben«, schluchzte Eva in Adams Armen. »Sie ist auf die Leiter geklettert, und die scheint umgefallen zu sein. Davon darf keiner erfahren. Das muss unser Geheimnis bleiben, Adam.« Unser Geheimnis. Adam wollte das alles gar nicht hören, doch als Eva von

»unserem Geheimnis« sprach, hatte ihm das gefallen. Sie hatten etwas Gemeinsames, etwas, was kein anderer hatte.

Doch das, was sie von ihm verlangte, war so unfassbar schwer für ihn. Er sollte eine Tote wegschaffen. Wie sollte er das machen? Konnte er das überhaupt? Doch da waren Evas Tränen, ihr Körper zitterte, ihre Hand, die seine hielt. Er atmete kräftig aus. Ja, er würde es machen. Er musste jetzt ruhiger atmen und sich konzentrieren. Die Panik, die in ihm aufstieg, musste er in kluges Handeln umwandeln. Er würde Eva helfen.

Draußen würde es bald hell werden. Adam musste schnell sein, die Altmeyers standen immer sehr früh auf. Neben dem Eingang zum Gewächshaus stand eine dieser großen Schubkarren, wie sie in Gärtnereien oft zum Einsatz kommen. Eva schien seine Gedanken zu lesen. »Das ist eine gute Idee, Adam.«

Adam versuchte, einfach nur zu funktionieren.

»Geh nach Hause. Ich kümmere mich«, befahl er Eva.

Sie umarmte ihn, flüsterte ein Danke und ließ ihn allein zurück. Er dachte nur an den ersten Schritt. Was musste er zuerst tun?

Erst einmal musste Lydia weg aus dem Gewächshaus. Es kostete ihn große Überwindung, sie zu berühren. Doch genau das würde er tun müssen, wenn er Eva helfen wollte.

Wie schwer sie war. Er stellte sich vor, Lydia wäre ein großer Sack Blumenerde. Die Schubkarre ließ sich so kippen, dass er sie mit viel Kraft hineinschieben und -ziehen konnte. Er schaute sie nicht an, schob sie mit den Händen und sogar mit seinen Füßen in die Karre. Er wollte vor Anstrengung stöhnen, doch er blieb leise, zwang sich, flach und lautlos ein- und wieder auszuatmen. Als er die Schubkarre wieder in die richtige Position brachte, musste er ihre Arme ins Innere heben, zog an ihren Füßen, damit ihr Kopf nicht überhing. Blumenerde, dachte er. Es ist nur Blumenerde.

Endlich lag sie so, dass er die große Karre schieben konnte. Doch wohin mit ihr? Wohin? Ihm fiel die kleine, baufällige Scheune auf dem Waldstück neben dem Friedhof ein. Das müsste vorerst als Versteck reichen. Vorsichtig drückte er die Tür des Gewächshauses auf. Das leise Quietschen klang schrecklich laut. Er hatte das Gefühl, dass der Tag hell und sonnig werden würde. In der Ferne krähte der Hahn von Familie Fischer. Konzentrier dich, mahnte er sich selbst. Konzentrier dich. Der Hahn kräht, gleich wird es hell, weg hier! Lydia und er mussten weg hier!

Die Scheune war nicht weit entfernt. Vielleicht zweihundert Meter über den asphaltierten Feldweg, dann ein kurzes Stück über den Waldboden.

Die morsche Scheunentür ließ sich ein wenig anheben und dann Stück für Stück öffnen. Durch den Spalt schob er die Schubkarre ins Innere. Das Dach war löchrig, eine Mischung aus Mondlicht und erstem Morgengrauen drang hindurch.

Er griff Lydia unter die Achseln und zog sie auf den Scheunenboden. Ihre Haare kitzelten seine Handrücken. Nur Blumenerde. Einfach nur ein großer Sack Blumenerde, dachte er. Adam zog seine Jacke aus und legte sie über ihr Gesicht, um die starrenden Augen und den offen stehenden Mund zu verdecken. Dann schob er die Karre nach draußen und legte den rostigen Riegel vor. Er musste sich beeilen. Die Schubkarre neben dem Gewächshaus abstellen, ins Zimmer schleichen.

In seinem Bett angekommen, war er erschöpft, doch der Schlaf wollte nicht kommen.

+++

»Du siehst müde aus«, sagte Melisa.

»Das bin ich auch«, erwiderte Adam.

Er suchte ihre Augen. Sie sah ihn an, lächelte sanft. Sie war nicht entsetzt, sie war noch da, auf dem Stuhl ihm gegenüber, und ging nicht. Melisa dachte, sie wüsste alles über ihren Mann. Vielleicht sollte er einfach schlafen gehen. Das andere würde er ihr später erzählen. Dass er im Jugendgefängnis gewesen war, dass er aus Liebe ein totes Mädchen hatte verschwinden lassen, all das wusste sie. Reichte das nicht an Wahrheit?

»Erzähl mir von dem zweiten Mädchen. Was hat das alles mit dieser Eva zu tun? Und mit dir?«

»Nichts und vielleicht alles«, sagte er. »Zoe heißt das tote Mädchen, sie ist die Tochter von Eva.«

Melisa wartete darauf, dass er weiterredete. Sie spürte, wie schwer es ihm schon gefallen war, ihr das zu erzählen, was er schon erzählt hatte. Und sie fürchtete, was er sagen würde. Sie schaute ihn an. Traurig sah er aus. Sie hatte Mitleid.

»Wollen wir morgen weiterreden?«, fragte sie.

»Ja.« Er war erleichtert. Melisa hatte ihm noch einen kleinen Aufschub gewährt. Den letzten Schritt musste er noch gehen, doch vorher durfte er sich noch einmal ausruhen – und überlegen, ob sie die ganze Wahrheit verkraften würde. Würde ihre Ehe die ganze Wahrheit verkraften?

KAPITEL 31

Johanna stellte das Glas in den Geschirrspüler. Es war ganz geblieben, obwohl es Oliver Große Kentrup aus der Hand gerutscht und unter den Tisch gerollt war, nachdem es auf den dünnen Funktionsteppichboden geknallt war. Johanna hatte sich reflexartig gebückt und danach gegriffen. Genauso wie Oliver. Unter dem Tisch trafen sich kurz ihre Blicke. Er hat mich erkannt, dachte Johanna. Gleich fragt er mich wieder, warum ich ihn damals so angestarrt habe.

Beide saßen mittlerweile wieder aufrecht auf ihren Stühlen. Er musterte sie noch genauso arrogant wie damals im Schwimmbad, nur hielt sie dem nun stand.

»Sie wollen wissen, warum ich im Krankenhaus war?« Johanna und Maggy nickten synchron.

»Die Wahrheit ist, ich weiß es nicht. Ich habe ihr schon oft den Tod gewünscht, aber inzwischen tut sie mir einfach nur noch leid.«

Damit hatte Johanna nicht gerechnet. »Sie haben ihr den Tod gewünscht?«, hakte sie nach.

»Es hätte mir gereicht, dass sie mich einfach in Ruhe lässt. Aber nichts konnte sie davon abhalten, mich zu terrorisieren. Ich habe ihr wirklich keinen Grund zur Hoffnung gegeben. Als ich hörte, dass sie im Koma liegt, war ich erleichtert. Ja, das trifft es wohl am besten. Ich war – ich bin – erleichtert. Und es mag vielleicht schlimm klingen, aber ich möchte nicht, dass sie wieder aufwacht.«

Sie bekam das nicht zusammen. Zum einen das kühle und selbstbewusste Auftreten des Richters, zum anderen diese Gefühle, die er in sich trug. War es Gleichgültigkeit? Sie bekam es nicht zu packen.

Maggy schaute Oliver an und sprach das Wort aus, für das es 1984 noch keinen deutschen Namen gab.

»Ging es um Stalking?«

Er nickte. »Sie hat mir das Leben zur Hölle gemacht«, erklärte er. »Und ja, ich war bei ihr im Krankenhaus, um sicherzugehen, dass es damit endgültig vorbei ist.«

Mitfühlend sah Maggy ihn an. Sie wusste, wie schwer es für Stalking-Opfer war, über ihre Leiden, ihre Ängste zu reden. Vor allem Männer schämten sich, sie fühlten sich mitschuldig und zugleich machtlos.

Erst in den letzten Jahren wurde das Thema in der Öffentlichkeit bekannter. Seitdem war es kein Tabu mehr, zuzugeben, dass man unter Stalking litt, wie hilflos und unter Druck man sich fühlte – wie sehr es sich anfühlte, als habe man die Kontrolle verloren.

Gerade so, als sei ihm unangenehm, was er gerade zugegeben hatte, verstummte Oliver Große Kentrup und stand ruckartig auf. »Es tut mir leid, mehr werden Sie von mir nicht erfahren.«

Johanna erinnerte sich an die Fragenliste, die sie und Maggy vorher erstellt hatten. Schnell erhob sie sich ebenfalls. »Nur noch eine Frage. Wie standen sie zu Lydia Rose?«

»Ich kannte sie, vom Sehen. Mehr nicht. Aber ich muss wirklich gehen.«

Oliver verabschiedete sich mit einem kräftigen Händedruck erst von Maggy, dann von Johanna. »Ich kenne Sie doch irgendwoher«, sagte er, als er Johannas Hand wieder freigab.

»Ich komme auch aus Emsfeld, vielleicht sind wir uns früher einmal begegnet.«

Oliver nickte. Man sah, dass er nachdachte.

KAPITEL 32

Sie widerstand dem Drang, auf ihr Handy zu schauen. Fünf neue Nachrichten waren während des Gesprächs mit Oliver Große Kentrup eingegangen. Die mussten noch warten. Wolfgang Kötters hatte zur abendlichen Lagebesprechung gerufen. Wer dabei zwischendurch auf sein Handy schaute, fiel sofort in Ungnade.

Inzwischen gehörten zehn Kolleginnen und Kollegen zur Ermittlungsgruppe »Blume«. Die Ergebnisse der letzten beiden Tage sollten zusammengefasst, abgeglichen und kurz besprochen werden. Außerdem mussten neue Aufgaben verteilt werden. Die Stimmung war angespannt, aber gut. Es fühlte sich an, als säße das Ermittlerteam kurz vor dem Achtelfinale in der Kabine zusammen, um die Spieltaktik zu besprechen. Kötters war der Coach, alle anderen besetzten die unterschiedlichsten Positionen. Das Problem war, dass niemand die Taktik des Gegners oder der Gegner kannte. Denn das Team »Ermittler« hatte noch nicht genug herausgefunden, um als Sieger vom Platz zu gehen. Ein paar Dinge jedoch hatten sich schon klären lassen.

Adam war für den zweiten Mord raus, er hatte mit seinem Dänemark-Urlaub und den Ferienhausnachbarn, die mit ihm an diesem Abend gegrillt hatten, ein wasserdichtes Alibi für den

Tag, an dem Zoe starb. Selbst beim ersten Mord an Lydia wackelte die Gewissheit. Es gab Lücken in den Ermittlungsakten, das hatten Björn und Johanna bei ihren Recherchen herausgefunden. Niemand hatte gewusst, dass Oliver Große Kentrup dem Opfer Lydia Rose höchstwahrscheinlich näherstand als gedacht. Er selbst hatte sich dazu nicht geäußert, doch es gab Zeugen, wie zum Beispiel Torsten Heiser – Torti.

Und dann die Dinge, die Adam ihnen im Zosch erzählt hatte. Er war demnach gar nicht in Lydia verliebt gewesen, sondern hatte lediglich einen Unfall vertuschen wollen. Die einzigen Worte, die er damals gesagt hatte, waren, dass er es »aus Liebe« getan habe. Das stimmte. Aber alle dachten, er wäre aus verschmähter Liebe zu Lydia zum Mörder geworden. In Wahrheit war es die Liebe zu Eva Altmeyer, der Tochter seines Chefs.

Alle in dieser Teambesprechung hatten gelesen, was Björn über jenen Tag im Jahr 1984 aufgeschrieben hatte:

Adam Paczek hatte Lydia im Morgengrauen in die Scheune gebracht. In der nächsten Nacht hatte er die Leiche vergraben wollen. Doch als er in der alten Scheune angekommen war, erwartete ihn etwas, das ihn seitdem jede Nacht schlecht schlafen ließ. Lydia lag nicht dort, wo er sie abgelegt hatte. Seine Jacke war von ihrem Gesicht gerutscht, sie hatte sich umgedreht, ihr Kopf lag seltsam abgeknickt im Fußbodendreck. Er sah Spuren im Fußbodenstaub. Sie wollte raus, wollte mit letzter Kraft Richtung Tür kriechen. Sie hatte es nicht geschafft – und selbst wenn: Adam hatte die Tür von außen verriegelt. Sie hatte keine Chance. Sie starb in einer Todesfalle, die Adam Paczek ihr gestellt hatte.

Die Theorie der Ermittler damals war eine andere gewesen. Sie hatten vermutet, dass Adam die Tote in der Nähe des Ackers erschlagen hatte. Zwar wurde nie eine Tatwaffe gefunden, aber alle anderen Indizien und Zeugenaussagen deuteten darauf hin. Auch sein Quasigeständnis, dass er schuld sei, trug dazu bei, dass man den Fall als gelöst betrachtet hatte. Niemand hatte an einen Unfall mit Todesfolge gedacht. Und auch wenn sich Adam die moralische Schuld gab, weil er die bewegungslose und sterbende Lydia in der Scheune abgelegt hatte, war er letztlich kein Totschläger, sondern wäre schlimmstenfalls wegen unterlassener Hilfeleistung angeklagt worden.

Durch seine neuen Aussagen wusste man: Er wollte Lydia in der nächsten Nacht vor der Scheune begraben. Doch sein Spaten scheiterte am verwurzelten Waldboden. Er brauchte einen weicheren Untergrund. Auch wenn er vor lauter Schuldgefühlen nicht mehr klar denken konnte, wusste er doch, dass der nächste Acker direkt neben dem kleinen Wäldchen begann. Er hob die Grube am Rand des anliegenden Ackers aus und brachte die inzwischen starre Leiche mit der großen Schubkarre genau dorthin. Er hatte sie vorsichtig in die Vertiefung gelegt. Dann warf er Erde über sie, ohne sie anzuschauen.

Er war wie ein Betrunkener nach Hause getorkelt. An seinen Schuhen war die Ackererde, sie verteilte sich auf dem Fußboden seines kleinen Zimmers. Er schlief wieder nicht. Am nächsten Tag wusste er, was zu tun war. Er würde die gerade angelieferten Rosenpflanzen aus dem Gewächshaus holen und sie einpflanzen, dazu Zauberschnee als Gegensatz. Er würde ihr ein schönes Grab herrichten. Und dann auf seine Strafe warten.

Als die Polizei ihn als Täter ermittelte, wehrte er sich nicht.

Er sagte nichts, ließ sich ohne jeden Widerstand festnehmen und bestritt niemals, schuld an ihrem Tod zu sein. Zum Tathergang schwieg er, denn niemand sollte wissen, dass es vorher einen Unfall in Altmeyers Gewächshaus gegeben hatte. Er war schuld. Er hatte nicht sehen wollen, dass Lydia noch lebte. Er hatte verhindert, dass sie sich aus der Scheune befreite. Zu groß war sein Wunsch gewesen, Eva zu helfen. Er würde sie schützen. Aus Liebe.

Weil die Beweise so eindeutig waren, der Tathergang aber nicht detailliert geklärt werden konnte, wurde Adam ohne ausführliches Geständnis nach Jugendstrafrecht nicht wegen Mordes, sondern wegen Totschlags verurteilt.

Eva schrieb ihm regelmäßig. Und auch wenn die Abstände zwischen den Briefen größer wurden, fand sie nette, einfühlsame und fast schon aufmunternde Worte. Sie ließ aber auch immer wieder durchblicken, dass auch sie an seine moralische Schuld glaube. Über Lydias Tod schrieben sie nicht. Doch zwischen den Zeilen war klar, dass sie wollte, dass er auch weiterhin nichts Genaues zum Hergang der Todesnacht verriet. Und Adam schwieg. Und litt.

»Wir beginnen heute mit Zoe«, gab Kötters den Ablauf der Besprechung vor.

So knurrig der Chef auch wirkte, so feinfühlig war er, was die Opfer anging. Meistens verwendete er deren Namen und bewahrte damit ihre Persönlichkeit vor Verallgemeinerungen. Das Opfer, die Tote, die Leiche – auch wenn es fachlich stimmte, niemand sollte darauf reduziert werden.

»Ihr habt alle das Dossier über sie gelesen. Danke an dieser Stelle an Nicole und Bernd für diese Fleißarbeit.« Kurzes Nicken in die Richtung des Ermittlerduos.

Dann fasste er noch einmal alles zum aktuellen Fall zusammen: Todesursache war ein Stoß oder Schlag auf ihren Kopf. Eine Tatwaffe konnte nicht ermittelt werden.

Zoe war nicht auf dem Acker gestorben, auf dem ihr der Täter eine Art Grab geschaufelt hatte. Das Erdloch war nicht besonders tief geworden, höchstens dreißig Zentimeter. Auf dem frischen Grabhügel lagen Sonnenblumen. Vermutlich stammten sie vom Selbstpflückerfeld in der Nachbarschaft, eine genaue Analyse stand noch aus.

Das Mädchen war in eine Wolldecke gewickelt worden, die laut Aussagen des Vaters, zumindest früher, auf dem Sofa der Familie gelegen hatte. Die Spuren, die auf der Decke gesichert wurden, bestätigten die Vermutung. DNA von Zoe selbst und von ihrer Mutter konnten zugeordnet werden. Es gab noch weitere Spuren, die aber in der Datenbank keine Treffer ergaben.

Zoe Stürmer ist für mich nach allem, was wir inzwischen über sie wissen, immer noch nicht greifbar. Sie achtete sehr auf ihr Äußeres, war hübsch – das steht fest. Aber was für ein Mensch war sie? War sie glücklich? Unglücklich? Hatte sie Freunde? War sie distanziert, arrogant oder unsicher? Die Meinungen der Zeugen gehen da sehr weit auseinander. Selbst ihr Vater konnte nicht viel mehr über sie sagen, als ›Zoe war immer ein gutes Mädchen‹. Wir wissen nicht einmal sicher, ob sie einen Freund hatte«, fuhr Kötters fort.

Der Chef wandte sich nun direkt an Björn. »Konntest du herausfinden, ob dieser Tim mit ihr zusammen ist oder war?

Immerhin hat die Auswertung ihres Handys ergeben, dass sie vor einiger Zeit ein paarmal mit ihm gechattet hat. Meistens ging es um Verabredungen, am Anfang hatte sie auch ein paar Herzchen an ihre Nachrichten gehängt.«

Das war sein Stichwort. »Er selbst hat das abgestritten, aber sein Vater hat es dann doch bestätigt. Tim war demnach für eine kurze Zeit mit ihr zusammen. Morgen Nachmittag sprechen wir mit Patrick und Tim Verding, dann wissen Jo und ich hoffentlich mehr.«

»Patrick Verding ist der Vater von diesem Tim?« Johanna hatte die Frage lauter gestellt, als sie es beabsichtigt hatte. Klar, sie wusste, dass Patrick einen Sohn hatte, der Zoe kannte, aber nach dessen Namen hatte sie nie gefragt.

Björn nickte. »Kennst du den etwa?«

»Ja, schon.« Sie beschloss, die Flucht nach vorne anzutreten. »Und ich fürchte, jemand anderes muss mit in dieses Gespräch. Ich bin eventuell ein kleines bisschen befangen.« Sie wollte es nicht, doch in diesem Moment spürte sie, wie ihr eine leichte Röte ins Gesicht stieg.

Das vieldeutige »Aha« ihres Chefs machte es nicht gerade besser. »Bist du mit diesem Patrick Verding verlobt oder verschwägert?«

Johanna schüttelte den Kopf.

»Bist du mit ihm in einer Beziehung?«

Sie verneinte und spürte, wie noch mehr Hitze in ihr aufstieg.

»Aber du warst mal mit ihm zusammen?«

»Nein, ich, wie soll ich es sagen. Teenagerliebelei in den Achtzigern, so was in der Art?«

»Dann bist du nicht befangen, sondern du bist ideal geeignet für eine Befragung. Ihr mochtet euch mal, er vertraut dir, nutz das!«

Damit war sie für das Achtelfinale aufgestellt. Und die Radtour, die sie für heute mit Patrick geplant hatte, würde ausfallen müssen, damit sie nicht noch befangener bis zum Gespräch werden würde.

KAPITEL 33

Björn hatte angeboten, ihr Fahrrad in den Kofferraum zu legen und sie nach Hause zu fahren.

»Scheint spannend zu sein«, sagte er, als sie die fünf eingegangenen Nachrichten von David immer wieder las.

»Entschuldige, ich muss kurz darauf antworten.« Wütend tippte sie auf ihr Handy ein.

Ich bin nicht verklemmt! Trotzdem: Nein!

Scheiß David, dachte sie. Da hat er sie mit seinem guten Duft und schönen Worten ins Bett gequatscht, und nun fing er schon wieder mit dieser Dreiecksbeziehung an. Sie tippte auf »Senden« und steckte ihr Handy weg.

»Hältst du mich für verklemmt?«, fragte sie in Björns Richtung.

»Keine Ahnung. Eher nicht. Aber wie kommst du darauf?«

»Ach, mein Klärungsgespräch mit David ist nicht so gelaufen wie geplant. Er hält mich für spießig, weil ich nicht will, dass er neben mir noch eine andere Frau – nun ja, vögelt.«

Björn musste lachen.

»Das ist nicht lustig.«

»Doch. Das ist lustig. Wenn der Ex einen für spießig hält, ist das doch nur ein übles Nachtreten. Meine Ex-Freundin fand mich oberflächlich, nachdem wir uns getrennt hatten.«

»Bock auf ein unspießiges, oberflächliches Feierabendbier?«, wollte Johanna wissen.

Es wurden am Ende fünf Bier und ein Beinahe-Kuss. Björn übernachtete aber auf dem Sofa ihrer Eltern.

»Ich bin halt doch verklemmt«, murmelte sie, als sie ihn ins Wohnzimmer schob, statt ihn mit zu sich nach oben zu nehmen.

KAPITEL 34

Oliver war wütend auf sich selbst. Wie hatte er sich nur so gehen lassen können. Wie hatten die beiden Polizistinnen ihn so aus der Reserve gelockt? Er hatte ihnen mit seiner Stalking-Geschichte ein Eins-a-Motiv geliefert. Sie würden also weiter nachforschen, wenn sie clever wären. Und den Eindruck machten beide Frauen durchaus.

Dann beruhigte er sich wieder. Er hatte doch gar nichts zu befürchten. Dass er Zoe Stürmer nicht umgebracht hatte, war ein unumstößlicher Fakt. Es konnte also keine Beweise gegen ihn geben. Aber die Sache von damals, die Sache mit Lydia, die konnte ihm immer noch Ärger bereiten. Er hatte es fast geschafft, nicht mehr an sie zu denken. Wie erleichtert er gewesen war, als Adam Paczek verurteilt wurde. Die Beweislage war erdrückend gewesen, er hatte es nie abgestritten. Wie unsicher er selbst trotzdem die ganze Zeit war – auch weil Eva dafür sorgte, dass er sich unsicher fühlte. Als seine Komplizin gab sie sich aus, tat so, als würde sie ihn vor Ärger bewahren. Damals schon und auch später noch.

Doch nun war Evas Tochter gestorben. Das Grab auf demselben Acker wie damals. Das musste etwas bedeuten.

»Paczek.«

»Hallo. Spreche ich mit Adam Paczek, der in Emsfeld aufgewachsen ist?«

»Ja?« Die Antwort klang eher wie eine Frage.

»Ich bin Oliver. Oliver Große Kentrup.«

»Der Reiter?«

»Das ist zwar vorbei, aber ja, der Reiter. Das war ich einmal. Können wir uns vielleicht treffen, ich würde gerne mit dir reden? Ich glaube, es wird Zeit.«

»Ich weiß nicht …« Adam klang alles andere als überzeugt.

»Es geht um die Sache mit …«, er zögerte, »mit Lydia.«

Adam antwortete nicht.

»Ich will mich einfach nur unterhalten«, versuchte Oliver es weiter. »Ich schätze, wir haben beide etwas damit zu tun.«

Stille am anderen Ende der Leitung.

»Sie sind der Oliver, der nach Lydias Tod schnell weg war aus Emsfeld«, sprach Adam und ging nicht auf Oliver ein.

»Ja, das stimmt. Aber ich bin nächste Woche sowieso in Berlin, da könnten wir einen Kaffee zusammen trinken. Bitte.«

»Ich denke drüber nach«, entgegnete Adam. Dann legte er auf.

KAPITEL 35

Als Johanna herunterkam, saß Björn schon mit ihrer Mutter am Frühstückstisch. Sie hörte Lachen. Mechthild Eckstein hatte Frühstücksbrötchen aufgebacken, dazu selbst gemachte Erdbeer-Rhabarber-Marmelade aufgetischt. Daneben stand die Hahn-und-Henne-Butterdose, die ihre Eltern Ende der Sechzigerjahre aus ihren Schwarzwald-Flitterwochen mitgebracht hatten. Würde sie ein Foto machen, wäre der perfekte Kitsch in einem einzigen Bild festgehalten.

Johanna kam sich fast vor wie ein Störenfried. Sie hatte in diesem Ideal von heiler Welt nichts verloren. Oder gerade doch? Zumindest fühlte sie sich nicht unwohl. Björn drehte sich zu ihr um und begrüßte sie fröhlich. »Ich habe deiner Mutter gerade erzählt, wie gut wir zusammenarbeiten und dass wir gestern noch lange arbeiten mussten, weshalb ich hier geschlafen habe«, sagte er und blinzelte ihr verschwörerisch zu. »Und was für eine hervorragende Ermittlerin du bist, habe ich natürlich auch erzählt.« Ihre Mutter strahlte. »Ja, unsere Johanna.« Richtig stolz klang das. »Auch einen Kaffee?« Sie schob ihr eine gefüllte Tasse entgegen.

Johanna setzte sich, gab einen Schuss Milch dazu und genoss für einen Moment Kaffee und Frühstücksidyll. Bis das Festnetztelefon klingelte. Ihre Mutter verschwand im Flur und kam ein paar Sekunden später wieder zurück.

»David ist dran, er sagt, er erreicht dich übers Handy nicht.« Unschlüssig, ob sie Johanna das Telefon reichen sollte, stand sie vor ihnen.

Diese schüttelte den Kopf. »Ich rufe später zurück«, murmelte sie leise und schob ein »irgendwann« und »vielleicht« hinterher. Dass ihre Mutter das nicht gut fand, zeigten ihre Augenbrauen, die sich leicht nach oben zogen, doch sie tat, was sie tun sollte. Sie verabschiedete sich freundlich von David, verwies auf den bald folgenden Rückruf ihrer Tochter und legte nachdrücklich auf. Die Ladestation gab ein kleines »Pling« von sich, als sie das mobile Telefon dort abstellte.

Bevor ihre Mutter sie fragen konnte, was denn mit David und ihr sei, lieferte Johanna ihr eine Antwort: »Läuft gerade nicht so gut. Ich muss einfach mal nachdenken, ohne von ihm bequatscht zu werden.« Johanna wusste, dass ihre Mutter mit ihrer halb garen Erklärung nicht zufrieden war. Doch weil man im Hause Eckstein nicht so gerne über Gefühle oder zwischenmenschliche Beziehungen sprach, fragte sie nicht weiter nach. Sie konzentrierte sich stattdessen wieder auf die Bewirtung des Überraschungs-Übernachtungsgastes.

»Festnetz? Du hast ihn auf deinem Handy blockiert?« Björn musterte sie von der Seite eindringlich, und Johanna gab ihm als Antwort nur ein Nicken.

Schon seit ein paar Jahren hatte sie kein Festnetztelefonat geführt, in Berlin tat das eigentlich niemand mehr. »Seit wann ist das Wandtelefon eigentlich weg?«

+++

Es muss im Herbst 1985 gewesen sein. Johanna stand im Schlafanzug im zugigen Flur, den grauen Telefonhörer in der Hand. Sie hat es kaum abwarten können, Nickis Nummer zu wählen, die Wählscheibe kam ihr unendlich lahm vor. Sie half mit ihrem Zeigefinger nach, schob die Scheibe beim Rücklauf etwas an. Endlich kam das Freizeichen.

»Brocks!« Nickis Vater war rangegangen.

»Hallo, hier ist Johanna. Kann ich Nicki sprechen?«

Sie wusste noch genau, wie ihr eigener Vater ihr das Telefonieren beigebracht hatte. Vorher stand nur in der Werkstatt des Landmaschinenhandels ein Telefon, und an das durften die Eckstein-Kinder nicht gehen. Anfang der Achtziger hatten sie einen Hausanschluss bekommen.

»Hallo, Jo, hier ist Nicki. Endlich! Wie war's gestern noch? Habt ihr, habt ihr …« Die Mädchen kicherten. »Habt ihr geknutscht?«

Johanna war froh, dass sie die Frage mit einem unverfänglichen Ja oder Nein beantworten konnte. Wenn Sie am Telefon war, hörte immer jemand aus ihrer Familie mit. Nickis Eltern hatten ihr Telefon mit einem langen Kabel versehen, damit konnte sich ihre Freundin zumindest in das Esszimmer zurückziehen. Johanna stand indes im Flur und ärgerte sich, dass sie barfuß war. Sie trippelte von einem Fuß auf den anderen, die Fliesen waren kalt. Aber all das war egal.

»Ja!«, quietschte sie in den Hörer.

Am anderen Ende gab Nicki einen ähnlichen Laut von sich.

»Geht's noch lauter?« Ihr großer Bruder Christoph war gerade vom Fußballtraining nach Hause gekommen und zog genervt eine Grimasse. »Dass ihr immer so rumschreien müsst!«

Johanna senkte ihre Stimme. »Nicki, es ist so ätzend hier. Ich erzähl dir morgen im Bus alles, okay?«

»Aber sag doch noch bitte, bitte, bitte – kann er gut küssen?«

Johanna lachte. »Ja!«

Nicki kreischte noch einmal laut auf.

KAPITEL 36

Patrick war beleidigt. Er verstand nicht, warum sie gerade die geplante Radtour abgesagt hatte.

»Ich dachte, du kannst professionell sein, Jo«, raunte er.

Natürlich triggerte sie das. Ihr zu unterstellen, sie könnte sich nicht professionell verhalten, machte sie rasend. »Das kann ich. Und genau deshalb sollten wir nicht … wir sollten nicht das Private und Berufliche miteinander vermischen.«

Lautes Lachen drang an ihr Ohr. »Dein Ernst, Johanna? Ich bin doch kein Verdächtiger, und mein Sohn soll euch doch nur ein bisschen was von Zoe erzählen.«

»So ist es.«

»Oder ist da noch mehr?«

»Nein, du hast schon recht. Es geht uns um Informationen über Zoe«, entgegnete sie nüchtern.

»Und du meinst, die bekommst du nicht, wenn du am Abend vorher mit mir Fahrrad fährst?«

Sie seufzte. »Man, Patrick. Versteh mich doch.«

»Tu ich nicht. Es sei denn, du vertraust mir nicht und unterstellt mir oder meinem Sohn, dass wir etwas zu verbergen haben.«

»Nein, das mache ich nicht.«

»Dann aber morgen Abend? Nachdem ihr mit uns gesprochen habt, okay?«

»Du bist echt hartnäckig.«
»20 Uhr?«
»Einverstanden.«

Und nun saßen sie in dem Besprechungszimmer im Kommissariat am Friesenring. Patrick grinste Johanna während des gesamten Gesprächs an, während sein Sohn Tim nur Richtung Tischplatte schaute, so knapp wie nötig antwortete und keine Regung zeigte. Es war – um es in drei Worten zu sagen – eine seltsame Situation.

Das Einzige, was Björn und sie an Erkenntnisgewinn aus der Befragung ziehen konnten, war: Ja, Tim und Zoe waren für vier Wochen »irgendwie zusammen«, aber »das war nichts Ernstes«. Nein, Tim hatte keinerlei Ahnung, warum jemand Zoe hätte töten wollen, oder wer wütend auf sie gewesen sei, und schon gar nicht, warum ihr ein Grab auf dem Acker hergerichtet wurde. Nein, er selbst sei nicht wütend auf sie gewesen, die Trennung sei »kein Ding« gewesen, weil sie ja nur »irgendwie zusammen« waren. Das Einzige, was Tim über Zoe zu erzählen wusste, war, dass sie »echt geil aussah«. Man habe halt nicht so viel geredet, sondern eigentlich nur gechillt und rumgemacht. Traurig sei er schon, dass sie tot sei, aber …

Johanna konnte es sich nicht verkneifen. Sie übernahm seine Wortwahl: »Aber es war ja nichts Ernstes, richtig?«

Tim nickte. Dankbar, dass ihm seine Antwort abgenommen wurde. Nein, er wisse auch nicht, ob sie einen neuen Freund hatte. Nein, eine beste Freundin würde er auch nicht kennen.

»Zoe war zwar überall dabei, aber keiner wusste viel über sie«, sagte er. Und Johanna war fast schon begeistert über so viele

Worte, die er in einem Rutsch ausgesprochen hatte, die vielleicht mehr über Zoe aussagten, als ihm klar war.

»Wie war sie so?«, fragte Johanna.

»Ich weiß nicht. Kann man schlecht beschreiben.«

»Versuch es einfach!«

Tim war überfordert, suchte nach Worten. »Sie wirkte schon interessant, und sie war echt hübsch, aber mehr kann ich über sie nicht sagen.«

»Klingt ja fast so, als hättest du sie eher langweilig gefunden?«

Tim nickte. »Ja. Irgendwie schon. Sie sah interessant aus, war es aber nicht.«

KAPITEL 37

»Hat die Pflegeversicherung gezahlt!«

Seine Mutter war stolz auf den neuen, barrierefreien Weg zu ihrer Haustür. Vor allem darauf, dass sie nicht einmal die Kosten hatten tragen müssen. Ihr Hausarzt hatte mitgespielt und ein Rezept ausgestellt, der Anwalt noch ein paar Tipps gegeben, und auch der Bauunternehmer nahm es in seiner Rechnung nicht ganz so genau mit der exakten Beschreibung des Gewerks. Statt »Pflasterung Zuwegung«, schrieb er »Stufenfreier, barrierefreier Eingangsbereich«. Und so konnte Olivers Mutter sich die edlen und viel zu teuren Natursteinplatten in XXL gönnen, die nun in einer sanften Steigung zum höher gelegenen Haupthaus ihres Hofes führten.

Vieles hatte sich seit damals verändert. Früher gab es keinen Garten im eigentlichen Sinne. Eine riesige Rasenfläche und zwei große, bepflanzte Blumenkübel waren alles, was man sich damals gestalterisch gönnte. Inzwischen hatten seine Eltern einen Gartenbauarchitekten die weitläufige Fläche rund um den alten Hof anlegen lassen. Zudem gönnten sie sich einen Gärtner, der auch die Einstellpferde fütterte. Oliver Große Kentrup stand neben seiner Mutter, die immer noch sehr sicher und aufrecht gehen konnte und wahrlich keinen barrierefreien Zugang benötigt hatte.

Sie wollte nicht, dass er schon wieder abreiste. Je mehr sie sich darüber beschwerte, desto schneller wollte er weg. »Ich habe noch geschäftlich in Berlin zu tun«, sagte er und gab seiner Mutter einen höflichen Wangenkuss. Seinem Vater hatte er schon vorher in der Küche die Hand geschüttelt, die Schwester war nicht zu Hause. Er hatte ihr zum Abschied eine WhatsApp geschrieben, das reichte an familiärer Vertraulichkeit.

»Weißt du noch, wie ihr früher immer die Stufen rauf- und runtergehüpft seid? Aus allem habt ihr einen Wettkampf gemacht. Und dann ist deine Schwester dabei so unglücklich gefallen, dass sie sich ihr Knie aufgeschlagen hat. Das Knie blutete und blutete. Furchtbar war das!«

Oliver konnte sich immer noch nicht erinnern. Vielleicht lag es an einer anderen Erinnerung, die stärker war. Die an Lydias Sturz auf den Treppen. Wie sie damals auf den Stufen lag und sich nicht mehr regte. Als dann Eva kam und ihn beruhigte.

»Ja«, murmelte er. »Furchtbar war das!«

KAPITEL 38

»Hat dein Sohn recht? War Zoe langweilig?« Johanna hatte ihr Versprechen eingelöst und radelte mit Patrick in den Sonnenuntergang, obwohl ihr nicht wohl bei der Sache war. Da sie aber professionell war, konnte sie ja auf ihren Chef Kötters hören und nutzen, dass er sie früher einmal zumindest eine Kusslänge lang mochte. Vielleicht würde sie bei dem freundschaftlich-flirtigen Ausflug mehr erfahren als beim streng reglementierten Vater-Sohn-Verhör in offizieller Umgebung.

Und ganz nebenbei machten ihr sowohl das Radfahren im flachen Münsterland als auch die Aufmerksamkeit, die er ihr ziemlich deutlich zukommen ließ, Spaß.

»Du kommst aber gleich zur Sache«, kommentierte er ihre Frage. »Ich dachte, wir machen nur eine nette Radtour. Auf eine Befragung war ich nicht eingestellt.«

»Wie du schon richtig angemerkt hast, bin ich ein Profi. Ich versuche einfach, jede Gelegenheit zu nutzen, um der Wahrheit näher zu kommen.«

Sie konnten auf dem Feldweg Richtung Füchtorf gut nebeneinander fahren. Johanna kam es vor, als freue sich ihr schwarzes Rennrad über die Geschwindigkeit und die freie Bahn, die es hier hatte.

»Nun lass dich doch nicht so bitten. Erzähle mir einfach von Zoe. Tu so, als würdest du nicht wissen, dass ich bei der Polizei arbeite und als sei dein Sohn nicht mit ihr zusammen gewesen. Wie fandest du sie?«

»Ehrlich?«

»Ja, bitte ehrlich. Ich werde dir keinen Strick daraus drehen.«

»Sie war mir nicht sympathisch. Gut aussehend war sie, ja. Wahrscheinlich hätte ich sie auch toll gefunden, wenn ich dreißig Jahre jünger wäre. Aber wenn sie lächelte, war das nicht echt. Sie zog nur die Mundwinkel nach oben, die Augen lächelten nicht mit. Ich fand sie arrogant. Und ja, ich fand sie auch langweilig, weil sie eigentlich kaum redete, zumindest nicht mit mir. Aber warum sie sterben musste, kann ich mir wirklich nicht erklären.«

Der Tacho zeigte siebenundzwanzig Stundenkilometer an, doch Patrick zeigte keine Anzeichen, dass ihm der Atem ausging.

»Auch wenn du mich für voreingenommen hältst, mein Sohn hat damit garantiert nichts zu tun. Der ist viel zu phlegmatisch.«

Johanna schmunzelte. Das Argument war witzig. Aber auch bei ihr lachten die Augen nicht mit. Konnte sie Patrick und seinem Sohn wirklich trauen? Warum nahmen sie ihren Tod einfach so hin, als sei er das Normalste der Welt. Warum interessierte sie kaum, was passiert war? Was hatten die beiden zu verbergen?

»Lydia war nicht langweilig, oder?« Johanna lenkte das Thema auf Lydia über, um zu schauen, ob sie hier weiterkam.

»Ach komm, du weißt genau, dass Lydia echt heiß war«, antwortete Patrick. »Nenn mir einen Jungen aus Emsfeld, der sie nicht scharf fand. Aber sie war, wie soll ich es sagen? Sie war nicht als Freundin geeignet. Eher eine zum – du weißt schon.«

»Fahrradfahren?«, lachte Johanna, und jetzt lachten auch ihre Augen mit. Er hatte es wieder geschafft. Jetzt wollte sie nur noch neben ihm durch die friedliche, völlig unspektakuläre Landschaft fahren und an früher denken. An die Party, auf der er sie geküsst hatte.

Sie erhöhte das Tempo auf achtundzwanzig Stundenkilometer und begann zu schwitzen. Sie war eindeutig befangen, was Patrick Verding anging. Und blind.

KAPITEL 39

Nein. Weckt mich nicht! Lasst mich in Ruhe! Lasst mich schlafen, für immer, schlafen. Ich will es vergessen. Nie mehr will ich in diese Augen schauen, die nicht mehr zurückschauen können. Ich kann dein Schreien nicht vergessen, dein Klagen, deine Worte, deine bösen Worte. Ich liebe dich doch. Warum begreifst du nicht, wie gut ich es mit dir meine. Immer gemeint habe. Mein ganzes Leben gäbe ich dir, gäbe ich für dich. Nein. Weckt mich nicht! Ich träume gerade. Von ihm. Er hält meine Hand und sagt: Danke! Du hast mein Leben gerettet. Wie kann ich das wiedergutmachen? Bleib bei mir, sage ich. Und er bleibt. Und hält für immer meine Hand. Nein, weckt mich nicht! Es ist alles schön. Alles ist gut. So soll es bleiben. Für immer. Für immer.

+++

»Können Sie eine Prognose stellen? Wird sie aufwachen?«, Johanna stand am Bett von Eva Stürmer.

Die Ärztin zuckte mit den Schultern und schaute sorgenvoll aus. »Wir glauben hier nicht an Wunder. Meine Einschätzung ist, dass ihre Organe schon bald versagen könnten. Fragen Sie mich also am besten in achtundvierzig Stunden noch einmal. Ich denke, dann sehen wir, ob ihr Gesamtzustand sich stabilisiert hat oder es eher abwärtsgeht.«

Johanna nickte. Sie drückte kurz Eva Stürmers regungslose Hand, ein Reflex, eine Höflichkeit. »Bis bald, Eva! Wir werden herausfinden, was mit Zoe passiert ist. Und dann wachst du wieder auf, abgemacht?« Sie wartete kurz auf eine Antwort. Dann verließ sie das Zimmer.

Bleib bei mir! Lass meine Hand nicht los. Ich muss es dir sagen. Ich will es dir sagen. Ich halte es nicht mehr aus. Meine kleine Blumentochter. Wieso hat er nicht mich genommen? Warum hat er dich geholt? Lasst mich schlafen, ich halte es nicht mehr aus. Bereitet mir ein Grab. Nicht mit Sonnenblumen oder Rosen, das waren ihre Blumen. Blumentochter, ich sehe dich. Blumentochter. Es tut mir so leid.

+++

Johanna war froh, als sie auf ihr Rad steigen und die runden Türme der Uniklinik hinter sich lassen konnte. Sie wollte heute wieder mit dem Team und Kötters über den Stand der Ermittlungen sprechen, doch vorher hatte sie den Umweg über das Krankenhaus eingelegt. Sie musste sie sehen. Die Mutter, die sterben wollte, weil ihre Tochter tot war. Sie war es ihr schuldig.

Sie fürchtete, dass ihr der Fall entglitt, dass er abstrakt wurde. Zu abstrakt. Obwohl die Zusammenhänge zwischen beiden Fällen augenscheinlich waren, hatte sie das Gefühl, dass sie eigentlich gar nichts miteinander zu tun hatten. Zoe war ein Mädchen, das äußerlich makellos war, aber deshalb keine herausstechenden Charaktereigenschaften aufweisen konnte, so ihre Deutung. Wohlstandsverwahrlosung war das Wort, das Johanna dazu einfiel. Lydia hingegen stammte aus prekären

Verhältnissen. Sie sah zwar auch gut aus, war aber alles andere als makellos. Sie verfügte über eine starke Persönlichkeit. Viele fürchteten sie, die jungen Männer fanden sie sexuell attraktiv. Nur wenige erkannten ihre verletzliche Seite. Adam zum Beispiel.

Wie gerne hätte Johanna mit Eva Stürmer darüber gesprochen. Eva kannte Lydia, sie waren derselbe Jahrgang, sie hatte sie laut Adam regungslos im Gewächshaus aufgefunden und vermutet, dass sie tot war. Sie hatte Adam überredet, ihr mit dem Wegschaffen der Leiche zu helfen.

Und natürlich hätte sie über ihre Tochter Zoe viel zu erzählen gewusst. Der Vater war diesbezüglich ein schlechter Gesprächspartner, er hatte sich längst von seiner Familie distanziert. Sein Alibi war unumstößlich. Ihn konnte man also vernachlässigen, obwohl es Leute in Emsfeld gab, die ihm eine Gewalttat durchaus zutrauen würden.

»Der soll seine Frau geschlagen haben«, hörten die Beamten, die zur Befragung ausgeschwärmt waren, zwar ab und zu, aber ob die Gerüchte stimmten, ließ sich nicht verifizieren. Es gab weder Berichte in den Polizeiakten, die auf einen Einsatz wegen häuslicher Gewalt hinwiesen, noch gab es direkte Zeugen. Außer einem Veilchen rund um ihr linkes Auge, das bei Eva Stürmer von der Frisörin und dem Postboten gesichtet worden war, gab es nichts. Und diese Art der Verletzung passte genauso gut zu der These, »dass die Eva schon seit Längerem zu tief ins Glas schaute«. Davon berichteten noch weitaus mehr Personen aus Emsfeld. Das bestätigte auch ihr Ex-Mann – und die leeren Gin-, Sekt- und Aperol-Flaschen, die die Ermittler in großen Mengen in der Abstellkammer gefunden hatten.

KAPITEL 40

Wolfgang Kötters hatte seinen Arbeitsauftrag gewohnt charmant formuliert.

»Schaut euch dieses bescheuerte Glashaus endlich mal genauer an!«, raunzte er und gab Björn und Johanna mit einem Kopfnicken Richtung Tür zu verstehen, dass sie es sofort tun sollten und sie die Besprechung verlassen konnten. »Dieser Adam kann euch sonst doch jeden Mist erzählen.«

»Meine Güte, der tut so, als wären wir Anfänger«, murmelte Björn.

»Auf dich trifft das ja auch zu«, erwiderte Johanna

Sie hatten ohnehin vorgehabt, den Plausibilitätscheck zu machen. Auch wenn sie beide glaubten, dass Adam ihnen die Wahrheit über den Lydia-Fall erzählt hatte, hieß das zunächst einmal gar nichts. Fakten, Sachlage, Spuren – passten sie zu dem, was Adam ihnen gesagt hatte? Das waren die Fragen, die sie zuerst klären mussten.

Ein wesentlicher Bestandteil, quasi der Ursprung von Lydias Todeskampf, war laut Adam das Gewächshaus neben der Friedhofsgärtnerei. Die Scheune, in die Adam die halb tote Lydia gebracht hatte – und aus der sie angeblich nicht entkommen konnte –, war inzwischen abgerissen worden, der kleine Wald war gerodet. Hier standen nun drei Einfamilienhäuser, umgeben von gepflegtem Rasen.

Johanna kannte das Gewächshaus aus ihrer Kindheit. Sie war mit ihrer Mutter oft durch die Reihen gegangen, um nach Blumenstauden, Bodendeckern oder einem kleinen Strauch für ihren Garten zu suchen. Ihre Mutter sammelte die ausgewählte Ware in den flachen Plastikkisten, die am Eingang standen. Johanna war damals vielleicht sechs Jahre alt. Sie liebte diese tropisch anmutenden Blumenausflüge.

Heute war alles anders. Schon Anfang der Achtzigerjahre war das Gewächshaus ausgemustert worden. Seitdem stand es leer. Viele Glasscheiben waren zerbrochen oder gar nicht mehr vorhanden. Unkraut hatte sich gegen die bröckelnden Pflastersteine auf dem Boden durchgesetzt. In einem wandhohen Regal standen noch ein paar traurige Reste von Plastiktöpfen, eine morsche Leiter lehnte etwas windschief am oberen Regalbrett aus Metall.

»Ganz schön runtergekommen«, stellte Björn fest.

»Hier ist seit Jahrzehnten niemand mehr gewesen, um aufzuräumen.«

»Ob das die Leiter war, von der Lydia damals gestürzt sein soll?«, fragte Björn.

»So morsch wie die ist, könnte ich es mir vorstellen.« Johanna trat näher, schaute genauer hin und drehte sich zu Björn um. Eine der mittleren Sprossen war herausgebrochen.

Sie zeigte auf die Bruchstelle. Es war eindeutig, das Holz war frisch gesplittert. Auch wenn das Holz sehr alt war, konnte man sehen, dass sich an der Abbruchkante noch keine grünliche Patina gebildet hatte.

»Und das hier ist kein Rost.« Björn war in die Hocke gegangen und zeigte auf eine alte Metallstrebe, die auf dem Boden lag, nicht weit von der Leiter entfernt. An ihrer Kante haftete etwas Bräunlich-Rotes an.

»Ich glaube, wir müssen die Spurensicherung anrufen, das hier ist nicht vor einunddreißig Jahren passiert.«

Johanna nickte und wählte umgehend die Nummer ihrer Kollegen. »Hallo, hier Eckstein von der Ermittlungsgruppe ›Blume‹. Könnt ihr uns einen Trupp rausschicken? Das große Besteck. Es geht um eine mögliche Tatortsicherung.«

+++

Ihre Vermutungen stimmten mit den Ergebnissen der Spurensicherung überein. Die Leitersprosse war erst vor wenigen Tagen gebrochen, man fand noch kleine Holzsplitter auf dem Boden. Das Blut auf der harten Kante des Stützpfeilers war ebenfalls eindeutig zuzuordnen. Zoe Stürmer hatte es hier verloren. Auch die Rekonstruktion des Sturzes, den die Experten simuliert hatten, ergab: Mit an Sicherheit grenzender Wahrscheinlichkeit war Zoe auf die Leiter gestiegen und durch den Bruch der morschen Holzsprosse rückwärts gestürzt. Mit dem Kopf war sie auf den Stützpfeiler gestürzt, der mit anderem Schrott auf dem Boden lag. Das abschließende rechtsmedizinische Gutachten stand noch aus, doch ein informelles kurzes Telefonat mit dem Mediziner, der Zoe obduziert hatte, ergab, dass auch er so gut wie sicher war, dass Zoes Schädelfraktur von dem Aufprall auf den stählernen Pfeiler rühren konnte. Doch auch wenn alles nach einem tragischen Unfall aussah, war auch das nicht die gesicherte Schlussfolgerung. Johanna glaubte nicht an einen so großen Zufall: Vor einunddreißig Jahren war Lydia bei einem Sturz von einer Leiter lebensgefährlich verletzt worden. Und nun soll Zoe dasselbe passiert sein? In demselben alten Gewächshaus? Womöglich durch einen Sturz von ein und derselben Leiter? Wie wurde sie zum Acker gebracht?

KAPITEL 41

Johanna und Björn nahmen im Eiscafé Venezia Platz. Sie hatten sich auf einen Kaffee zusammengesetzt, um in Ruhe über die neueste Entwicklung zu sprechen.

»Ich glaube nicht an solche Zufälle«, begann Johanna. »Irgendetwas passt da nicht.«

»Zweimal ein Sturz von der Leiter. Wäre schon eine krasse Wiederholung derselben Geschichte. Hat Adam uns nicht erzählt, dass Lydia 1984 mit der Leiter umgefallen sei. Dieses Mal scheint ja eine gebrochene Sprosse die Unfallursache zu sein«, dachte Björn laut nach.

»Wir müssen überhaupt erst einmal herausfinden, wie lange diese Leiter schon im Gewächshaus steht«, sagte Johanna.

»Natürlich kann man auch jemanden von der Leiter stoßen«, warf Björn noch ein.

»Aber warum?« Johanna nahm den letzten Schluck Milchkaffee. Trotz des Koffeins war sie müde. Was sich schlagartig änderte, als sie eine laute Stimme hörte.

»Jo, was für eine Überraschung!« Frederico war grauer und irgendwie krummer geworden, aber sie erkannte den Eisdielenbesitzer sofort. Allein schon seinen italienischen Singsang-Akzent zu hören, versetzte sie in die Sommer ihrer Jugend zurück. Sie lächelte.

»Du bist hier immer noch der Cheffe?« So hatten sie, Nicki und die anderen aus der Clique ihn früher immer genannt.

»Sì, claro.« Er kam zu ihrem Tisch, nickte Björn kurz zu und konzentrierte sich dann wieder ganz auf Johanna. »Du bist groß geworden«, stellte er fest und blinzelte ihr zu.

»Du auch!« Es war früher immer ein Running Gag gewesen, dass Frederico und sie gleich groß bzw. klein waren.

»Wie wär's mit einem Spaghettieis für die kleine Lady und den gut aussehenden jungen Mann?«

»Gute Idee. Aber kannst du es für mich statt mit Vanille …«

»Ich weiß, ich weiß. Du möchtest lieber Bananeneis, stimmt's?« Enthusiastisch nickte Johanna.

Björn entschied sich für ein normales Spaghettieis. Frederico begab sich aber erst hinter den Tresen, als ihm Johanna in Kurzform erzählt hatte, dass sie aus Berlin zurückgekehrt und schon seit vielen Jahren bei der Polizei war.

»Glaubst du, dass meine Tochter hier noch sicher ist?«, wollte Frederico auf einmal ernst wissen. »Es scheint ein Serientäter zu sein, oder?«

Johanna zuckte mit den Schultern. »Ich darf dazu nichts sagen, aber ich bin mir ziemlich sicher, dass sie hier sicher ist.«

»Dass Adam das gewesen sein sollte, konnte ich nie glauben. So ein netter Junge. Und nun wieder diese Blumen. Ob er das auch war?«

Zum Glück wurde Frederico von einer seiner Kellnerinnen gerufen. Das Gespräch war also beendet, ohne dass Johanna zu oft »Das darf ich nicht sagen« antworten musste.

Als die beiden Eisbecher vor Björn und Johanna auf dem kleinen runden Bistrotisch standen, nahm ihr Kollege den Faden von Frederico und ihrem Gespräch davor wieder auf.

»Ich glaube wie Frederico auch nicht, dass Adam Lydia damals erschlagen hat. Ich glaube ihm, was er uns erzählt hat. Er hat seine Strafe abgesessen und hätte uns doch alles sagen können, ohne Folgen zu befürchten. Warum diese komplizierte andere Geschichte? Oder wollte er sich in besserem Licht darstellen, weil er eigentlich nur Eva beim Vertuschen helfen wollte?«

»Aber dann hätte er doch nicht den Teil mit der Scheune erzählt. Immerhin hat er damit zugegeben, dass er Lydias Tod indirekt verschuldet hatte.«

Ihr schwirrte der Kopf von der neuen Entwicklung in diesem Fall. Sie hatten eigentlich Indizien im alten Fall gesucht und dabei den Tatort für den neuen Fall gefunden. Sie arbeiteten also mit einer völlig neuen These.

Lydia und Zoe waren wahrscheinlich beide am selben Ort durch einen Unfall umgekommen bzw. lebensgefährlich verletzt worden. Gäbe es das Blumengrab und diese Dopplung der Ereignisse im Abstand von drei Jahrzehnten nicht, niemand hätte einen oder zwei Mörder gesucht, sondern von einer schrecklichen Tragödie gesprochen. Doch nun? Sie hatten viele neue Fakten. Diese mussten sie nur richtig sortieren.

Johanna schloss die Augen. Nur ein paar Minuten nicht denken, sondern einfach nur das Eis genießen. Es schmeckte noch genauso gut wie zu den guten alten Zeiten.

KAPITEL 42

1984–1988

Viele Eltern in Emsfeld waren nach dem Blumentochter-Fall über lange Zeit fast schon hysterisch. Gerade so, als wäre die tote Lydia die Warnung für alle jungen Mädchen ihrer Generation, bloß nicht so freizügig zu werden wie sie. Auch als Adam längst wegen Totschlags im Jugendknast saß, ermahnten Mütter und Väter ihre Töchter, nicht zu stark geschminkt und knapp bekleidet aus dem Haus zu gehen. »Zieh dir was Ordentliches an, sonst endest du auch auf dem Acker«, war ein viel gesagter Satz, als Johanna langsam erwachsen wurde.

Dass Lydia Mitschuld an ihrem eigenen Tod trug, dachten damals alle, auch wenn es niemand so deutlich aussprach. Sie hätte den armen Adam verrückt gemacht, er konnte gar nicht mehr anders, als sie totzuschlagen. Täter-Opfer-Umkehr nennt man das heute. Früher hieß es: »Sie hat's provoziert.«

Lydia hatte keine Fürsprecher in Emsfeld. Die Jungs, die hinter ihr her waren, hielten den Mund und schämten sich, mit diesem Assi-Mädchen rumgemacht zu haben. Die Mädchen waren eine Konkurrentin los. Lydias Mutter zog kurz nach ihrem Tod weg, vor sechs Jahren starb sie.

Der einzige Mensch, der sie zumindest nicht verurteilt hatte, war Adam gewesen. Doch der saß im Gefängnis und schwieg. Für Eva.

Johanna dachte damals genauso wie die meisten Emsfelder. Doch mit jedem Jahr, das sie älter wurde, erkannte sie immer mehr, wie falsch es war, dass Erwachsene – oder schlimmer noch Gleichaltrige – Sprüche abließen über das Selbstschuldsein und die ordinäre Lydia. Als Jodie Foster ein Vergewaltigungsopfer in dem Film »Angeklagt« spielte, sah sie im Kino, was daran so falsch war. In der verfilmten Geschichte und beim Tod von Lydia. Lydia war vielleicht nicht mehrfach vergewaltigt worden, aber sie war zu provokant, zu sexy und zu begehrenswert gewesen, um als wirkliches Opfer durchzugehen. Also lautete der Schluss für viele: selbst schuld. Was für ein Bullshit, dachte die achtzehnjährige Johanna damals. Und erst dann schämte sie sich für ihr Selbstmitleid und ihre Erleichterung darüber, dass Lydia, vor der sie immer Angst gehabt hatte, weil sie so maß- und grenzenlos war, gestorben war, ohne angemessen betrauert zu werden.

Vielleicht war das der Grund, warum ihr Adam ein Grab ausgehoben hatte. Er wusste, dass sie dieselbe Trauer verdient hatte wie jeder Mensch, der aus dem Leben gerissen wird. Egal, ob er Zwei- oder Dreistreifen-Turnschuhe besitzt, zu kurze Röcke trägt oder von zu vielen geküsst und angefasst wurde.

KAPITEL 43

2015

Hobbyfotografen hätten ihre Freude an diesen Bildern gehabt. Die Kolleginnen und Kollegen von der Spurensicherung waren in Schutzanzüge verpackt und bewegten sich im Zeitlupentempo durch das Gewächshaus wie Menschen auf dem Mond. Durch ihre dichten Anzüge, die Kapuzen, die jedes Haar bedeckten, und die mehrfach übereinandergezogenen Gummihandschuhe wirkten sie wie namenlose Protagonisten eines düsteren Katastrophenfilms. Das alte Gewächshaus mit seiner außergewöhnlichen Architektur und den Glaswänden taugte immer schon als Kulisse für gespenstische Szenen. Hier hatten sich die Schatten in den Achtzigerjahren zu ihren stillen Partys getroffen. Sie saßen dann beisammen und rauchten Hasch. Der Rauch ließ die jungen Leute in ihrer schwarzen Kleidung buchstäblich wie Schatten wirken. Johanna erinnerte sich noch gut daran. Immer wenn sie am Abend ihre Freundin Nicki in der Siedlung östlich der Gärtnerei besucht hatte, fuhr sie mit ihrem Fahrrad zurück in ihr Haus an der anderen Seite von Emsfeld. Manchmal stieg sie extra ab und schob langsam an der Gärtnerei vorbei, um die Schatten im Innern des Glashauses tanzen zu sehen. Sie bewegten sich wie in Trance vor und zurück, vor und zurück. Nur leise hörte man die dumpfen Gothic-Klänge von Ground Zero oder The Cure. Es war klar, dass sie unter sich bleiben wollten. Deshalb war die Musik auch nie zu laut. Und doch waren sie den meisten Emsfeldern unheimlich. Die Eltern redeten davon, dass sie dort schwarze Messen feiern würden.

Heute bewegten sich auch wieder gespenstische Gestalten im Gewächshaus, aber sie waren weiß gekleidet. Und sie hörten keine Musik. Sie waren nicht zum Vergnügen hier, sie arbeiteten.

»Habt ihr schon eine Ahnung, wann ihr hier fertig seid?«, fragte Johanna einen Kollegen, als er sich draußen den Schweiß von der Stirn tupfte und ein Wasser trank.

»Wir drehen hier jeden Stein um, das kann dauern. Bestimmt noch zwei Tage. Sobald wir frische Fingerabdrücke oder andere Spuren als die von Zoes Blut finden, sagen wir euch Bescheid.«

»Danke euch!«, erwiderte Johanna und verabschiedete sich.

KAPITEL 44

Sie hatte auf dem Rückweg von Münster nach Emsfeld einen Zwischenstopp am Blumenfeld eingelegt. Hier deutete nichts mehr auf die polizeilichen Ermittlungen hin. Das Absperrband flatterte nicht mehr im Sommerwind, die kleinen Schneidemesser für die Selbstpflücker hingen unschuldig an einem aufgestellten Ast.

Zoes Grab war mit Sonnenblumen von diesem Feld geschmückt worden, das stand fest. Die genetische Untersuchung hatte eine hundertprozentige Übereinstimmung der Sonnenblumensorte vom Fundort der Leiche und vom Selbstpflückerfeld ergeben. Das Messer, mit dem Zoes Mutter Eva sich ihre Pulsadern aufgeschnitten hatte, stammte auch zweifelsfrei von hier. Der Plastikgriff war in demselben fröhlichen Gelb wie die der übrigen Schnittmesser. Inzwischen hatte die Betreiberin des Blumenfeldes die Messer ausgetauscht. Die Griffe waren jetzt grau.

Doch Johanna war eigentlich nicht als Polizistin hier, sondern privat. Nicki hatte sie eingeladen. Eigentlich wollte sie am liebsten absagen, doch das erschien selbst ihr als zu unhöflich. Dabei hatte sie seit ihrer Rückkehr aus Berlin noch gar nichts unternommen, um an die alten Verbindungen in ihre Heimatstadt anzuknüpfen. Im Gegenteil. Sie pendelte zwischen dem

Haus ihrer Eltern und der Arbeit hin und her und hatte nur mit Patrick ein paar Ausflüge in die Emsfelder Wirklichkeit unternommen. Natürlich grüßte sie jeden, der ihr begegnete, denn sonst hätte sie Ärger mit ihren Eltern bekommen. »Mach bitte keinen auf Städterin«, sagten sie ihr – und sie gehorchte, wie es sich für ein braves Dorfkind gehörte.

Daher ließ es sich auch nicht vermeiden, dass sie eines Tages fast mit ihrem Rennrad in Nicki fuhr, die abrupt stehen geblieben war, als sie ihre alte Freundin herbeirasen sah.

Nicki winkte und rief. »Jo, da bist du ja! Gut, dass ich dich endlich treffe.«

Widerstand zwecklos, weiterfahren natürlich auch. Johanna bremste, stieg vom Rad und schaltete auf Small Talk um. Nickis Kleinkinder, nach deren Wohlbefinden sie sich artig erkundigt hatte, waren inzwischen vierzehn und sechzehn Jahre alt. Nicki hatte sich die Haare wieder wachsen lassen, ein paar graue Strähnen kamen zum Vorschein. Was ihr aber durchaus gut stand.

»Du bist doch eigentlich eine Großstädterin«, sagte Nicki voller Anerkennung. »Ist dir das bei uns nicht zu langweilig?« Dann lachte sie. »Entschuldige, Jo. Langweilig ist dir bestimmt nicht. Die Sache mit Zoe und ihrer Mutter ist echt heftig, ist bestimmt viel zu tun bei euch. Ich muss letzte Zeit viel an die Sache mit Lydia denken.«

Johanna war froh, dass sie sich nicht zu Langeweile und Gründen ihrer Flucht aus Berlin auslassen musste, sondern ein paar Floskeln über den Fall aufsagen konnte. Es war eine wirklich komplexe Ermittlung. Viele Zeugen. Viele Spuren. Noch wisse man kaum etwas. Sie dürfe aus ermittlungstaktischen Gründen leider nichts sagen. Und so weiter und so fort.

»Verstehe«, erwiderte Nicki. »Aber mal was anderes. Hättest du nicht spontan Lust, morgen zu uns zum Grillen zu kommen?«

»Ich … Äh … Weiß noch nicht, ob ich das zeitlich hinbekomme.« Eine Ausrede war ihr auf die Schnelle nicht eingefallen.

»Mein Mann hat Geburtstag, er wird fünfzig. Wir würden uns wirklich freuen.«

»Ich schau mal, ob es klappt.«

»Wäre toll. Patrick ist auch da.« Sie zwinkerte ihr verschwörerisch zu. »Der ist wieder Single.«

+++

Nun stand sie also hier, inmitten des Blumenfeldes, freute sich kein bisschen auf den bevorstehenden Grillabend und überlegte, welche Blumen Nicki und ihrem Mann gefallen könnten.

Nur weil am Anfang einer jeden Reihe ein Erklärungsschild mit Foto und Preisstaffelung stand, wusste sie, dass die prachtvollen Blumen, an denen sie gerade vorbeischritt, Gladiolen waren. Sie entschied sich für eine bunte Mischung aus diesen protzig wirkenden Blumen und den bunten Dahlien zwei Reihen weiter. Sie griff nach einem der grauen Messer. Es war stumpfer als gedacht, es war gar nicht so leicht, die Stängel abzuschneiden.

Die gelben Messer, die hier vorher gehangen hatten, waren schärfer gewesen. Eva Stürmer konnte sich damit ganz problemlos tief in ihre Unterarme schneiden.

Nachdem sie einen prallen Strauß zusammenhatte, hängte sie das Messer wieder zurück und warf einen Zehneuroschein in die metallene Box, die dort aufgestellt war. Ob Zoes Mörder die Sonnenblumen für ihr Grab auch bezahlt hatte?

KAPITEL 45

1986

Schon als junger Mann mochte er es, mit seinem Golf durch das Münsterland zu gleiten. Er saß gerne in einem Auto, fühlte sich dann sicher, abgeschottet von da draußen, mit sich selbst allein. Seine Eltern hatten ihm den Wagen zum achtzehnten Geburtstag geschenkt. Er putzte das Auto regelmäßig, saugte die Sitze ab und polierte den dunkelblauen Lack. An seinem zwanzigsten Geburtstag stand der Wagen wie an jedem Tag auf dem Parkstreifen vor seinem Einzimmerapartment in Düsseldorf. Als er morgens aus dem Haus kam, war der Kratzer nicht zu übersehen. Zwei Meter auf der Fahrerseite. Jemand hatte ganze Arbeit geleistet. Er war sicher, dass das Eva getan hatte. Sie wusste, womit sie ihn traf.

Eva hatte ihn in der Nacht zuvor angerufen. Pünktlich um Mitternacht, um ihm als Erste zu gratulieren. Als er durch das Telefonklingeln aus dem Tiefschlaf gerissen wurde, wusste er sofort, dass sie es war. Er hatte gerade erst wieder seine Telefonnummer geändert, das hatte ihm vier Wochen Ruhe gebracht. Doch sie hatte ihn wieder am Wickel. Er schrie sie an. »Hör auf mit dem Scheiß, Eva! Ich weiß, dass du dran bist.« Dann legte er auf. Sofort klingelte es wieder. Er brüllte noch einmal: »Was willst du von mir? Ich will nicht mit dir sprechen!« Dann zog er den Festnetzstecker. Der Kratzer war ihre Rache.

+++

2015

Den BMW, in dem er gerade die Ausfahrt Osnabrück passierte, hatte er sich vor ein paar Monaten selbst zu seinem Achtundvierzigsten geschenkt.

Eva hatte sich lange nicht mehr bei ihm gemeldet. Als sie Jens Stürmer geheiratet hatte und die beiden ein Kind bekamen, ließ sie von ihm ab. Doch er wusste, dass die Ehe inzwischen geschieden war und dass Eva zu viel trank. Seine Eltern hatten ihm den Emsfelder Dorftratsch weitergetragen. Seitdem war er nervös gewesen.

Zu Recht. In der Nacht zu seinem Geburtstag war er mit Freunden in der Altstadt unterwegs gewesen. Als er nach Mitternacht wieder zu Hause war, schaute er auf sein Handy, das er bewusst auf lautlos gestellt und in seiner Jackentasche gelassen hatte. Es war voller Nachrichten. Die meisten kamen von ihr. Einzeln betrachtet klangen sie fast harmlos. Doch die Besessenheit, mit der sie die Glückwünsche schickte, schlugen ihm sofort auf den Magen. »Herzlichen Glückwunsch!«, »Ich wünsche dir einen tollen Geburtstag!«, »Ich denke heute an dich!«, »Ich vermisse dich«, »Warum antwortest du nicht?«, »Happy Birthday«, »Wie schön, dass du geboren bist!« Er las und löschte, fing an zu schwitzen. Es vibrierte weiter. »Wir sind für immer miteinander verbunden«, »Du weißt, was ich weiß«, »Ich bin immer auf deiner Seite«, »Ich bin immer für dich da«, »Ich werde für dich schweigen«, »Ein kleines Lebenszeichen, mehr will ich gar nicht«, »Ich hoffe, dir geht es gut!«, »Bist du alleine?«, »Soll ich dich besuchen kommen?« Er dachte, er wäre ihr entkommen. Doch sie hatte ihn wieder aufgespürt. Ihm war schlecht. Er musste sich übergeben.

Am nächsten Morgen stand fest. Oliver musste es beenden. Vielleicht würde sie ihm zuhören, wenn er persönlich mit ihr redete, ihr mit einer Anzeige drohte. Wenn er sie eindringlich warnte. Von Angesicht zu Angesicht.

Vor ein paar Tagen war er dann zu ihr gefahren und hatte einfach geklingelt. Er hatte ihr vorher nicht Bescheid gesagt, stand einfach vor ihr und nutzte aus, dass sie überrascht war. Vielleicht auch glücklich, ihn zu sehen. Sie wollte ihn umarmen, er schob sie weg. Er sagte ihr, dass er keinen Kontakt wünsche, dass er sie inständig bitte, ihn endlich zufriedenzulassen.

Da hatte sie genickt. Traurig zwar, aber sie hatte genickt. Doch dann wollte sie ihn wieder umarmen.

Er stieß sie von sich. »Hör auf damit, Eva!«

»Hör du auf, mich anzuschreien. Sonst erzähle ich allen von Lydia, Herr Richter!«

Hannover kam in Sicht. Oliver atmete tief durch.

Er konzentrierte sich auf den nächsten Überholvorgang, genoss die Geschwindigkeit. Dieses Auto würde sie nicht zerkratzen. Er drehte die Musik lauter. Im Radio lief gerade »She drives me crazy« von den Fine Young Cannibals. Er sang mit und versuchte, nicht an das Geschehene zu denken.

KAPITEL 46

Sie redete sich ein, dass sie aus Höflichkeit hingehen musste. Doch in Wahrheit wollte sie ein bisschen Hintergrundrecherche betreiben. Ein Grillabend in lockerer Atmosphäre konnte da hilfreich sein. Vielleicht würde Patrick doch noch ein bisschen mehr über Zoe erzählen. Außerdem wäre sie nicht allein mit ihm, was dem Fall sicherlich dienlicher war, als wenn sie noch weitere Radtouren mit ihm unternahm. Die meisten Gäste von Marcel, Nickis Ehemann, dürften ebenfalls um die fünfzig sein. Sie würden sich – sofern sie aus Emsfeld kamen – alle an Lydia Roses Todesfall erinnern. Nach ein paar Bier und einer Grillwurst kamen die sicherlich ganz von allein ins Plaudern über Zoe, Lydia und all das, was man als offiziell ermittelnde Polizistin sonst nie erfahren würde.

Ein kleines bisschen freute sie sich sogar auf Nicki. Sie wirkte entspannter als bei ihrem letzten Treffen, das schon viele Jahre zurücklag. Warum also nicht ein bisschen über alte und aktuelle Zeiten mit ihr plaudern.

Die Adresse war immer noch dieselbe.

»Das Haus meiner Eltern ist inzwischen ein Drei-Generationen-Haus«, erzählte Nicki stolz nach ihrer Begrüßung und erläuterte die Aufteilung. Ihre Eltern lebten im Erdgeschoss, sie, ihr Mann und die Kinder hatten genügend Platz in der ersten Etage und im Dachgeschoss, das sie aufwendig ausgebaut hatten.

Den Garten habe man aufgeteilt, sodass die Essers (das war jetzt der Familienname von Nicki) ihren eigenen etwas größeren Bereich hatten. In diesem Bereich stand nun ein großer Weber-Grill, den Marcel von seiner Frau zum Geburtstag bekommen hatte. Die Grillzange gehörte auch zum Geschenk, und eine Schürze mit der Aufschrift »Grilling Dad«, die die Teenagerkinder ihrem Vater geschenkt hatten.

Johanna hätte das alles gerne peinlich oder albern gefunden, aber sie war seltsam gerührt. Alle Menschen hier wirkten zufrieden, niemand schien gehetzt, und alle lächelten ihr freundlich zu. Nicki war stolz auf ihren Marcel, dieser war glücklich über seinen neuen Grill, und die Kinder tranken Cola und räumten leere Gläser weg. Oma und Opa saßen mit jeweils einem Radler in der Hand auf den besten Gartenstühlen und freuten sich riesig über Johannas Besuch. Nickis Vater drückte kräftig ihre Hand: »Mensch Jo, wie schön, dass du da bist. Wir dachten, wir hätten dich an Berlin verloren.«

Johanna setzte sich zu ihm und seiner Frau, öffnete sich auch eine Flasche Radler und stieß mit ihnen an. Auf dem Tisch stand etwas, das wie ein Miniaturbaum aussah. Auf einem runden kleinen Sockel war ein Ast angebracht, der den Stamm darstellte, an dessen Verzweigung oben hingen ein paar Kronkorken, die offensichtlich von einem Magneten festgehalten wurden. Johanna überlegte, was es mit dem Baum auf sich hatte, als Nickis Vater schon rief: »Du musst werfen.« Er zeigte auf den Kronkorken, der vor ihr auf dem Tisch lag. Sie verstand, griff danach und zielte. Klack, der Magnet tat seinen Dienst, die Kronkorkenbaumkrone wuchs, und Johanna musste lachen. »In Berlin haben wir so was nicht«, sagte sie.

Nickis Vater schaute sie ungläubig an. »Was, ihr habt keine Bierbäume?«

»Keine Ahnung, aber das meinte ich auch nicht«, erwiderte Johanna. »Ich meinte so was.« Dann zeigte sie auf das Haus, den Garten, den Grill, die Leute, die fröhlichen Teenie-Enkel. »Ich meine euch alle. Ihr wirkt so zufrieden. Irgendwie ist das schön – und beruhigend.«

»Ich glaube, du brauchst noch ein Bier«, sagte Patrick, den sie nicht hatte kommen sehen. »Du wirst sonst noch sentimental.« Er nahm neben Johanna Platz.

Sie musste lachen. »Das bin ich schon längst.«

Nach dem dritten Bier gab sie ihren Vorsatz auf, den Abend für Undercoverermittlungen zu nutzen. Es war einfach zu nett, mit Patrick zu flirten. Sie genoss es, ein kleines bisschen beschwipst zu sein. Hieß es in den Aufforderungskacheln irgendwelcher Instagram-Life-Coach-Influencer nicht immer: »Carpe Diem – Nutze den Tag!«

Das tat Johanna. Sie fühlte sich gerade sehr im Moment und warf nicht nur die Kronkorken ihrer eigenen selbst geöffneten Bierflaschen an den anziehenden Baum, sondern bat auch die anderen Gäste, ihr Nachschub zu liefern.

Die Äste des Baumes waren kaum noch zu erkennen, und Patrick war dabei, Biernachschub zu holen, als Johannas Blase sich meldete. Sie fragte sich zur Toilette durch, die sie im Inneren neben der Eingangstür fand. Schon davor hatte sie mit sich selbst gewettet: Würde es drinnen eher nach frischer Meeresbrise oder nach Lavendel duften? Nichts von beidem stimmte. Die hier aufgestellten Duftstäbchen waren in eine Tinktur mit

Vanillenote getaucht. Trotz des Raumerfrischers stand sicherheitshalber auch noch das kleine Badezimmerfenster auf Kipp. Und nur deshalb hörte Johanna etwas, das sie veranlasste, die Klospülung etwas später zu drücken.

»Lass mich in Ruhe!«, zischte eine Mädchenstimme.

Die Antwort konnte sie nicht verstehen. Sie wurde geflüstert.

»Ich will das nicht. Verpiss dich einfach!« Das war wieder das Mädchen.

Johanna hielt den Atem an. Was passierte hier gerade?

»Tim, was machst du denn hier?« Das war doch Patricks Stimme?!

»Er nervt. Mal wieder«, erklärte das Mädchen. War das etwa Nickis Tochter?

Dann hörte sie Schritte, die sich entfernten. Wahrscheinlich das Mädchen in Sandalen.

»Mensch, Tim. Du hast versprochen, dass du dich ihr nicht mehr näherst. Du kriegst sonst Ärger – und eine Anzeige!« Das war eindeutig Patricks Stimme. Laut und deutlich. Und der Flüsterer, der musste folglich Tim sein. Und dieser wollte nicht begreifen, dass ein Mädchen »Nein« meinte, wenn es »Nein« sagte.

Draußen war es nun still. Da Sneakers auf Rasen kein Geräusch machten, wusste sie nicht, ob sich Schritte entfernt hatten oder ob Vater und Sohn noch in Fensternähe standen. Johanna wartete noch einen Moment, dann drückte sie die Spültaste und wollte sich die Hände waschen. Der Seifenspender war leer. War doch nicht alles so perfekt hier.

KAPITEL 47

Oliver war schon öfter in Berlin gewesen. Doch die Leute, mit denen er üblicherweise verabredet war, waren Staatsanwälte oder Richter wie er. Sie verkehrten in den Restaurants am Gendarmenmarkt, am Savignyplatz oder in der StäV in der Nähe des Regierungsviertels. Vom »Zosch« hatte er noch nie gehört. Adam hatte die Kneipe als Treffpunkt vorgeschlagen. Immerhin hatte er wie durch ein Wunder einen Parkplatz in der Nähe gefunden – und das Bier war frisch und professionell gezapft. Er war zu früh, und als Adam eintrat, war das Glas schon halb leer.

»Auch eins?«, fragte er zur Begrüßung, doch Adam wollte lieber eine Cola. Die beiden gaben sich die Hand.

»Danke, dass du gekommen bist.«

Adam nickte und setzte sich. Wartete ab. Oliver leerte den Rest seines Glases. Sie saßen an einem hohen Tisch in Nähe der Theke, sodass Oliver vom Barhocker aus die Bestellung aufgeben konnte.

Es vergingen noch ein paar Minuten, in denen beide nichts sagten. Sie warteten, dass die junge Angestellte mit der asymmetrischen Kurzhaarfrisur die Getränke vor ihnen abstellte. Beide griffen zeitgleich zu den kühlen Gläsern, nahmen einen Schluck und hielten sich dann daran fest.

Oliver räusperte sich. »Ich will gleich zur Sache kommen. Ich denke, wir sollten dringend über Lydia reden.«

»Warum? Du weißt doch alles. Ich habe meine Strafe abgesessen. Was interessiert es dich?« Er war müde von diesem Herumwühlen in der Vergangenheit.

»Wie?«

Adam verstand nicht. »Was meinst du mit ›Wie‹?«

»Wie hast du es getan? Wie hast du sie getötet?«

»Spielt das eine Rolle? Ich bin schuld an ihrem Tod, reicht das nicht?«

»Nein, Adam. Das reicht mir nicht mehr. Ich muss es wissen. Wie? Hast du einen Stein benutzt, einen Knüppel? Wie war sie, als du sie getötet hast? War sie da gut drauf? Ging es ihr gut? War sie fit?« Oliver hatte sich in Rage gefragt. Seine Stimme war lauter geworden.

Aus Angst, dass andere Gäste mithörten, schaute Adam sich um, ehe er abwehrend die Hände hob. »Ich muss dir gar nichts sagen.«

»Adam, ich kann das nicht mehr. Ich wollte es glauben, ich habe es mir all die Jahre eingeredet. Sie hat es mir eingeredet. Aber ich glaube schon lange nicht mehr, dass du sie erschlagen hast. Ich weiß nicht, warum du die Schuld auf dich genommen hast. Aber sie muss anders gestorben sein. Vielleicht war es ein Unfall …«, flüsterte Oliver.

»Ja, es war ein Unfall. Aber den hätte Lydia vielleicht überlebt, wenn ich den Unfall nicht hätte vertuschen wollen.«

»Wieso hättest du vertuschen wollen, dass ich sie gestoßen habe. Dass sie auf die Stufenkante vor unserem Haus gestürzt ist. Sie hat sich nicht mehr geregt, ich dachte, sie sei tot. Doch das war sie nicht.«

»Sie ist bei euch zu Hause gestürzt?« Adam schaute ihn ungläubig an.

»Ja, sie war kurz bewusstlos. Doch dann ist sie auf ihr Fahrrad gestiegen und davongeradelt.«

Adam schüttelte den Kopf. »Das kann nicht sein!«

»Zumindest hat Eva das erzählt«, ergänzte Oliver. »Adam, hat sie die Wahrheit gesagt? Hast du Lydia noch lebend gesehen, war sie ansprechbar?«

»Ich … ich weiß nicht …« Und dann erzählte Adam zum dritten Mal die Geschichte, die er so viele Jahre niemandem erzählt hatte. Die leblose Lydia im Gewächshaus, die verzweifelte Bitte Evas, den Unfall zu vertuschen, damit ihre Eltern nicht ausrasten würden, weil sie Lydia vom Haschischversteck im Gewächshaus erzählt hatte. Er ließ nichts aus. Auch die Kriechspuren, die er am nächsten Tag in der Scheune entdeckt hatte und die ihm für immer in sein Hirn gebrannt blieben, nicht. Wäre er wachsamer gewesen, hätte er Lydia retten können. Hätte er die Scheunentür nicht verschlossen, hätte sie sich vielleicht selbst retten können. Hätte er nur nicht auf Eva gehört, hätte er sich geweigert, ihr zu helfen. Alles wäre anders ausgegangen.

Oliver hörte ihm zu und verstand ihn. »Wir hätten beide nicht auf Eva hören dürfen.« Er hatte damals einen Rettungswagen rufen wollen, das Richtige tun. Aber Eva redete es ihm aus. »Mach dir keine Sorgen, Lydia ist gerade putzmunter auf ihr Fahrrad gestiegen. Es geht ihr gut«, hatte sie gesagt. Das altmodische Wort »putzmunter«, es hatte in diesem Moment für immer seine Unschuld verloren. Er wusste, dass er zur Polizei hätte gehen müssen, als er von Lydias Tod gehört hatte. Doch dann war herausgekommen, dass Adam das Mädchen getötet hatte. Er habe ihr ein Grab hergerichtet, sagte man. Er habe es aus Liebe getan, hieß es. Sie habe ja auch selbst schuld, dachten alle.

»Ich wollte das alles glauben«, sagte Oliver. »Und ich wollte ihr glauben.«

»Mit ihr meinst du Eva?«

»Ja, Eva! Erst hat sie mich beruhigt, hat mir immer wieder ausgeredet, die Geschichte von Lydias Sturz bei uns zu Hause jemand anderem zu erzählen. Sie hatte auf gewisse Weise auch recht. Ich wollte Jura studieren, es wäre nicht gut gewesen, schon vor dem ersten Semester in ein Tötungsdelikt verwickelt zu sein.«

Es schien Sinn zu machen. Alles hatte gepasst. Adam war schuldig gesprochen worden, warum sollte er dann von einem Vorfall erzählen, der damit wahrscheinlich gar nichts zu tun hatte, ihn nur verdächtig machte. Nun wusste Oliver, dass auch Adam Lydia nicht putzmunter angetroffen hatte. Ihm wurde heiß.

»Was ist damals bloß passiert, Adam?«

Adam blieb äußerlich ruhig, aber seine Stimme verriet, wie aufgewühlt er war. »Ich fürchte, die Wahrheit kennt keiner von uns beiden.«

Ihnen war klar: Nur Eva würde es ihnen erzählen können. Und diese war gerade dabei zu sterben, weil ihre Tochter auch begraben worden war. Auf demselben Acker, dem verfluchten Acker Rabeneck.

»Und jetzt? Wie geht's jetzt weiter?« Adam konnte nicht mehr klar denken. Oliver schien auch keine Antwort darauf zu haben. Er zuckte ratlos mit den Schultern.

»Ich habe keine Ahnung.«

So saßen sie dann da. Schwiegen und begriffen, dass sie einunddreißig Jahre lang etwas geglaubt hatten, das Eva ihnen eingeredet hatte.

Oliver hatte gedacht, er sei nicht schuld an Lydias Tod, obwohl er ahnte, dass es anders war.

Und Adam hatte geglaubt, er vertusche einen Unfall, den Eva verursacht und der im Gewächshaus stattgefunden hatte. Doch es sah so aus, als habe der Unfall bei Oliver stattgefunden. Es gibt ein großes Wort für das, was beide drei Jahrzehnte lang empfunden haben: Schuld.

»Warum? Es ist so kompliziert. Ich verstehe es nicht.« Adam redete mehr mit sich selbst als mit Oliver.

Dieser richtete sich auf. »Ich verstehe es auch nicht, aber eines weiß ich sicher. Eva ist besessen. Von der Idee, ich gehöre ihr. An diesem Tag damals, an dem sie mir gesagt hat, dass es Lydia gut geht, dass ich mich nicht zu sorgen brauche, da begann das alles.«

KAPITEL 48

Sie hatte beschlossen, den Rückzug anzutreten und Patrick aus ermittlungstechnischen Gründen – wie schön offiziell das klang – nicht auf den seltsamen Dialog zwischen ihm und seinem Sohn vor dem Gäste-WC-Fenster anzusprechen. Johanna hatte ihm aus der Ferne zugewunken und sich schnell umgedreht, um zu gehen. Nicki hielt sie kurz noch einmal auf, umarmte sie zum Abschied und flüsterte ihr ins Ohr: »Lass mal bald wieder treffen.« Ihr Atem roch nach Sekt.

»Auf jeden Fall«, murmelte Johanna, löste sich lachend von ihr und klopfte im Vorbeigehen Marcel freundschaftlich auf die Schulter.

Erleichtert trat sie auf den Bürgersteig. Sie spürte den leichten Bierschwips und ging beschwingt und gut gelaunt Richtung Elternhaus, das nur ein paar Hundert Meter entfernt lag. Morgen würde sie Björn von dem belauschten Gespräch erzählen. Am nächsten Abend war sie außerdem mit Maggy verabredet, um noch einmal über den Fall zu sprechen, und gleich würde sie bei Amazon noch einen Magnetbaum bestellen. Ahmad hatte bald Geburtstag, den könnte sie ihm gut nach Berlin schicken. Als sie vor dem Haus ihrer Eltern angekommen war und in ihrer Tasche nach dem Schlüssel suchte, öffnete sich die Tür, und David Bregenz trat heraus.

»What the fuck will der hier?«, murmelte sie. Am liebsten wäre sie zurückgelaufen, in die Arme von Nicki, Marcel oder sogar Patrick. Doch David hatte sie schon entdeckt und winkte.

Sie wurde langsamer. Winkte lahm zurück.

Als sie vor ihm stand, lächelte sie gezwungen.

»Hi, Jo, ich muss unbedingt mit dir reden.«

»Schon wieder?«

+++

David passte nicht zu den Gartenmöbeln ihrer Eltern.

Sie hatte ihn auf die gepflasterte Terrasse am Ende der Rasenfläche geschoben, um es hinter sich zu bringen. Auf keinen Fall wollte sie mit ihm in der engen Küche, im warmen Wohnzimmer oder – die schlimmste Vorstellung – in ihrem Übergangszimmer mit dem weißen Furnierbett sitzen.

Die Terrasse war weit genug vom Wohnhaus der Eltern entfernt. Hier konnte niemand hören, was er ihr zu sagen hatte. Die verstellbaren Stühle aus Plastik standen bereit. Johanna hatte die bunten Kissen aus dem kleinen Gerätehäuschen geholt und sie auf die nackten, harten Sitzflächen geworfen. David ließ sich hineinfallen und stöhnte wohlig auf. Dann grinste er sie arrogant an. »Cooles Muster. Nicht.«

»David, was willst du hier? Du findest Emsfeld doch scheiße.«

»Tu ich auch. Aber du gehst nicht ans Telefon, du liest meine Nachrichten nicht. Ich muss mit dir reden.« Er hatte aufgehört zu grinsen. »Es ist wirklich wichtig.«

Sein Lächeln war verschwunden, er schaute sie sehr ernst an. »Ich habe mich …« Er stockte.

Johanna wurde nervös. Er wird doch nicht sagen, dass er sich nach ihrer gemeinsamen Nacht neulich doch für sie als die einzige Frau in seinem Leben entschieden hat? Dass diese ganze Geschichte mit der offenen Beziehung Vergangenheit und kompletter Bullshit sei und dass er ihr ab sofort ein treu sorgender Partner sein werde.

»Ich habe mich angesteckt.«

Johanna traute ihren Ohren nicht. Das hier war kein Liebesgeständnis.

»Du hast was!?«

»Ich habe mich angesteckt.«

»Wie meinst du das?«

»Es ist gut behandelbar, doch man muss es behandeln, sonst kann es echt übel werden. Sigrid hatte es sich bei ihrem Ex geholt. Er hat ihr nichts davon gesagt. Sie wusste also nicht, dass sie die Bakterien in sich trug, als wir Sex hatten.«

Johanna wollte das nicht hören. Sex. Anstecken. Als wir Sex hatten? Welches wir? Sigrid mit David, sie mit David. Ihr Hirn fuhr Karussell.

»Ich denke, du solltest dringend einen Bluttest machen.«

Johannas Magen zog sich zusammen. Sie wurde laut: »Worüber redest du, David?!«

»Ich wusste selbst nicht, dass es das noch gibt.«

»David! Was gibt es noch?! Wie heißt die beschissene Krankheit, von der du sprichst?«

Seine Antwort ließ sie nach Luft schnappen.

KAPITEL 49

Doch so wütend sie auch war, ihren gesunden Menschenverstand setzte sie auch nun wieder ein, um nicht durchzudrehen. Ja, es bestand die Chance, dass David sie angesteckt hatte. Nein, sie würde nicht daran sterben. Trotzdem fühlte sie sich dreckig, besudelt – und sie schämte sich. Ihre katholische Sozialisation mit Kommunion und Messdienerdiensten hatte ganze Arbeit bei ihr geleistet. Je mehr sie sich über David ärgerte und seine sexuelle Unbekümmertheit verfluchte, desto deutlicher wurde ihr das eigentliche Problem. Und dieses hieß Johanna Eckstein: die Spießerin. Die Sünderin. Die, die sich nicht entscheiden konnte, ob sie lieber Engel oder Teufel sein wollte. Und die nun klären musste, ob sie eine üble Krankheit in sich trug, deren Namen sie nicht aussprechen konnte, weil es ihr zu peinlich war. Also googelte sie sich Informationen zusammen, löschte anschließend den Verlauf ihrer Recherche und beschloss, sich am Montag eine Gynäkologin in Münster zu suchen, die sie nicht kannte und die ihr entweder Penicillin verschrieb oder aber Entwarnung gab. Sie hoffte, diese Ärztin würde sie wie eine Nummer behandeln und nicht allzu einfühlsam mit ihr über sexuelle Praktiken, zu viele Geschlechtspartner und die schützende Wirkung von Kondomen reden. Herrgott, wie sehr sie David und sich selbst für all das hasste.

KAPITEL 50

1984

Eva war auch auf seinem achtzehnten Geburtstag eingeladen. Natürlich. Nicht über ihn direkt, aber sie gehörte zu einer Mädchenclique aus der Stufe unter ihm. Lud man eine ein, kamen alle. Ein System, das sowohl den Mädchen als auch den einladenden Jungs gefiel. Auf einen Schlag hatte man die Party aufgewertet und spannender gemacht. Denn Evas Freundinnen waren höchst unterschiedlich. Einige trugen schwarze Kleidung und gehörten zu den sogenannten Schatten. Sie sicherten dem DJ eine volle Tanzfläche, wenn er The Cure auflegte. Eva selbst gehörte eher zur bunten Partyfraktion, die zu Michael Jackson oder Madonna tanzten. Sie trug gerne Pink, Neongelb oder – was gerade sehr angesagt war – irgendetwas in Weiß. Viele Gastgeber schraubten sich Schwarzlichtröhren in die Partyräume, welche die weißen T-Shirts der Gäste reflektieren ließen, und sorgten für ein bisschen Club-Atmosphäre. Auch er hatte auf das Partylicht gesetzt.

Es lief gut an seinem Geburtstag im Februar. Sie feierten in der ehemaligen Kammer, die seine Eltern sich in den Siebzigern zu einer Art Bar umgebaut hatten. Außerdem konnte er den leer geräumten Teil des Treckerschuppens als Tanzfläche nutzen.

Eva kannte er vom Sehen aus dem Schulbus und vom Pausenhof, denn natürlich fiel ihm ein hübsches Mädchen wie sie auf. Und hübsch, das war Eva wirklich. Aber eben nicht nur sie.

Oliver hatte an diesem Abend viel getanzt, getrunken und geflirtet. Nicht nur mit Eva. Irgendwann haben sie geknutscht. Er hatte ihr zuvor ein Kompliment zu ihren schönen Zähnen gemacht, die im Neonlicht leuchteten. So einfach war das. So kurz war das. Denn Eva musste nach Hause. Er hatte weiter getanzt, getrunken, geflirtet und mit der nächsten geknutscht, nachdem er ihr ein Kompliment über ihre schönen, weiß leuchtenden Zähne gemacht hatte.

Danach sah man sich ab und zu im Bus und nickte sich zu. Mehr nicht. Er vermied es nicht, sie anzuschauen, er schaute sie einfach nicht an, weil er sich nicht für sie interessierte. Oliver war in Gedanken bei seinem Training, war fokussiert auf das anstehende Bundeschampionat in Warendorf. Und er wollte, wenn er feierte, einfach nur Spaß haben. Keine feste Freundin, keine Verpflichtung, keinen Druck. Davon hatte er in seiner Freizeit schon genug.

Er brauchte auch kein Mädchen, um sein Selbstbewusstsein zu pushen. Er wusste, dass er gut aussah. »Du kannst jede haben«, sagten seine Kumpel immer zu ihm. Oliver wusste, dass sie recht hatten. Er konnte jede haben. Wie langweilig.

Kurz vor dem Turnier hatte sich etwas geändert. Äußerlich war er immer noch der strahlende Oliver, dem niemand etwas anhaben konnte. Nur glaubte er sich selbst nicht mehr. Er war unsicher, fühlte sich durch die Erwartungen anderer unter Druck gesetzt, hatte Versagensängste. Auf einer dieser Zehn-Mark-

Partys verlor er die Nerven, weil er ahnte, die hohen Ansprüche seiner Eltern, des Trainers und der Leute in Emsfeld nicht erfüllen zu können. Er trank zu viel und begann, sich selbst zu bemitleiden. »Ich werde versagen, mein Pferd wird versagen. Ich schaffe das alles nicht mehr.« Die meisten hörten nicht genau hin, nur Lydia, sie bekam es mit. Und sie lachte nur darüber. Nicht hämisch, sondern laut und fröhlich. Wie gut ihm das tat.

Ja, sie hatten danach miteinander geschlafen. Oder besser: sie mit ihm. Aber das war nicht das, was ihn berührt hatte. Es war ihr Lachen gewesen. Ihr absolut angstloses Scheißegal-Lachen. Es war schöner für ihn als jedes vom Schwarzlicht erhellte Ich-zeig-dir-meine-perfekten-Zähne-Lächeln.

+++

Sein Zimmer lag nach vorne raus. Direkt nebenan war das Gästeklo. Nachdem er sich auf sein Bett gelegt hatte, wurde ihm übel. An Schlaf war nicht zu denken. Er stand auf, torkelte ins kleine Bad und übergab sich. Als er gerade zurück in sein Zimmer wollte, hörte er, dass es an der Tür klopfte.

Müde und mit fiesem Geschmack im Mund stand er vor ihr. Er hätte sie gerne geküsst, hätte ihr erzählt, dass er sie sehr mochte. Doch nicht in dem Zustand, in dem er sich gerade befand. Deshalb schüttelte er den Kopf, schob sie vorsichtig weg, als sie näher kam.

Sie muss gedacht haben, dass er sie loswerden wollte, und wurde laut. »Du bist einfach abgehauen, nachdem du bekommen hast, was du wolltest. Du denkst wohl, du bist was Besseres.«

Sein »Nein« ließ sie nicht gelten. Oliver wollte es erklären: »Es ist anders, es ist genau umgekehrt.« Er stammelte und wünschte sich ein Kaugummi. »DU bist was Besseres, Lydia!«

Sie hörte nicht zu, und er wollte ihr nicht zu nahe kommen. »Arschloch«, sagte sie noch.

Er kramte in seiner Jeanstasche. Da war sie, eine angebrochene Tüte Fisherman's Friend, die er auf jeder Party dabeihatte. Man wusste nie, wen man nach der wievielten Zigarette küssen würde. Oliver fummelte eine der Pastillen heraus, steckte sie in den Mund, atmete die warme Nachtluft ein, frische Meeresbrise wieder aus und versuchte, Lydia aufzuhalten. Sie hatte sich schon umgedreht, er machte einen Schritt auf sie zu, griff nach ihrem Arm. »Lydia, bleib!«

»Lass mich!«, raunzte sie und riss sich los. Sie verlor das Gleichgewicht, stürzte und schlug mit dem Hinterkopf auf die Kante der Treppenstufe. Dann lag sie da. Still.

2015

Oliver suchte Adams Blick.

»Ich war komplett überfordert, plötzlich lag Lydia da. Sagte nichts mehr. Ich dachte, sie sei tot.«

Es tat gut, es endlich jemandem erzählen zu können. Oliver redete weiter, Adam hörte still zu.

»Ich habe versucht, sie zu wecken, habe ihr über ihre Stirn gestreichelt, geflüstert, sie solle zurückkommen. Dass ich sie unbedingt kennenlernen will, weil sie so anders ist als die anderen. Ich glaube, ich habe sogar geweint. Und dann tauchte plötzlich Eva auf. Die genau wusste, was zu tun war«, sagte Oliver.

»Eva. Unsere liebe Eva.« Adams Stimme klang mechanisch.

Eva hatte Lydias Puls gefühlt und Oliver ins Haus geschickt. Er sollte eine Decke holen und vielleicht noch Eiswürfel, falls er welche finden würde. Bestimmt würde Lydia gleich aufwachen und hätte dann vielleicht Kopfschmerzen. Er war froh, etwas tun zu können. Kopfschmerzen, dann konnte es ja nicht so schlimm sein.

Als er ins Haus getreten war, schaute er sich noch einmal um. Eva kniete bei Lydia und hielt ihre Hand. Sie schien leise mit ihr zu sprechen. Er hörte nicht, was sie sagte, doch er war sicher, dass alles, was sie sagte, freundlich und zuversichtlich klang. Vielleicht war Lydia auch schon wieder aufgewacht.

Er hoffte, dass seine Eltern immer noch tief schliefen, und schlich ins Wohnzimmer, um die braune Decke zu holen, die immer zusammengefaltet am Ende des großen Ledersofas lag. Er wollte gerade danach greifen, als er es sich anders überlegte. Seine Mutter würde merken, dass er die Decke mit nach draußen genommen hat. Er lief in sein Zimmer und griff nach der Tagesdecke, die immer nur zusammengeknautscht an seinem Fußende lag. Dann ging er in die Speisekammer, die in einem kleinen, sehr niedrigen Kellerraum lag. Dort stand eine Gefriertruhe, in der unter anderem durchsichtige Plastikbeutel mit eingefrorenen Himbeeren gelagert wurden. Er nahm einen Beutel von ganz unten, es würde niemandem auffallen. Leise schloss er den Deckel der großen Truhe. Bepackt mit der Decke und dem kalten Beutel trat er wieder nach draußen. Alles hatte sich verändert. Eva stand auf der Treppe und lächelte ihn beruhigend an. »Es ist alles okay, Oliver! Sie ist gerade putzmunter davongeradelt.«

Der Stein, der ihm vom Herzen fiel, wog mindestens eine Tonne. »Du bist sicher, dass es ihr gut ging?«

Eva lachte. »Sehr sicher.«

Erleichtert atmete Oliver aus. »Das ist sehr gut. Hat sie noch etwas gesagt? Über mich?«

»Ja, aber das erspare ich dir lieber. Du solltest jetzt vielleicht besser schlafen gehen. Morgen ist doch schon wieder Training, oder?«

Oliver nickte. Wie könnte er das vergessen.

»Lass uns die nächsten Tage mal über alles reden«, meinte Eva. Sie umarmte ihn kurz, gab ihm einen Kuss auf den Mund und stieg auf ihr Fahrrad. »Viel Glück beim Turnier«, rief sie noch und winkte.

KAPITEL 51

Johanna konnte nicht einschlafen. Sie hatte das Gefühl, ihr Körper sei krank. Sie war doch eigentlich nach Hause gekommen, um es ruhiger zu haben. Sie wollte zu ihrer Mutter, um von ihr getröstet zu werden. Und ihr Vater war so herrlich emotionslos. Genau die Mischung dieser beiden Menschen, ihrer Eltern, hatte sie gebraucht. Sie hatte es genossen, Patrick wiederzutreffen, der so direkt und ohne jede Raffinesse mit ihr flirtete. Fahrradfahren, Wiesen und Felder statt Stau, Straßenstrich und Drogenpark. Familien, die zusammenblieben. Frauen und Männer, die Kompromisse eingingen, um einander nicht zu verlieren. Hier in Emsfeld spuckte sie niemand an, hier war sie kein Bullenschwein. Sondern sie war Jo, die es zu etwas gebracht hatte. Und die – obwohl all das so war – gerade sehr viel Heimweh nach Berlin, nach David, nach ihrer gemeinsamen Wohnung, nach Ahmad und den anderen Kollegen hatte.

Sie wälzte sich herum, versuchte die Atemtechnik, die ihr Maggy neulich erklärt hatte und die dabei helfen sollte, Dauerschleifen im Kopf loszuwerden, um besser einschlafen zu können. Langsam einatmen, vier Sekunden lang den Atem anhalten und noch langsamer wieder ausatmen.

Sie schaltete das Licht an, vertrieb die Bilder aus ihrem Kopf und schlich auf Zehenspitzen nach unten, um sich ein Glas

Wasser aus der Küche zu holen. Die Fliesen unter ihren nackten Füßen waren angenehm kalt. Sie füllte sich ein Glas, trank es auf einen Zug leer und schüttete sich ein nächstes ein. Schluss jetzt mit irgendwelchen Gedanken über eine wahrscheinlich nicht vorhandene Krankheit! Johanna gähnte. Sie tapste zurück durch den Eingangsflur, vorbei an der Haustür und blieb abrupt stehen. Sie hatte ein leises Geräusch gehört, das sie nicht zuordnen konnte. War ihre Mutter aufgewacht, geisterte ihr Vater durch das Haus? Sie horchte in die Stille. Nichts. Ein Hirngespinst, dachte sie. Oder war da doch was? Sie ging auf die Haustür zu, öffnete sie vorsichtig und sah ihm direkt in die Augen.

KAPITEL 52

Sie hatte sich in die Haustür gestellt, um ihm den Weg zu versperren, die kühle Nachtluft ließ sie frösteln. »Tickst du noch ganz richtig?!« Sie konnte es nicht leise sagen, es kam ihr wie ein unkontrollierbarer Reflex über ihre Lippen. Die Mischung aus Angst und Erleichterung war nicht zu überhören – auch nicht für ihre schlafenden Eltern. Von oben hörte sie die knarzige Stimme ihres Vaters: »Jojo, alles okay bei dir?«

»Kein Problem, Papa! Alles okay.«

»Wer ist denn da, um diese Uhrzeit?«

»Es ist nur Patrick.«

Ein böses Grummeln und ein sehr deutliches »unverschämt« war die Antwort. Ihr Vater schlurfte zurück zum Schlafzimmer. Johanna kam sich vor wie ein Teenager.

»Du hast mich zu Tode erschreckt«, schimpfte sie.

Patrick wankte und grinste, er machte einen Schritt nach vorne. »Dafür siehst du aber noch sehr lebendig aus.«

Sie verschränkte die Arme vor ihrer Brust. »Was willst du hier?«

»Ich weiß nicht. Wollte dich einfach sehen. Du warst vorhin so schnell weg, ich konnte mich gar nicht richtig von dir verabschieden.«

Er kam näher. Er wollte sie küssen.

»Geh nach Hause, Patrick!« Sie versuchte, nachsichtig, aber sehr bestimmt zu klingen.

Doch er grinste nur und wankte noch mehr. »Kann ich nicht einfach reinkommen?«

Sie schüttelte den Kopf. Patrick versuchte einen neuen Anlauf, kam ihr nun sehr nahe. Sie schob ihn von sich. Er hielt sie fest.

»Es reicht, Patrick!«

Sie befreite sich geschickt aus seiner Umklammerung, drehte ihm seinen Arm auf den Rücken, sodass er vor Schmerz aufschrie, führte ihn im Polizeigriff bis zum Bürgersteig und stieß ihn in die richtige Richtung.

»Geh einfach, Patrick!«, schnauzte sie ihn genervt an. Auch wenn sie eigentlich dachte: Verpiss dich einfach!

Das hatte Nickis Tochter beim Grillabend zu Patricks Sohn Tim gesagt. Vielleicht stimmte das Sprichwort ja: Der Apfel fällt nicht weit vom Stamm. Johanna sah zu, wie Patrick sich langsam entfernte. Dann drehte sie sich um und ging zurück zum Haus. Sie rümpfte die Nase über die hinterwäldlerische Einstellung der Verding-Männer Frauen gegenüber. Sie schienen Probleme mit den Grenzen zu haben, die Frauen ihnen setzten. Hier in der Provinz waren Männer eben noch Machos.

Doch dann dachte Johanna an David und seine Grenzenlosigkeit und ärgerte sich über ihre eigene Arroganz und Borniertheit. Großstadt schien auch nicht vor Anmaßung zu schützen.

»Ihr seid doch alle bescheuert«, murmelte sie noch, als sie sich endlich wieder in ihr Bett legte und sofort einschlief. Die Kopfschmerzen waren verschwunden, und abgeschlagen fühlte sie sich auch nicht mehr.

KAPITEL 53

Björn hatte den Samstagsdienst übernommen. Johanna hatte ihm am Freitagabend eine Sprachnachricht geschickt, in der sie ein kleines bisschen nuschelte und sich dafür entschuldigte, dass sie ein, zwei Bier zu viel getrunken hatte. Er hörte sie zum zweiten Mal ab. Johanna erzählte ihm in knappen Worten von dem Gespräch zwischen Tim, einem jungen Mädchen und Tims Vater, das sie zufällig belauscht hatte. Er sollte versuchen, mehr über Tim Verding herauszufinden. Er schrieb sich eine Checkliste.

- Sexuelle Übergriffe?
- Übergriffe gegenüber jungen Frauen?
- Stalking?
- Irgendwelche Anzeigen gegen ihn?
- Jugendstrafen?
- Noch einmal Zoes Umfeld gezielt nach Tim Verding befragen.

Die junge Frau, die Tim so resolut verscheucht hatte, würde Johanna sich selbst vornehmen. Sie sei die Tochter ihrer Schulfreundin Nicki Esser. »Das muss man sensibel angehen«, sagte sie noch.

Kurz war er ein bisschen beleidigt. Sie tat gerade so, als wäre er nicht sensibel. Aber sie hatte natürlich recht. In diesem Fall konnten ihre alten Freundschaften nur nutzen. Da er ohnehin am Abend nichts vorhatte, fuhr er direkt nach ihrer Nachricht den Computer hoch und suchte nach irgendetwas, das im Zusammenhang mit Tim Verding stand. Auch wenn Johanna und er sich eigentlich schon damit abgefunden hatten, dass Zoes Tod wahrscheinlich ein Unfall war, waren die Umstände immer noch sehr rätselhaft. Warum hatte niemand die Polizei gerufen, wer hatte sie begraben und ihr Grab mit Sonnenblumen bedeckt?

Er recherchierte im Online-Archiv der Lokalzeitung, und er checkte Tims Social-Media-Aktivitäten. Was er fand, war wenig, aber sehr viel mehr als nichts.

Tim Verdings Name tauchte ein paarmal im Lokalzeitungsarchiv auf. Das blieb nicht aus, wenn man in der ersten Fußballmannschaft spielte. Ab und zu wurde er als Torschütze erwähnt. Doch ein Artikel enthielt etwas viel Interessanteres. Sein Name wurde im Zusammenhang mit einer schwerwiegenden Roten Karte und Sperrung erwähnt. Demnach hatte Tim Verding einen Schiedsrichter massiv beleidigt und ihn körperlich angegriffen. In weiteren Zeitungsartikeln ging es um die Sperre, die verhängt wurde. Inzwischen hatte die Redaktion beschlossen, keinen Namen mehr zu nennen. Doch es war auch so klar, wer gemeint war, als es in dem Artikel, der vor zwei Jahren erschien, hieß »Der Spieler V. wird in dieser Saison nicht mehr spielen. Auch für die nächsten zwei Jahre ist kein Einsatz für den SV Emsfeld mehr möglich. Die Sperre wegen Beleidigung und tätlichem Angriff wurde vom Sportgericht auf drei Jahre festgelegt. Der Verein legte keine Berufung ein.«

Er ist also ein Hitzkopf, dachte Björn. Selbst sein Sportverein distanzierte sich von ihm und versuchte gar nicht erst, die Strafe abzuwenden.

In den sozialen Medien war Tim nicht besonders aktiv. Es gab einen nichtssagenden Facebook-Account, doch der wurde nicht von ihm gepflegt. Sein Profilbild zeigte die Skyline von New York. Auch auf den Seiten seiner Facebook-Freunde tauchte er selten auf. Ein fröhliches Gruppenbild hier, ein altes Mannschaftsfoto da. Das war's. Auf Instagram war er anscheinend gar nicht unterwegs, oder er benutzte einen Namen, der sich nicht mit ihm in Verbindung bringen ließ.

Björns Recherche im Bundeszentralregister in Bonn ergab keinen Treffer. Wenn er jemals mit dem Gesetz in Konflikt geraten war, war der Eintrag entweder inzwischen gelöscht worden, oder Tim wurde einfach nie erwischt beziehungsweise angezeigt.

Es könnte aber auch sein, dass er – außer der Sache mit dem Schiedsrichter – ein allseits netter, freundlicher und friedlicher junger Mann war. Es war also gut, dass Johanna vorhatte, mit dem Mädchen zu sprechen, das gar nicht gut auf Tim zu sprechen gewesen war. Vielleicht steckte mehr dahinter? Vielleicht konnte Tim es nicht lassen, Mädchen in seinem Alter nachzustellen, oder sein Ego ertrug es nicht, wenn eine ihn abwies. Und wer weiß – vielleicht hatte er auch von Zoe eine Abfuhr bekommen. Wie wütend er werden konnte, belegten die Zeitungsartikel. Hatte er bei Zoe auch die Kontrolle verloren? War es am Ende doch er gewesen, der schuld an ihrem Tod war? Hatte er sie auf die Leiter »getrieben«, deren Sprosse dann brach? Und wollte er die Tat vertuschen, indem er den Verdacht auf Adam Paczek lenkte und ein Grab aushob, auf das er Blumen legte?

Es war sehr wahrscheinlich, dass er von Lydias Fall gehört hatte, auch wenn dieser weit vor seiner Geburt lag. So viele spektakuläre Mordfälle hatte es in Emsfeld seitdem wahrscheinlich nicht mehr gegeben. Björn wagte einen Versuch. Er gab das Wort »Blumentochter« in die Suchmaske ein. Natürlich öffneten sich zuerst die Artikel und Medienberichte, die von dem aktuellen Fall handelten und Vergleiche zur Vergangenheit zogen. Doch auch wenn es 1984 noch kein Internet und schon gar keine Suchmaschinen gab, fand er aus den Zweitausendern problemlos diverse Schilderungen von dem Mord an Lydia.

Björn lehnte sich zurück. Er würde gleich Johanna anrufen und ihr erzählen, was er herausgefunden hatte.

KAPITEL 54

Sie hatte sich für ihren freien Samstag vorgenommen, eine große Rennradrunde Richtung Warendorf, Füchtorf, Ostbevern und über Telgte zurück nach Emsfeld zu drehen. Konditionell war sie im Moment nicht auf der Höhe, es war also höchste Zeit, wieder etwas zu tun und sportlich anzugreifen. Also trug sie ihre Radlerhose, als Björn ihr am späten Vormittag von seinem Backgroundcheck zu Tim berichtete. Als er ihr erklärte, dass dieser schon früher gegenüber einem Schiri ausfallend geworden war, plante sie ihre Tour um. Es würde nur eine kleinere Runde werden, denn sie musste unbedingt heute noch mit Nickis Tochter Fenja sprechen, um noch mehr über Tim zu erfahren. Eigentlich hatte sie damit noch bis Montag warten wollen. Doch die Geschichte mit der Schiedsrichterbeleidigung war ein guter Ansatz. Sie wollte nicht länger warten.

Sie schickte Nicki eine Nachricht und fragte, ob sie am späten Nachmittag vorbeikommen und ein paar Worte mit Fenja wechseln könne. Der Daumen hoch als Antwort war der Startschuss für ihr Tagesprogramm.

Erst Radfahren, dann herausfinden, was Tim für ein Typ ist, und am Abend der Besuch bei Maggy, um endlich in Ruhe über alles zu sprechen. Und mit *alles* meinte sie vor allem den

Blumentochter-Fall damals sowie heute. Und sie würde auch gerne mit Maggy über Patricks peinlichen Besuch reden.

»Hier, lag im Briefkasten! Is für dich.« Johannas Vater lugte kurz durch die Tür und hielt ihr einen weißen Umschlag entgegen. Darauf stand in ordentlichen Großbuchstaben ihr Name. Der Brief war nicht frankiert. Johanna war auf der Hut. Das sah nicht nach einer harmlosen Postwurfsendung ihrer Bank aus. Sie reagierte routiniert und fasste das Papier nur an einer Ecke an, um keine eigenen Spuren zu hinterlassen. Anschließend legte sie es vorsichtig auf die saubere Arbeitsplatte. Dann suchte sie die Einmalhandschuhe, die immer in der Kammer neben der Küche zu finden waren. Mit hellgrün ummantelten Fingern untersuchte sie das Kuvert nach Auffälligkeiten, fand nichts und öffnete es schließlich vorsichtig mit einem scharfen Messer. Das DIN-A5-Blatt im Inneren war liniert und einmal gefaltet. Als sie es aufklappte, standen darauf drei Worte: *Fick dich, Schlampe!*

»Du mich auch«, murmelte sie und zuppelte einen Drei-Liter-Gefrierbeutel aus der dritten Schublade von oben. Sie tütete den Drohbrief für die Kriminaltechnik ein und musste fast dabei lachen. Der Umgangston in Emsfeld schien gar nicht so viel besser zu sein als der in Berlin.

KAPITEL 55

Kurz musste er nachdenken, wo er sich befand. Innerlich checkte er die Daten: Berlin, Hotel am Alex, vermutlich morgens, August 2015. Oliver konnte nur langsam sein linkes Auge öffnen. Das rechte war zugeschwollen. Sein Körper wollte nicht, dass er aufstand. Seine Rippen mussten sich von den nächtlichen Schlägen erholen. Noch sah man nur leicht gerötete Stellen, wo er getroffen worden war. Sie würden sich am Abend wahrscheinlich mit einer etwas beeindruckenderen Farbe Richtung Violett zeigen. Ganz langsam schälte sich Oliver Große Kentrup aus dem Hotelbett. Er musste flach atmen, sonst drückte seine Lunge zu stark gegen seine Rippen.

Ihm wurde etwas schwindelig, er spürte den Schmerz. Es tat ihm gut.

Nachdem er und Adam sich am Vorabend verabschiedet hatten, war Oliver zu Fuß Richtung Alexanderplatz gegangen. Er hatte sich online ein Zimmer in der zwölften Etage des Park Inn reserviert. Doch er ahnte, dass er nicht würde schlafen können.

Die Geschichten, die die beiden Männer ausgetauscht hatten, ließen einfach zu viele Fragen offen. Die für ihn wichtigste lautete: Wie, wo und durch wen war Lydia gestorben?

War es der Unfall auf den Treppen vor seinem Elternhaus?

War es der Sturz von der Leiter im Gewächshaus?

War es ein qualvoller Tod in der Scheune, in der Adam sie versteckt hatte?

Wie hatte sie davonradeln können?

War sie überhaupt davongeradelt?

War sie wirklich so »putzmunter«, wie Eva es behauptet hatte? Oder war es ganz anders gelaufen?

Alles begann mit Eva Stürmer, und alles endete mit ihr. Erst Lydia, dann ihre eigene Tochter Zoe. So gerne er wollte, dass sie nie wieder aufwachte, wünschte er sich doch, zu hören, was sie auf all die Fragen antworten würde.

Adam wirkte in sich gekehrt, als sie sich ohne große Geste voneinander verabschiedet hatten. Keine Umarmung, stattdessen ein unbeholfenes Handheben, das kaum als Winken durchging. Adam wollte die S1 von der Oranienburger Straße Richtung Rathaus Steglitz nehmen, Oliver beschloss, seinen Wagen stehen zu lassen. Bis zum Alexanderplatz waren es nur anderthalb Kilometer. Der Nachtspaziergang würde ihm vielleicht helfen, seine Gedanken zu sortieren.

Der Plan ging nicht auf. Stattdessen tauchte er mit jedem Schritt, den er ging, tiefer in die Vergangenheit ein. Er war gerade erst in die Oranienburger Straße abgebogen, links lag die goldbekuppelte Neue Synagoge, als er schon in jene Zeit glitt, die er auch wieder ausgeblendet und nur vage angedeutet hatte. Sie hätte ihm nachgestellt, das hatte er gesagt. Sie sei über Grenzen gegangen, hatte er erklärt. Kein Wort sagte er zu seiner Scham und vor allem über seine Hilflosigkeit. Diese beiden Gefühle waren etwas, was er nicht mit sich selbst in Verbindung bringen wollte. Doch genau diese hatte Eva ihm über Jahre auferlegt, sie hatte ihn gequält. Mit ihrer furchtbaren Liebe zu ihm.

Es begann, als er im Krankenhaus lag. Wegen des Reitunfalls.

Das Turnier war nur wenige Tag nach seinem Streit mit Lydia. Kimar war erst gut gegangen, die ersten Hindernisse hatte er problemlos übersprungen, Oliver hatte ihn im Griff. Er packte den Doppeloxer, sprang hoch und weit. Dann kam nur noch der Wassergraben. Würde er ihn überspringen, hätte Oliver sein Ziel erreicht. Beim Bundeschampionat wurde gesichtet, er hatte eine realistische Chance auf den Olympia-Kader. Kimar war das alles egal, er spürte die Anspannung, die sich von Oliver auf ihn übertrug. Er war ihr nicht gewachsen und weigerte sich. Wasser machte ihm Angst. Der Hengst stoppte ab, stolperte, stürzte. Oliver hatte es kommen sehen, er rollte sich ab. Kimar rappelte sich hoch, war nervös, sprang unkontrolliert zur Seite und landete mit seinem rechten Vorderhuf auf Olivers linkem Knie. Olivers Schmerzensschrei war so laut, dass Kimar keine einzige Bewegung mehr machte, sondern laut schnaufend neben ihm stehen blieb. Die Nüstern des großen Pferdes bebten, die Augen waren weit aufgerissen. Das Publikum war mucksmäuschenstill, und Olivers Schreien ließ nicht nach.

An die nächsten Minuten und Stunden, ja sogar Tage, konnte er sich später nicht mehr erinnern. Erst als ein Ärzteteam ihm nach der Acht-Stunden-Operation mitteilte, dass das Knie komplett zertrümmert worden sei, dass eine gewisse Einschränkung wahrscheinlich für immer bleiben würde, begriff er langsam, was passiert war. Die Mediziner versuchten, optimistisch zu klingen, und sagten ihm, dass er mit viel Krankengymnastik vielleicht in ein paar Monaten ohne Krücken gehen könnte.

Erst da wurde ihm klar, dass er und Kimar kein Team mehr waren. Dass er niemals bei Olympia reiten würde.

Ich bin nicht Silas auf dem schwarzen Hengst, ich bin jetzt Bein-Godik, dachte er damals. Er war der humpelnde Typ aus der Weihnachtsserie Silas, nicht der Held.

Eva besuchte ihn jeden Tag. Sie brachte ihm Zeitschriften, plauderte munter vor sich hin, umarmte ihn zur Begrüßung und zum Abschied. Er sagte nichts, fühlte sich nicht wohl in seiner Haut. Oliver wollte nicht, dass sie kommt, aber seine Eltern ermunterten das Mädchen, dachten, ihre Besuche würden ihn aufbauen.

Sie war es auch, die ihm ganz nebenbei vom Mordfall in Emsfeld erzählte. »Die Lydia ist umgebracht worden«, sagte sie und klang dabei so unbeteiligt, als rede sie übers Wetter. Vom Grab auf dem Acker Rabeneck sprach sie erst später. Oliver wusste nicht, was er sagen sollte. Eva stellte keinerlei Zusammenhang zwischen Lydias Tod und ihrem Unfall vor Olivers Haus her. Es war absurd. Als er sagte: »Das muss dann doch kurz nach ihrem Sturz bei mir zu Hause gewesen sein«, schüttelte sie den Kopf und lachte. »Ach was. Das war später.« Eva erzählte ihm, dass Adam aus unerwiderter Liebe zugeschlagen, es ihm aber leidgetan und er deshalb das schöne Grab angelegt habe.

Oliver kam das seltsam vor. Er wollte bei der Polizei anrufen, erzählen, was in jener Nacht sonst noch passiert war. Doch Eva redete es ihm aus.

»Wozu? Es ist alles geklärt. Du willst doch Jura studieren, nicht wahr?« Er nickte. »Dann ist das unser Geheimnis. Es ändert doch nichts, ob man weiß, dass sie vorher noch bei dir war.«

Als er aus dem Krankenhaus entlassen wurde, aber immer noch bewegungslos war und zu Hause eine endlose Zeit darauf wartete, dass ihm der Gips abgenommen würde, kam sie weiter zu Besuch. Weglaufen konnte er nicht. Immer wenn er ihr sagte, dass er ein bisschen mehr Ruhe bräuchte, lachte sie ihn freundlich an und tat so, als hörte sie ihn nicht.

Natürlich kamen auch andere Freunde zu Besuch, doch Oliver war kein gut gelaunter Patient. Er war mürrisch, redete wenig und fühlte sich in seiner Rolle als langweiliger Gastgeber unwohl. Daher kamen sie immer seltener, lebten ihr fröhliches Leben auf zwei gesunden Beinen weiter.

Nur Eva, die kam immer. Täglich und manchmal sogar nachmittags und abends. Sie brachte Süßigkeiten und Zeitschriften mit. Sie spielten Superhirn und Kniffel. Nie hatte er Spaß daran, doch immer, wenn er nicht mitmachen wollte, sah sie ihn an und sagte: »Eine Runde nur, dann werde ich unser Geheimnis für mich behalten.«

Er wusste nicht mehr, warum er sich dagegen nicht gewehrt hatte, warum er ihr nicht ein lautes »Nein« entgegensetzte. Vielleicht war er zu kraftlos. Zu ängstlich. Was sollte nur aus ihm werden?

Er mochte sich selbst nicht. Selbst seine Eltern schienen seiner Meinung zu sein. Sie verkauften Kimar, ohne mit ihm darüber zu reden. Warum also nicht einfach auf Eva hören, ein paar Würfel werfen oder sich über Farbkombinationen Gedanken machen, als immer wieder an den Sturz zu denken, von Kimar und von Lydia.

Als der Gips endlich abgenommen wurde, wurde es anders. Das Warten war zu Ende, sein Sportsgeist erwachte, er trainierte – erst mit Krücken, dann schaffte er die ersten Schritte ohne Hilfsmittel. Ja, er würde humpeln. Doch er kam voran, er konnte aufrecht gehen – und er konnte endlich »Nein« sagen. Zu Eva und ihren täglichen Besuchen.

Er schrieb sich für Jura ein. Nicht in Münster wie eigentlich geplant, sondern in Düsseldorf.

Eva kam weiter jeden Tag zu Besuch. Sie reagierte nicht, wenn er gähnte, ihr sagte, er müsse noch Krankengymnastik machen.

»Ich kann doch zuschauen«, sagte sie dann und zwinkerte ihm zu. »Ich freue mich schon, wenn wir bald gemeinsam spazieren gehen können. Wir beide haben schon so lange durchgehalten, das verbindet uns für immer.« All das klang für ihn wie eine Drohung.

Er sagte ihr nichts von seinen Düsseldorf-Plänen. Sondern war plötzlich einfach weg. Quasi über Nacht flüchtete er in eine andere Stadt, in der ihn niemand als Reiter kannte. Er rannte weg vor seinen Eltern, vor sich selbst, aber vor allem vor Eva und dem gemeinsamen Geheimnis.

Drei Wochen später hatte sie ihn in Düsseldorf gefunden.

Er dachte, der Paketlieferant hätte geklingelt. Als er die Wohnungstür öffnete, traute er seinen Augen nicht.

Sie lächelte ihn an. »Hi, Olli. Hier wohnst du also«, flötete sie.

Er schlug die Tür zu.

Sie klopfte.

Und klopfte.

Und klopfte.

»Ich will das nicht mehr. Eva! Fahr nach Hause!«

Sie klopfte.

Und klopfte.

Und klopfte.
Und klopfte.
Und klopfte.

2015

»Hey, pennst du, oder was?!« Oliver war auf Höhe des Hackeschen Marktes mit einer jungen Frau zusammengestoßen.

»Tschuldigung«, murmelte er.

Evas Klopfen war noch immer in seinem Kopf. Auch dann, als er an der Weltzeituhr am Alex eine Schlägerei zwischen fünf oder sechs Jugendlichen wahrnahm. Er stellte sich zwischen die schubsenden Streithähne.

»Hört auf!«, rief er und dachte: »Hört nicht auf!« Der erste Schlag traf ihn im Magen, der nächste sein Auge. Er ging zu Boden. Es folgten noch ein paar Tritte gegen seinen Brustkorb, dann kamen ihm andere Passanten zu Hilfe. Er rappelte sich langsam auf, sagte, dass alles okay sei, und wankte in sein Hotel. Zum Glück kam er unerkannt in sein Zimmer.

Das Klopfen in seinem Kopf hatte endlich aufgehört. Er ließ sich auf sein Bett sinken und spürte den Schmerz. Doch der würde bald vergehen, und er würde schlafen können. Endlich schlafen.

KAPITEL 56

Adam stieg in die S1. Er wollte nach Hause fahren und seiner Frau von dem Gespräch mit Oliver erzählen. Doch ohne nachzudenken, wechselte er den Zug schon an der nächsten Haltestelle. Von Friedrichstraße war es nur noch eine Station bis zum Hauptbahnhof – und von dort aus könnte er mit dem Zug um 0.22 Uhr nach Münster fahren. Er würde um kurz vor 6 Uhr dort ankommen, einen Kaffee am Bahnhof trinken und den Bus zum Uniklinikum nehmen.

Er schickte eine Nachricht an Melisa. *Warte nicht auf mich. Muss was erledigen. Morgen Abend mehr. Liebe dich. A.*

Er musste noch eine gute Stunde überbrücken. Er setzte sich in den McDonald's und beobachtete die anderen Gäste. Die meisten waren so alt wie er, als er Mitte der Achtziger in Eva verliebt war. Junge Männer in weiten Jeans teilten sich mit ihren Freundinnen eine große Pommes und Chicken Nuggets, junge Mädchen kicherten und bissen mit ihren glänzenden Lippen in ihre Cheeseburger. In Emsfeld gab es keinen McDonald's, aber einen Imbiss. Wie gerne hätte er Eva damals auf eine Pommes eingeladen. Doch er hätte es nie gewagt, sie zu fragen.

Stattdessen schenkte er ihr Jahre seines Lebens. Aus Liebe. Nun wusste er, dass er nur ihr nützlicher Idiot gewesen war. Der Unfall, den er für sie vertuschen sollte, hatte nie im Gewächshaus stattgefunden, sondern vor Olivers Haustür. Er hatte nicht sie geschützt, sondern ihn.

Eva wollte verhindern, dass ein Verdacht auf Oliver fallen könnte. Ihren Oliver. Den sie liebte. Der sie aber nicht zurückliebte.

Eines der Mädchen am Nachbartisch tippte auf ihrem Smartphone herum, ihre langen Fingernägel machten auf dem Display kleine Klackgeräusche. Die Nägel waren lila lackiert. Wie die Nägel von Lydia, die er begraben hatte. Weil sie in der Scheune verreckte, in der er sie abgelegt hatte. Die Blumentochter – nie würde sie aus seinem Kopf verschwinden.

Eva muss besessen gewesen sein. Damit hatte Oliver recht. Aber Adam traute ihm nicht. Olivers nie versiegender Hass auf Eva. War das nicht ein Motiv, ihr die Tochter zu nehmen? Hatte er Zoe etwas angetan?

Oliver hatte ihm erzählt, dass Eva ihn über Jahre gestalkt hatte, und wie schlimm es für ihn war. Oliver musste seine Adressen wechseln, Telefonnummern geheim halten. Als angehender Richter, der in der Öffentlichkeit stand, war das kaum und nur mit sehr viel Aufwand zu machen.

Sie zerkratzte seinen Wagen, schickte ihm jeden Tag ein Päckchen mit Süßigkeiten, wenn sie wusste, wo er wohnte, rief ihn an, wenn sie wieder einmal seine Nummer herausbekommen hatte. Sie lauerte ihm an der Universität auf, später an seinen Arbeitsstellen, beim Amtsgericht. Er musste sich erklären, gegenüber seinen Kollegen, den Dienstherren, den Nachbarn. Er wurde belächelt. Den Begriff Stalking kannte damals niemand. »Sie ist hübsch, warum hast du etwas dagegen, wenn sie dich will?«, wurde er ausgelacht. Erst als sie Jens Stürmer heiratete, ließ sie ihn in Ruhe.

Doch vor ein paar Wochen war es wieder losgegangen, hatte Oliver erzählt. Er sei zu ihr gefahren und habe sie zur Rede gestellt. Habe sie angeschrien, warum sie ihn nicht zufriedenließe. Eva sei betrunken gewesen und habe Antworten gegeben, die für Oliver keinen Sinn ergaben. Sie sprach von ihrer Liebe zu ihm, von dem gemeinsamen Geheimnis. Oliver sei wütend geworden. Adam sei es doch gewesen, er habe Lydia umgebracht. Er würde bereuen, dass er damals nicht zur Polizei gegangen sei, um von Lydias Sturz vor dem Haus seiner Eltern zu erzählen.

Vielleicht war sie ja doch an den Folgen des Sturzes gestorben, vielleicht war es kein Mord, lallte sie ihm entgegen. »Hast du dir das alles nur ausgedacht?«, habe er geschrien. »Damit wir ein Geheimnis miteinander haben?«

Doch Eva hörte nicht richtig zu. Versuchte, ihn unbeholfen und wankend zu beschwichtigen und zu umarmen. »Du warst es nicht, Oliver«, habe sie immer wieder beteuert. »Aber es war doch gut so, wie es war. Lydia wäre nicht gut für dich gewesen. Sie passte nicht zu dir.«

»Ist was?« Das Mädchen mit den lilafarbenen Fingernägeln bemerkte, dass Adam sie anstarrte. Beschämt blickte er auf sein Tablett.

Dann stand er langsam auf und ging zum Zug. Er wusste, dass sie ihm nicht antworten würde. Aber er musste sie sehen. Dann würde er entscheiden, ob er sich an ihr rächen, sie bemitleiden oder ihr verzeihen würde.

+++

Wie anstrengend es war, sich die Zähne zu putzen. Das blutige T-Shirt über den Kopf zu ziehen, war fast unmöglich. Die Rippen schmerzten bei jeder Bewegung, als der leichte Stoff sein geschwollenes Auge berührte, stöhnte er auf. Oliver Große Kentrup betrachtete seine Blessuren vor dem Spiegel. Die Berliner Schläger hatten ganze Arbeit geleistet. Rote, blauviolette Flecken auf dem Brustkorb und dazu ein zugeschwollenes Auge – er sah nicht mehr aus wie er selbst. Gut, dass die Dusche einen ebenerdigen Einstieg hatte. Er ließ das kalte Wasser über seinen geschundenen Körper fließen. Er sammelte Kraft.

Gleich würde er das tun, was er schon vor 31 Jahren hätte tun müssen. Die Wahrheit sagen.

KAPITEL 57

Fenja sah ihrer Mutter sehr ähnlich. Dasselbe hellrote Haar, dieselbe weiße Haut, und wenn sie lächelte, bildeten sich auf ihren Wangen zwei kleine Grübchen. Johanna wollte, dass das Gespräch nicht wie ein Verhör, sondern eher zufällig wirkte, als handele es sich um eine lockere Plauderei. Doch Fenja ließ sich nicht täuschen.

»Es geht um den neuen Blumentochter-Fall, oder?« Sie fackelte nicht lange. »Mama hat mir gesagt, dass du mich etwas fragen willst. Ich weiß aber gar nicht, was.«

»Es geht mir um etwas, was du gestern gesagt hast.«

Nicki, sie und Fenja hatten sich an den Gartentisch gesetzt, an dem gestern noch Fenjas Großeltern mit Johanna gesessen und Kronkorken an den Magnetbaum geschnippt hatten. Heute gab es ein paar Kekse, Wasser und Saft – keinen Alkohol.

»Wir haben doch gestern gar nicht miteinander gesprochen.« Fenja war selbstbewusst, aber auch neugierig, das merkte Johanna an ihrer Körperhaltung und an ihrer festen Stimme. Nicki hielt sich zurück und beobachtete ihre Tochter und ihre einst beste Freundin.

Johanna hätte zwar lieber allein mit dem Mädchen gesprochen, doch sie war froh, dass sie überhaupt in diesem inoffiziellen Rahmen Fragen stellen konnte. Auch wenn sie keine Ahnung hatte, ob es irgendwohin führen würde.

»Es geht um Tim Verding. Du hast ihn gestern – sagen wir mal – verscheucht.«

Fenja verdrehte die Augen. »Der Spacken!«

Johanna musste lachen. Spacken war ein schönes Schimpfwort, fand sie. »Warum Spacken? Was hat er gemacht?«

»Er kapiert einfach nicht, dass ich nichts von ihm will. Er nervt total. Ruft dauernd an, kommt immer wieder – angeblich ganz zufällig – bei uns vorbei. Schickt mir Herz-Emojis, und wenn ich nicht reagiere, beschimpft er mich als Schlampe.«

Nicki schaltete sich ein. »Er ist wirklich über ein paar Grenzen gegangen. Ich habe deshalb mit Patrick gesprochen und ihm gesagt, wir würden die Polizei einschalten, wenn Tim nicht aufhört, Fenja nachzustellen. Und schon sitzt die Polizei bei uns im Garten!«

»Hast du Angst vor Tim?«, wollte Johanna wissen.

»Tim nervt, aber Angst … nee, die habe ich nicht.«

»Wusstest du, dass er mit Zoe zusammen war?«

Fenja verschluckte sich am Wasser. »Tim und Zoe? Niemals. Bei der hätte er keine Chance gehabt.«

»Warum nicht?«

»Weil keiner bei ihr eine Chance hatte. Der Typ hätte erst noch konstruiert werden müssen, der ihren Ansprüchen gerecht geworden wäre.«

»Kanntest du Zoe näher?«

»Niemand kannte Zoe näher. Die lebte in einer komplett anderen Welt.«

»Könnte es denn sein, dass Tim in sie verliebt war?«

»Keine Ahnung.«

Johanna war ratlos. Was hatte das alles zu bedeuten?

Fenja stellte sich vermutlich gerade dieselbe Frage.

»Hat denn Tim etwas mit dem Mord an Zoe zu tun?«

Johanna schüttelte den Kopf. »Nein, darum geht es gar nicht. Ich wollte nur mehr über Zoe erfahren, und wir haben Quellen, die behaupten, er hätte sie näher gekannt.« Das war nicht gelogen, aber auch nicht exakt richtig.

Fenja stand auf. »Ich muss dann auch los – Volleyballtraining.«

Nicki ermahnte sie, nicht allein zu fahren. So, wie die meisten Mütter und Väter es derzeit in Emsfeld taten. Solange der Täter noch nicht gefasst war, waren hier alle in Alarmbereitschaft.

»Ja doch. Rieke holt mich ab«, maulte Fenja, dann winkte sie und verschwand durch die Terassentür.

Eigentlich wollte Johanna noch eine Anstandshalbestunde bei Nicki bleiben und über den schönen Garten, üppig blühende Rosen oder das Wetter plaudern, doch es war Nicki, die plötzlich offiziell wurde.

»Ich muss dir was sagen, Jo. Es geht um Tim. Ich traue ihm nicht.«

»Wie meinst du das? Ich hatte das Gefühl, dass Fenja gut mit seinen Annäherungsversuchen umzugehen weiß. Übrigens echt taff, deine Tochter.«

»Ja, sie ist taff. Sie weiß aber auch nicht alles.«

Das Gespräch entwickelte sich eindeutig spannender als eine Diskussion über den richtigen Rosenschnitt.

»Erzähl!« Fast fühlte es sich für Johanna an wie früher, als Nicki und sie noch alle Geheimnisse miteinander teilten. Nur blieb dieses Mal das unbeschwerte Kichern aus.

KAPITEL 58

Er hatte es vorher im Internet recherchiert. Die Intensivstation des Uniklinikums lag im Ostturm auf Ebene vier. Als er vor den zwei Doppeltürmen stand, hatte er keine Ahnung, wo Osten war. Er war orientierungslos. Nicht nur bei seiner Suche nach Eva Stürmer.

Er zwang sich, ganz in Ruhe die Wegweiser zu studieren, und fand schließlich den Weg zu ihrem Zimmer. Eine Krankenschwester am zentralen Tresen auf der Intensiv hatte ihm gesagt, dass er kurz zu ihr könne, sich aber ruhig verhalten solle, um die Bettnachbarn nicht zu stören.

Sie lag am Fenster, still und regungslos, die Augen geschlossen. Überwachungsgeräte gaben den Hintergrundsound vor. Jeder Patient wurde von einem anderen Rhythmus begleitet.

Sie sah nicht mehr aus wie die Eva, die er kannte. Die Wangen waren eingefallen. Das Morgenlicht offenbarte, wie blass sie war, ihre Falten auf der Stirn und rund um die Augen warfen ein paar kleine Schatten. Sie bekam Sauerstoff über eine Nasensonde. Sie sah älter aus, als sie war, und Adam ahnte, dass das nicht nur ihrem schlechten Gesundheitszustand geschuldet war, sondern auch ihrem übermäßigen Alkoholkonsum der letzten Jahre. Ihre Handgelenke waren mit weißen Verbänden umwickelt. In ihrem sehr dünnen linken Arm steckte eine Kanüle, über die sie vermutlich künstlich ernährt und mit Medikamenten versorgt wurde.

Adam horchte in sich hinein. Er fühlte Mitleid. Allerdings nicht mit Eva.

KAPITEL 59

Johanna musste dringend duschen. Denn auch wenn ihr Schweiß geruchsneutralisiert wurde, klebte er an ihr und musste dringend weg. Sie war direkt von ihrer Radrunde zu Nicki gefahren. Wenigstens hatte ihr Deo sein Werbeversprechen ein- und sie frisch gehalten. Ihre Eltern hatten das Badezimmer nie renoviert. Nur die verkalkten Duschköpfe und der Duschvorhang wurden regelmäßig gewechselt. Genau wie früher dauerte es sehr lange, bis das Wasser die gewünschte Temperatur hatte, und danach nicht lange, um zu heiß zu sein. Sie verfluchte den gepunkteten Duschvorhang, der sich an sie schmiegte wie ein ungewollter Liebhaber. Dennoch genoss sie die Auszeit unterm Wasser, justierte die Temperatur nach und schloss die Augen für eine Weile, um einfach an nichts zu denken.

Danach wickelte sie sich in eines der großen Handtücher, trocknete sich ab und zog daraufhin Jeans und T-Shirt an. Sie würde zu Maggy Abel fahren und einen schönen Abend mit ihr verbringen.

Sie wollte gerade zur Tür hinaus, als ihre Mutter ihr noch einmal hinterherlief. »Johanna, was ist denn eigentlich los? Warum ist David schon wieder weg?«

Schönen Dank. Nicht an ihn zu denken war in diesem Haus also nicht möglich, dachte Johanna.

»Weil er ein Arschloch ist«, sagte sie und ging. Die Tür fiel ein bisschen zu laut ins Schloss. Ihre Mutter würde es schon verkraften.

Sie wählte Björns Nummer, stöpselte sich die In-Ear-Kopfhörer ins Ohr und stieg auf ihr Rennrad. Bis zu Maggy waren es rund sieben Kilometer, genau die richtige Streckenlänge für ein kurzes telefonisches Update.

»Hey, Björn. Tim hat nicht nur den Schiedsrichter beleidigt«, fiel sie mit der Tür ins Haus.

»Moment, ich muss noch eben was in den Ofen schieben.«

Sie hörte, wie er das Backblech hineinschob, das Umluftgebläse seinen Dienst tat und die Backofentür zuklappte. Sie wartete ein paar Sekunden, dann sprach sie weiter. »Nicki hat mir erzählt, dass er schon öfter auffällig geworden ist.«

Jetzt hatte sie Björns Aufmerksamkeit, er hörte richtig zu. »Du meinst deine alte Schulfreundin? Die mit der Tochter Fenja, die …«

»Genau. Fenja ist die, die ich belauscht habe, als sie Tim verscheucht hat. Aber ihre Mutter – also Nicki – hatte ein paar Dinge über Tim zu erzählen, die uns interessieren könnten.«

»Okay. Erzähl!«

»Aber erst sagst du mir noch, ob es eine Tonno ist.«

Er lachte. »Salami.«

KAPITEL 60

Maggy bat Johanna herein und schob sie auf das Sofa. Draußen grummelte es bereits, ein Gewitter stand unmittelbar bevor, daher blieben sie drinnen.

»Weiß oder rot?«, fragte sie.

»Durchsichtig«, antwortete Johanna. »Ich hätte gerne Wasser.«

»Meine aufmerksame Vermieterin hat mir erzählt, du hattest Besuch«, Maggy grinste.

»Oh mein Gott. Woher weiß sie das denn?«

Die Antwort war ein fröhliches Lachen.

»Aber sie hat recht. David war hier. Mein Ex.«

»Und? Wie war es?«

»Ich habe ihn zurück nach Berlin geschickt.«

»Gut gemacht. Aber wolltest du das auch wirklich? Ich dachte immer, eine Rückkehr wäre eine Option für dich?«

Johanna zuckte mit den Schultern. »Von Tag zu Tag weniger«, sagte sie.

Maggy lächelte wissend. »Ja, das kann hier passieren.«

»Was meinst du?«

»Hier in der Provinz ist man einfach umgeben von Normalität und Bodenständigkeit, da passt man sich zwangsläufig an. Und man strebt nicht mehr nach Dingen, die gar nicht erstrebenswert sind. Ich kann mir vorstellen, dass in Berlin viel gestrebt wird.«

»Ich weiß nicht.« Johanna fühlte sich in ihrer Städter-Ehre gekränkt. »Ich kann über so etwas gerade gar nicht nachdenken. Die toten Mädchen überlagern einfach alles.«

»Okay, dann lass uns drüber reden. Wie kriegen wir die losen Fäden zusammen? Was haben wir übersehen – und wo müssen wir genauer hinschauen?«, wollte Maggy wissen und machte sich auf, um eine Flasche Wasser zu holen. Sie fingen hinten an. »Zuerst die Dinge, die noch frisch sind«, sagte Maggy und hielt voller Erwartung einen Kugelschreiber in der Hand. Ein schwarzes Notizbuch lag aufgeschlagen vor ihr. Johanna fasste zusammen, Maggy schrieb Stichworte auf.

Björn hatte Johanna vorhin am Telefon erzählt, dass die Kollegen bei der Befragung von Zoes Vater, Jens Stürmer, herausgefunden hatten, dass das Mädchen ein zweites Handy besaß. Doch niemand hatte es bei ihren Sachen oder in ihrem Zimmer gefunden.

Maggy notierte: *Zoes Zweithandy*

»Wieso wusste der Vater von diesem Handy? Bisher hat er nicht viel zu der Lösung des Falls beigetragen – und dann liefert er plötzlich ein Detail, das entscheidend sein könnte?«

»Er war anfangs kaum vernehmungsfähig und hat angeblich nicht daran gedacht. Er selbst hat es seiner Tochter geschenkt. Laut seiner Aussage hatte Zoe ihn darum gebeten. Eva hätte sich ihrer Tochter gegenüber sehr übergriffig verhalten. Sie wollte Zugriff auf die WhatsApp-Nachrichten, kontrollierte regelmäßig die Chats von Zoe«, erklärte Johanna

Eva – Kontrollzwang, übergriffig. Verhältnis Mutter/Tochter gestört, schrieb Maggy.

Jens Stürmer hatte Zoe sein altes iPhone überlassen. Es war noch auf seinen Namen registriert, sodass seiner Tochter keine Kosten entstanden und auch keine Rechnungen mit ihrem Namen auftauchten.

Die Kollegen hatten versucht, das Telefon zu orten. Doch es war ausgestellt. Der letzte Mobilfunkmast, der ein Signal von Zoes Zweithandy empfangen hatte, stand nicht weit vom Rabeneck-Acker entfernt. Doch das konnte alles bedeuten. Entweder hatte Zoe zuletzt von zu Hause aus telefoniert oder aber von irgendeinem Ort in der Nähe. So oder so wäre es wichtig, Zugriff auf das Handy zu bekommen. Vielleicht würden dort Chats oder Telefonnummern zu finden sein, die auf Personen hinwiesen, die bislang gar nicht im Fokus standen.

»Was ist mit Tim? Könnte er das Handy an sich genommen haben?«

Johanna fand die Frage berechtigt. Bislang wusste sie von Tim, dass er eine verminderte Impulskontrolle hatte. Von Nicki hatte sie erfahren, dass er nicht nur den Schiedsrichter beleidigt und angerempelt hatte, sondern dass es auch ein paar Partyschlägereien gab, in die er verwickelt war. Außerdem musste Tim sich vor einem Jahr bei einem Mädchen aus der Nachbarschaft entschuldigen. Er hatte sie heimlich beobachtet, als sie nackt in ihrem Zimmer stand. Der Vater des Mädchens hatte den Jungen im Halbdunkel hinter der Lorbeerhecke entdeckt und Alarm geschlagen. Außerdem gab es einen Vorfall im Schwimmbad. »Er hat in die Umkleidekabinen der Mädchen geschaut. Ich denke also, Tim ist ein Spanner«, hatte Nicki die Situation erklärt. »Oder war einfach dumm«, hatte Johanna versucht zu relativieren.

Maggy schrieb auf: *Tim ein Schläger und Spanner?*

Johanna fühlte sich nicht wohl damit, dass ausgerechnet Patricks Sohn nicht so ein netter Junge war.

»Ich habe übrigens einen Drohbrief bekommen«, gestand sie.

Maggy schien sich über diese Neuigkeit fast zu freuen. »Das wird immer besser hier! Was stand drin?«

»Fick dich, Schlampe!«

»Nun gut, das ist sehr allgemein gehalten«, sagte sie und grinste. »Weißt du, wer dich so wenig mag?«

»Keine Ahnung. Ich lasse den Brief gerade auf Spuren untersuchen. Patrick stand übrigens am Abend vorher sturzbetrunken vor unserer Tür. Er hätte den Brief bei der Gelegenheit einwerfen können.«

Maggy hob die Augenbrauen. »*Der* Patrick, mit dem du früher mal … Und der so gerne Fahrrad mit dir fährt?«

Johanna nickte. Ja, sie sollte auch über Patrick nachdenken. Er musste doch von den Verfehlungen seines Sohnes wissen. Warum hatte er Johanna nicht eingeweiht? Er hätte ihr doch sagen können, dass nicht alles glattlief bei ihm und seiner Familie?

»Was ist eigentlich mit dir und Patrick?«

»Was soll mit uns sein?« Johanna fühlte sich ertappt.

Maggy lächelte nachsichtig – und notierte: *Patrick – deckt er seinen Sohn? Täuscht er Johanna?*

Das Fakten-Pingpong zwischen den beiden Frauen ging noch eine Weile weiter. Maggy notierte Stichworte wie: *Lydia – Unfall mit Todesfolge aufgrund von Unterlassung (Adam hatte sie in der Scheune zurückgelassen); Zoe – höchstwahrscheinlich tragischer Unfall, aber wer hob Grab aus? Warum diese Mühe?*

Irgendwann ließ Maggy den Kugelschreiber fallen und stöhnte auf. »Ich kann nicht mehr! Mein Kopf explodiert gleich.«

Als hätte das Gewitter auf dieses Stichwort gewartet, zuckte in diesem Moment ein heller Blitz durch den grauschwarzen Himmel, und zeitgleich dröhnte ein Donnerschlag durch die Nacht. Es regnete in Strömen.

»Ich hoffe, es ist okay, wenn ich den Schauer noch abwarte«, lachte Johanna.

»Meinetwegen kann der Schauer noch ein Weilchen dauern«, war die Antwort.

Die beiden Polizistinnen machten es sich nebeneinander auf dem Sofa gemütlich. Sie legten ihr Füße auf den Weinkistentisch und rutschten tiefer in die Polster. Ohne zu reden, schauten sie dem Gewitter beim Toben und dem Wind beim Stürmen zu.

KAPITEL 61

Das Team »Blume« arbeitete im Schichtdienst, so war jeder ganz selbstverständlich auch mal am Wochenende im Dienst. Heute war Johanna dran.

»Hast du denn nie frei?«, meckerte ihre Mutter, die sich Sorgen machte.

»Doch, wenn wir wissen, was genau passiert ist.«

Johanna hatte sich wieder in das Esszimmer zurückgezogen, um mit den Kollegen zu telefonieren und ihre Mails zu checken. Was sie las, ließ Adrenalin durch ihre Adern schnellen.

Die Kollegen der Spurensicherung, die das ehemalige Gewächshaus akribisch unter die Lupe genommen hatten, hatten in vier Metern Höhe auf einer Querstrebe des Gewächshauses ein Handy gefunden. Marke und Modell entsprachen der Beschreibung von Zoes Vater. Es war also sehr wahrscheinlich, dass es sich dabei um Zoes Zweithandy handelte. Was aber mindestens genauso interessant war: Neben dem Handy lag ein kleines Buch. Darin waren handschriftliche Notizen – vermutlich von Zoe selbst geschrieben. Johanna wusste, wie wichtig diese beiden Beweisstücke waren. Ein Notizbuch in Kombination mit einem heimlichen Handy. Näher konnte man einem Opfer kaum kommen.

Ich komm gleich rein, schrieb sie in ihre Mail. Dann wählte sie Björns Nummer.

»Holst du mich ab? Wir haben ihr zweites Handy.«

»Echt? Cool! Wer hatte es?«

»Das Gewächshaus. Und dort war noch etwas, das mich mindestens genauso interessiert: ihr Tagebuch.«

»Gib mir fünf Minuten!«

KAPITEL 62

Sie wollte gerade in Björns Auto steigen, als Nicki außer Atem auf den Hof gefahren kam. Johanna erkannte sofort, dass etwas passiert sein musste. Sie bat Björn, zu warten, und lief ihrer alten Freundin entgegen.

»Was ist los?«

Sie sah, dass ihre Freundin geweint hatte. Ihr Gesicht war gerötet, die Augen tränennass, die Haare waren nachlässig mit einem Haarband zusammengebunden, Strähnen fielen in alle Richtungen.

»Fenja ist weg!« Ihre Stimme kippte. Sie war vom Sattel ihres Hollandrades abgesprungen, hielt den Lenker mit beiden Händen fest. So, als müsse sie sich abstützen, um nicht den Halt zu verlieren. »Sie ist nach dem Training nicht nach Hause gekommen. Johanna, was sollen wir machen? Wir sind schon alle Strecken abgefahren.« Sie schluchzte.

Johanna legte ihre Hand auf Nickis. »Du erzählst mir erst einmal alles der Reihe nach. Wir werden sie bestimmt finden.«

Sie bat Björn, sie zu vertreten und vorerst allein nach Münster ins Kommissariat zu fahren. Sie würde sich um Nicki und die verschwundene Fenja kümmern. »Ich rufe gleich an«, sagte sie noch, bevor sie die Autotür von außen zuwarf.

Dann bat sie Nicki, das Fahrrad abzustellen und hereinzukommen.

»Mama, kannst du uns allein lassen?«, bat sie ihre Mutter, die widerstandslos die kleine Küche räumte, als sie Nickis verheultes Gesicht sah.

»Ich bin eh gerade fertig«, sagte diese und nickte ihrer Tochter zu. »Teewasser ist auch noch heiß«, flüsterte sie im Rausgehen.

Nicki saß gekrümmt am Tisch und weinte hemmungslos. In der kleinen Holzkiste im Apothekerschrank fischte Johanna nach zwei Pfefferminzteebeuteln, hängte sie in die Tassen und goss Wasser darüber. Mit dem Tee in der Hand setzte sie sich und wartete die nächsten Schluchzer ab.

»Fangen wir vorne an. Seit wann vermisst ihr Fenja?« Sie klang ruhig und optimistisch. Das kostete viel Kraft, denn in Wahrheit war sie angespannt. Sie fürchtete das Schlimmste.

KAPITEL 63

Kollegin Ilka war fleißig gewesen. Sie hatte Zoes Notizen unter strenger Aufsicht der Spurensicherung abfotografiert und jedem Teammitglied zugemailt. Trotzdem hätte Björn sich das Buch lieber im Original angeschaut. Manchmal konnten Gegenstände mehr verraten als die reinen Fakten. Doch die Beschreibung, die Ilka mitlieferte, musste reichen. Das Büchlein entsprach in etwa dem Format DIN A5. Es war in Leder eingebunden, lag wahrscheinlich gut in der Hand. Im Einband war Platz für einen schmalen Stift, doch Zoe schrieb lieber mit einem gewöhnlichen Kugelschreiber. Auch den hatte die Spurensicherung neben dem Handy und Buch gefunden und zur weiteren Untersuchung auf Fingerabdrücke oder genetische Spuren mitgenommen. Die Ergebnisse standen noch aus.

Dennoch waren sich alle Ermittler auch ohne genauere Untersuchung einig, dass es sich um Zoes Schrift handelte. Sie hatte eine ordentliche Schrift, die leicht nach links geneigt war. Die Vergleiche mit ihren Schulheften ließen den Schluss zu.

Sie hatte eine Menge zu erzählen gehabt. Das Buch umfasste etwa zweihundert Seiten und war fast voll. Der erste Eintrag lag etwa ein Jahr zurück. Unter das Datum 19. August 2014 hatte sie als Erstes ihr Gewicht – sechzig Kilogramm – geschrieben und dazu ein trauriges Smiley-Emoji gezeichnet. Darunter hatte sie einen Pfeil gekritzelt, den sie dick umrandet hatte und der auf ihr Wunschgewicht – fünfzig Kilogramm – deutete. Björn konnte es nicht glauben: Das versteckte Buch diente Zoes Selbstoptimierung, oder besser gesagt Selbstkasteiung. Fünfzig Kilogramm waren bei ihrer Größe eigentlich zu wenig.

Seite um Seite hatte das Mädchen Listen mit den Nahrungsmitteln aufgestellt, die sie am jeweiligen Tag gegessen hatte. Jeden Montag notierte sie ihr Gewicht. Das war stetig nach unten gegangen. Stagnierte es, folgten wieder traurige Smileys.

Neben ihren Essenslisten führte sie noch andere. Eine war mit *Mama* überschrieben. Es folgten Mengenangaben. Eine Flasche Wein, zwei Gläser Gin Tonic. Danach wurden die Notizen ausführlicher. Sie schrieb auf, was Eva Stürmer ihr an dem jeweiligen Tag vorgeworfen oder ihr verboten hatte.

Björn las die Sprüche, die voller Beleidigungen, aber auch überbordender Liebe steckten. Er erschauderte. Vielleicht hatte Zoe versucht, sich durch das Aufschreiben nicht so ausgeliefert zu fühlen? Vielleicht wollte sie ihre Mutter auch nur besser verstehen? Oder sie wollte Beweise gegen sie sammeln.

Er überflog die Texte und suchte nach Namen. Nach verliebten Einträgen oder Schwärmereien über Jungs – oder Mädchen. Nach möglichen Bedrohungen. Vor fünf Wochen schrieb sie unter der Liste Mama: *Gut, dass sie nichts von T. weiß. Ist ohnehin aus, war nicht wichtig. Aber immerhin habe ich »ES« endlich auch getan. Hat so semi Spaß gemacht.*

Björn vermutete, dass sie mit ES Sex und mit T. Tim meinte.

Auf der letzten beschriebenen Seite waren weitere Notizen. Zoe war schlecht drauf, denn ihr Gewicht war von fünfzig auf einundfünfzig Kilo gestiegen. *Ich bin so scheiße!* Außerdem hatte ihre Mutter in ihren Sachen gewühlt. *Gut, dass sie nichts von dem Versteck weiß*, schrieb sie.

Den letzten Eintrag verstand Björn jedoch nicht, von wem schrieb sie hier, wer war gemeint, und worum ging es in dem Streit? *Mama hat sich voll gestritten. Ausnahmsweise mal nicht mit mir, sondern mit einem Typen. Konnte ihn nicht sehen, nur hören. Lag schon im Bett. Der hat richtig laut gebrüllt. Dass er zur Polizei gehen würde, er würde ihnen alles sagen. Vom Unfall damals!!!!! Muss unbedingt rausfinden, wer das war und was für einen Unfall er meint! Morgen weiß ich vielleicht mehr.*

Danach waren die Seiten leer. Björn überprüfte das Datum. Ja, es passte. Nachdem sie ihr Tagebuch neben das Handy gelegt hatte, um es vor den Augen ihrer Mutter zu verbergen, muss die Leitersprosse gebrochen sein. Für Zoe gab es kein Morgen mehr.

KAPITEL 64

Johanna versuchte, Zuversicht auszustrahlen. »Fahr du nach Hause! Für den Fall, dass sie gleich wiederkommt oder sich meldet. Ich kümmere mich um alles Weitere!« Sie drückte Nicki noch einmal und schaute zu, wie sie davonradelte.

Als die Haustür ins Schloss fiel, rief sie ihren Chef an. »Ein Mädchen ist verschwunden. In Emsfeld. Dasselbe Alter wie Lydia und Zoe!«

»Ach du Scheiße!«, stieß Kötters aus.

»Ich schicke euch alles zu, was ich weiß. Name, Alter, Handynummer. Sie ist nach dem Volleyballtraining gestern Abend nicht nach Hause gekommen. Die Eltern machten sich zunächst keine Sorgen, weil Fenja – so heißt die Vermisste – sich noch kurz per Nachricht bei ihnen gemeldet hatte. Sie hatte angegeben, dass sie nach dem Training noch bei einer Freundin, Isabell, chillen wollte. Wegen des angekündigten Gewitters wollte sie dort vielleicht auch übernachten. Sie hatte gefragt, ob das okay sei, und Nicki Esser, ihre Mutter, hatte ihr daraufhin einen Daumen-hoch-Emoji geschickt, nachdem ihre Tochter ihr versichert hatte, dass Rieke – ihre Begleitung auf der Hinfahrt zum Training – mit ein paar anderen Volleyballkameradinnen sicher nach Hause geradelt sei. Seitdem hatten sie keinen Kontakt mehr. Sie kam nicht nach Hause. Und sie ist nicht zu erreichen.«

»Lass mich raten: Sie war nicht bei Isabell.«

»So isses! Die Kontaktdaten von Isabell schicke ich euch auch zu.«

Kötters klang sehr wach. »Mach das! Wir werden ein paar Streifenwagen nach Emsfeld rausschicken. Warst du schon an diesem verfluchten Acker?«

»Die Essers waren dort, aber da ist nichts, sagen sie.«

Erleichtert atmete ihr Chef aus.

»Sobald ich mehr weiß, melde ich mich.« Johanna legte auf.

Sie riss den Garderobenschrank im Eingangsflur ihrer Eltern auf. »Mama, kann ich mir deinen Regenponcho leihen?« Draußen goss es in Strömen.

KAPITEL 65

Nach seinem Gespräch mit Oliver hatte er sich auf den Weg nach Münster gemacht. Nun bereute er, dass er da war. Warum nur hatte er geglaubt, dass sich etwas ändern würde, wenn er sie sehen würde. Adam war mit voller Wucht erwischt worden. Von Olivers Geschichte über ihre Besessenheit. Alles, woran er so viele Jahre, eigentlich fast sein ganzes Leben lang, geglaubt hatte, war nichts als Lüge, Einbildung und Manipulation gewesen. Er hatte geglaubt, dass Liebe der Grund für alles gewesen war. Er hatte Eva geliebt, und er hatte immer gedacht, dass er sie für sich gewonnen hatte, als er ihr diesen einen großen Gefallen getan hatte, der sein Leben für immer veränderte.

Niemandem hatte er erzählt, dass Lydia einen schweren Unfall im Gewächshaus erlitten hatte. Dass er gedacht hatte, sie sei bereits tot, als er sie in der Scheune versteckte, weil Eva ihn darum gebeten hatte, den Unfall zu vertuschen.

Schon der erste Brief von ihr hatte sein Herz rasen lassen. Er kam, kurz nachdem er seine Strafe angetreten hatte. *Lieber Adam, ich vermisse dich.* Er hatte diese ersten wunderbaren Zeilen Tausende Male gelesen.

Sie schrieb von ihrem Tagesablauf, dem normalen Alltag. Später schickte sie ihm Fotos. Eva im Bikini, Eva mit Kussmund. Die anderen Jungs in der Jugendvollzugsanstalt beneideten ihn um seine hübsche Freundin. Erst einunddreißig Jahre später begriff er, dass er sich das alles nur eingebildet hatte. Weil sie wollte, dass er es sich einbildete. Eva war nie seine Freundin gewesen. Sie gehörte längst einem anderen.

Ja, sie hatte ihm geschrieben, was sie gemeinsam unternehmen würden, wenn er wieder raus wäre, sie hatte ihm Hoffnung gemacht. Sie bezog ihn scheinbar mit ein in ihr Leben. Fragte ihn, ob es okay für ihn sei, wenn sie weiter auf Partys ginge, erzählte ihm von den Abiturklausuren, vom Lernen, von ihrem Vater, der sie nicht gut behandelte. Sie schrieb ihm von ihrem schlechten Gewissen. *Du bist weg, und ich bin hier. Das ist ungerecht.* Er tröstete sie deswegen, beruhigte sie, log, dass es ihm gut ginge.

Dann begann er, die Zeit herunterzuzählen. Sie schrieb seltener, sie benutzte immer mehr Floskeln, wurde allgemeiner. Er spürte, dass sie ihm wegdriftete. Er fragte, was los sei. Und er begann, sich selbst Fragen zu stellen: War es richtig gewesen, dass er niemandem von Lydias Unfall erzählt hatte? Wäre er nicht doch vielleicht zu weniger Strafe verurteilt worden, wenn die Richterin die ganze Wahrheit gewusst hätte? Schließlich hatte er sie nicht erschlagen, so wie alle dachten. Schlimmstenfalls wäre er für unterlassene Hilfeleistung und Freiheitsberaubung verurteilt worden. Er hätte gerne mit ihr darüber geredet, doch sie wollte ihn nicht besuchen. Am Telefon blieb sie kurz angebunden, hörte ihm gar nicht richtig zu, sagte: »Es tut mir so weh, dich dort zu sehen.« *Ach, hättest du doch nur genauer hingeschaut,* schrieb sie ihm daraufhin. Es war klar gewesen, was sie damit meinte. Er hätte merken müssen, dass Lydia noch lebte. Er hatte sie nicht retten wollen. Sie könnte das verstehen.

Aber warum hatte er die Scheune auch unbedingt verschließen müssen? Sie fragte nur. Er gab sich selbst die Antwort: Ich bin schuld. Ich. Ich. Ich allein.

Adam stand immer noch am Bettrand und schaute auf Evas leblosen Körper. Er dachte, er würde sie hassen, doch das, was hier lag, war kein richtiger Mensch mehr. Wie sollte er da Hass empfinden? Dabei hätte es ihm gutgetan, es hätte seine Gefühle in eine Richtung gelenkt, sie hätten ein Ziel gehabt. Mitleid empfand er nur für sich selbst, nicht für diese fremde leblose Frau dort in dem Bett mit dem Sauerstoffschlauch im Gesicht.

Er wollte gehen, heim zu seiner Frau. Nur eins musste er noch tun: ihr die Wahrheit sagen. Er beugte sich zu ihr hinunter und flüsterte ihr ins Ohr. »Dein Oliver war es. Er hat Zoe getötet, weil er dich hasst.«

Dann ging er zur Tür hinaus. Er sah nicht mehr, wie ihre Hand zuckte.

KAPITEL 66

Gladiolen, Dahlien, Sonnenblumen, sie konnte sie aus ihrem Augenwinkel heraus sehen. Sie lagen in allen Farben des Sommers auf ihrem Körper verteilt. Sie atmete ein und wieder aus, ihr Brustkorb und der Blumenschmuck hoben und senkten sich. Sie begriff nichts. Die Blumen dufteten nicht nach Blumen. Es roch anders, fast wie neulich beim Grillabend. Nach Fleisch, nach verbranntem Fleisch. Sie wollte sich aufsetzen, verstehen, was passiert war, mehr erkennen, mehr begreifen. Doch nichts rührte sich. Sie steuerte ihre Finger an, ihre Füße, Beine, Arme – sie gehorchten ihr nicht. Ihre Extremitäten lagen da wie abgeschraubt. Da war kein Leben mehr in ihnen, kein bisschen. Ihr Kopf dröhnte. Ihre Gedanken verhakten sich.

Dann stand Tim über ihr. Sie hatte Angst. Davor, dass er näher kam, und davor, dass er weggehen und sie allein liegen lassen würde.

»Es tut mir leid«, flüsterte er. Sein Gesicht war ganz nah über ihrem. Sie schrie. Kein Ton kam aus ihrem Mund.

KAPITEL 67

»So trifft man sich wieder.« Ihr war kein besserer Spruch eingefallen. In einem der Streifenwagen, die bei der Suche nach Fenja helfen sollten, saß Moritz, der Enkel der Nachbarn. Er winkte aus dem Auto heraus.

»Hab schon gehört, dass du wieder in Emsfeld bist«, sagte er.

Johanna lächelte gequält. Die Situation war einfach nicht Small-Talk-tauglich. Sie beschränkte sich auf ein Nicken. Es gab Wichtigeres zu tun. »Die Wege zwischen Sporthalle, Isabells Apartment und Fenjas Elternhaus werden von den anderen abgedeckt. Ihr könntet die Feldwege rund um Emsfeld abfahren. Ich werde mit Isabell sprechen. Vielleicht weiß sie doch mehr«, beauftragte sie den Enkel und seinen Kollegen.

»Du bist platschnass. Sollen wir dich nicht hinbringen?«

Johanna antwortete nicht mehr. Sie saß schon auf ihrem Fahrrad und trat in die Pedale.

+++

Isabell wohnte in einem Apartmenthaus gegenüber des Eiscafés Venezia. Johanna hatte die Adresse von Nicki bekommen. Sie drückte auf den Klingelknopf, und die Tür sprang mit einem

Summen auf. Sie nahm zwei Stufen auf einmal, die Wohnung musste ganz oben sein, wenn die Klingelknöpfe logisch angeordnet waren. Der Flur roch nach frischer Farbe, so neu war der Neubau noch. Johannas triefender Regenponcho hinterließ eine nasse Spur auf den hellgrauen Fliesen. Als sie oben ankam, war sie außer Atem. Die Tür war angelehnt. Sie klopfte, wollte sie nicht einfach aufstoßen. »Isabell? Ich möchte Ihnen ein paar Fragen stellen. Sie wissen sicher schon, worum es geht. Fenja wollte gestern zu Ihnen kommen …«

»Jo?«

Sie traute ihren Ohren nicht, doch sie hatte sich nicht verhört. Patrick öffnete die Tür.

Für einen Moment fehlten Johanna die Worte.

»Komm erst einmal rein.« Patrick bat sie mit einer einladenden Geste hinein.

Das Apartment bestand aus einem Raum mit kleiner Küchenzeile. Isabell saß im Wohnbereich auf dem Sofa in eine Decke gewickelt. Auf dem Tisch stand ein Kakao, der noch dampfte. Sie sah kurz auf und schaute Johanna mit leeren Augen an.

»Mein Name ist Johanna Eckstein, ich bin von der Polizei und suche nach Fenja Esser. Ich möchte dir ein paar Fragen dazu stellen.« Sie bemerkte, dass ihr Poncho immer noch tropfte, dieses Mal auf nagelneuen Parkettfußboden. Sie zog ihn umständlich über ihren Kopf. Patrick nahm ihr das nasse Ding ab, den sie noch immer verwundert musterte.

»Ich bin Isabells Vater«, erklärte er und brachte den nassen Regenumhang ins Badezimmer.

Johanna begriff es nicht. »Aber am Klingelschild steht …«

»Da steht Isabell Niemeier. Sie hat den Mädchennamen ihrer Mutter angenommen. Sie wollte es so nach unserer Trennung. Eine Art Trotzreaktion.«

In Johannas Gehirn begann es zu arbeiten, um die Verwandtschaftsverhältnisse zusammenzubekommen. Isabell Verding nannte sich Niemeier, weil sie sich solidarisch zu ihrer Mutter verhalten wollte. Ihre Mutter und Patrick Verding sind getrennt. Und Tim ist der Bruder von Isabell und somit der Sohn von Patrick und seiner Ex.

Sie setzte sich neben Isabell. »Ich stell dir nur ein paar Fragen, damit wir Fenja möglichst schnell finden, okay?«

Das Mädchen nickte.

»Wann hattest du den letzten Kontakt zu Fenja?«

»Gestern Abend. Sie hat mir geschrieben, dass sie nach dem Training vorbeikommen würde. Ich habe ihr dann gesagt, dass sie wegen des Gewitters aufpassen soll.« Isabell brach die Stimme. »Und ich habe ihr geschrieben, dass …« Isabell schaute ihren Vater an, sie zögerte.

Johanna begriff. Sie musste Patrick loswerden, aber sie hatte keine Zeit für besonders ausgetüftelte Täuschungsmanöver. Also direkt, dachte sie. »Patrick, ich muss ganz kurz mit deiner Tochter allein sprechen. Kannst du …«

Er brauchte zwei Sekunden, dann nickte er und verschwand, ohne zu protestieren.

»Du hast ihr geschrieben, dass …?« Johanna nahm den abgebrochenen Satz von Isabell wieder auf, die gerade versuchte, ihr Schluchzen in den Griff zu bekommen.

»Ich habe ihr gesagt, dass sie doch einfach bei mir übernachten könnte.«

Johanna wartete ab. Sie wusste, dass Isabell ihr gleich noch mehr sagen würde. Sie hatte beim Hereinkommen die Sektgläser und die Flasche bemerkt, die auf dem Nachttisch neben dem Bett standen, das von einem halbhohen Ikea-Regal nur halb verdeckt wurde. Sie hatte die Fotos gesehen, die mit bunten Magneten am Kühlschrank hingen. Sie zeigten die beiden Mädchen Wange an Wange, lachend und – ja, glücklich.

»Bestimmt hat sie Angst bekommen«, schluchzte Isabell. »Weil sie das alles nicht mehr wollte.«

»Was meinst du damit? Was wollte sie nicht mehr?«

»Mich. Die Sache mit uns. Vielleicht war ihr das doch zu viel.«

Der Groschen fiel. »Wart ihr ein Paar?«

»Noch nicht richtig. Aber gestern hätte es dazu kommen können.« Isabell weinte und wog sich hin und her. »Sie ist sicherlich vor mir weggelaufen«, sprach sie weiter.

»Du glaubst, sie hätte es sich anders überlegt. Dass sie Angst hatte, zu ihren Gefühlen zu dir zu stehen?«

Verzweifelt schaute Isabell sie an. »Ich weiß es nicht.«

Wie schön es wäre, wenn das der Grund für Fenjas Verschwinden ist, dachte Johanna. Aber sie glaubte es nicht. Sie wusste, dass die Gesellschaft – auch im beschaulichen Münsterland – inzwischen weiter war. Es wäre kein Drama, wenn herauskäme, dass ein Mädchen ein anderes liebt. Sie konnte sich auch nicht vorstellen, dass Patrick ein großes Problem damit haben würde, dass seine Tochter auf Frauen stand.

Aber was war mit Tim? Wie würde er es finden, dass Fenja ihn abwies, aber seine große Schwester liebte?

KAPITEL 68

Björn musste sich zwingen, nicht nach Emsfeld zu fahren. Dort waren genug Leute im Einsatz, um nach Fenja Esser zu suchen. Es war effektiver, dass er Johannas Dienst am Friesenring übernommen hatte. Und tatsächlich kamen schon die nächsten Neuigkeiten. Die Kollegen aus der IT hatten Erfolg gehabt, sie konnten die Daten von Zoes Zweithandy auslesen. Die Chatverläufe mit Tim hatten Priorität gehabt, die Texte waren gerade an die Mitglieder der Ermittlungsrunde gemailt worden. Björn nahm sie sich vor. Zoes Nachrichten an ihn waren auch auf diesem geheimen Smartphone kühl, sachlich und hatte gar nichts Verliebtes an sich. Ihre erste Nachricht an Tim lautete: *Wie gestern besprochen, hier nun ein Terminvorschlag.*

Ein Terminvorschlag? Das klang, als kannten die beiden sich kaum und würden etwas Dienstliches zu besprechen haben, obwohl sie doch eigentlich noch Schüler waren.

Tims Antwort ließ jedoch einen anderen Schluss zu. *Super. Wie wär's, wenn wir uns bei mir treffen? Mein Vater ist nicht da.* Dahinter hatte er ein Kuss-Emoji gesetzt.

Sie antwortete ihm mit: *Wann?*

20 Uhr, schrieb er.

Zoe beendete die Konversation mit einem Daumen hoch. Der nächste Austausch fand eine Woche später statt.

Tim schrieb: *Bock auf Treffen?* Dahinter ein Herz.

Ich melde mich war alles, was sie antwortete.

Dann zwei Tage Pause, ehe Zoe Tim eine Nachricht mit *Ich glaube, es passt nicht so richtig* schickte.

Tim: *Terminlich?*

Zoe: *Ne, alles irgendwie. Mit uns.*

Er: *Okay. Wenn du meinst.*

Tim hatte die Wahrheit gesagt. Er war nicht richtig mit ihr zusammen gewesen. Von Verliebtheit keine Spur. Von Wut, Eifersucht oder Drama ebenfalls nicht. Wie hatte Tim es formuliert, als Johanna ihn gefragt hatte, ob er Zoe langweilig gefunden hätte? Dass sie interessanter aussah, als sie es war.

Björn scrollte weiter durch diverse Chatverläufe. Am spannendsten waren die Nachrichten, die sie sich mit ihrem Vater hin- und herschickte. Dort ging es oft um ihre Mutter, Eva Stürmer. Sie beklagte sich bei ihrem Vater über deren Übergriffigkeit. Sie schrieb ihm, wie viel sie wieder getrunken hatte, und dass sie gerne zu ihm ziehen wolle. Er beschwichtigte dann, schrieb: *Ich glaube, Mama braucht dich. Gib ihr noch eine Chance!*

Das ließ die Wut in Björn hochkochen. Wie konnte der Vater seine eigene Tochter so abwimmeln?

In späteren Nachrichten hielt ihr Vater Zoe dann hin mit: *Ich suche gerade nach einer passenden Wohnung, damit du dein eigenes Zimmer hast.*

Björn wusste, dass Jens Stürmer in einem großen Loft am Hafen wohnte. Aber natürlich gab es dort kein Zimmer für seine Tochter, sollte ja alles wie eine Fabrikhalle aussehen. Cooler, großer Raum im Industriedesign war eben wichtiger als eine gute Vater-Tochter-Beziehung. Er merkte, wie sein Puls in einem schnelleren Takt schlug.

Zum ersten Mal verstand er, dass Zoe zwar zu den Rich Kids gehörte, aber in Wahrheit ein armes Mädchen gewesen war. Und dann stürzte es einfach von einer Leiter und starb. Was für ein trostloses Ende.

Am Ende hatte sie jedoch trotz allem jemand mit Sonnenblumen bedeckt. Um ihr ein bisschen Würde zu schenken, oder Aufmerksamkeit? War es aus Liebe oder Reue geschehen?

Auch wenn Zoe nicht ermordet wurde – sie mussten herausfinden, wer sie begraben hatte – und warum. Das waren sie der Blumentochter schuldig. Mindestens das.

KAPITEL 69

Es hatte aufgehört zu regnen. Patrick hatte sich unten vor das Haus gestellt und wippte nervös mit den Füßen auf und ab. Er rauchte.

Johanna hatte den Regenumhang über ihren Arm gelegt und stellte sich neben ihn. »Ich wusste gar nicht, dass du rauchst.«

»Mach ich auch eigentlich gar nicht mehr, nur, wenn ich Stress habe. Und wenn ein Automat in der Nähe ist.« Er zeigte auf den beigen Metallkasten auf der anderen Straßenseite.

»Du kannst gerne wieder zu ihr.« Er inhalierte noch einmal den Rauch, drückte die Zigarette dann an der Häuserwand aus und warf den Stummel in die Restmülltonne am Straßenrand. Dann stellte er sich vor Johanna.

»Hör zu, ich möchte mich noch entschuldigen. Für meinen Besuch vorgestern Abend. War keine Glanzleistung von mir.«

Johanna nickte. »Ja, das kann man so sagen.«

»Ich hatte zu viel getrunken und …«

»Erspar uns das, Patrick. Es ist in Ordnung.«

»Nein, ist es nicht. Ich hätte mich besser im Griff haben sollen. Apropos Griff – ich hatte keine Chance gegen dich.«

»Gelernt ist gelernt. Aber die Entschuldigung ist angenommen. Außerdem haben wir Wichtigeres zu tun.«

»Meinst du, Fenja ist etwas zugestoßen?«, wollte er wissen.

»Ich hoffe, nicht.«

»Hat Isabell dir noch etwas gesagt, was euch bei der Suche hilft?« Klar, Patrick wollte wissen, warum er vorhin nicht dabei sein sollte.

»Das fragst du sie am besten selbst« war alles, was Johanna dazu sagte.

»Das werde ich tun. Hoffentlich findet ihr sie.«

»Das hoffe ich auch. Verrückt, dass Isabell deine Tochter ist.«

Er grinste. »Weil sie so hübsch ist?«

»Sehr lustig. Nein, sie erinnert mich an die Schatten damals. Die schwarzen Klamotten, die kurzen Haare mit dem ausrasierten Nacken.«

Ein leiser Summton kündigte eine Nachricht an, die auf ihrem Handy eingegangen war. Patrick nickte ihr zu. »Schau nur nach!« Er verschwand durch die Haustür Richtung Isabell. Sie wischte über ihr Handydisplay und öffnete das Chatprogramm. Ahmad hatte ihr geschrieben. »Hier war gerade ein Typ, der mit deinem Fall zu tun hat. Ruf mich mal an!« Sie wollte gerade seine Nummer wählen, als es bei ihr klingelte. Kötters war dran.

»Sie haben Fenja Esser gefunden. Bedeckt mit Blumen.« Er machte eine Pause, sie hielt die Luft an. »Sie ist …«

Johanna schloss die Augen und schickte ein Stoßgebiet Richtung Himmel, auch wenn sie normalerweise nicht an den Allmächtigen glaubte. »… auf dem Weg ins Krankenhaus«, beendete er den Satz. Sie atmete hörbar aus. »Sie lebt?«

»Das tut sie.«

»Wo hat man sie gefunden?«

»Auf dem Selbstpflückerblumenfeld. Am besten fährst du direkt hin, die Kollegen sind da und können dir die Einzelheiten erklären.«

Sie fühlte sich, als hätte sie eine Adrenalinspritze bekommen. Zuerst rannte sie jedoch hinauf zu Isabells Apartment, hämmerte gegen die Tür. Als Patrick öffnete, rief sie »Sie ist gefunden worden und lebt« hinein, dann spurtete sie nach unten, sprang auf ihr Fahrrad und raste Richtung Selbstpflückerfeld.

+++

Die Reifen des Rettungswagens und der beiden Streifenwagen der Polizei hatten keine Rücksicht auf die schönen Gladiolen und Dahlien genommen. Tiefe Schlammspuren zogen sich bis zur Fundstelle von Fenja. Der Krankenwagen war schon seit ein paar Minuten weg, doch die Kollegen waren noch vor Ort.

»Sichert ihr gar nichts ab?« Johanna sparte sich die freundliche Begrüßung. Sie hatte ihr Fahrrad an den Betonklotz gelehnt, auf dem auch der abgeschnittene Ast mit den Messern und der festgeschweißten Kasse angebracht war.

Ihre Sneakers – zum Glück waren sie schwarz – sanken in den vom Starkregen aufgeweichten Boden ein, als sie mit großen Schritten auf die Polizeitruppe zumarschierte, die sehr entspannt an den Autos lehnte.

»Hi, Johanna.« Es war Moritz, der Enkel ihrer Nachbarn.

»Wo habt ihr sie gefunden?«

Der Enkel in Uniform ging voraus und zeigte auf eine Stelle zwischen zwei Reihen aus Sonnenblumen. Man sah noch den

Abdruck, den Fenjas Körper hinterlassen hatte, und die abgeschnittenen Blumen in allen Farben herumliegen.

Sie spürte, wie Wut in ihr aufstieg. »Warum steht ihr hier alle rum? Ist die Spurensicherung schon informiert? Wollt ihr den Tatort nicht endlich absperren?« Ihre Stimme klang nicht schrill, sondern ein paar Töne tiefer als sonst.

Sie schaute in verblüffte Gesichter. Dann sah sie Tim. Er saß in einem der Polizeiautos und starrte vor sich hin.

»Er hat sie gefunden«, erklärte ihr Moritz.

Ihre Geduld war am Ende. Warum kümmerte sich hier keiner um die Tatortsicherungsmaßnahmen? Warum ließen sie Tim hier einfach herumsitzen, statt ihn festzunehmen?

Moritz ergriff das Wort: »Ich glaube, du verstehst hier was falsch.«

»Ich sehe nur, dass hier ein weiteres Mädchen beinahe umgekommen wäre.«

»Ja, das stimmt.«

»Und der hier«, sie zeigte in Tims Richtung. »Der hier ist euch nicht verdächtig vorgekommen? Obwohl wir hier die ganze Zeit in Sachen Blumentochter ermitteln?«

»Er war es nicht. Er hat sie gefunden und den Krankenwagen gerufen.«

»Aha. Und das glaubt ihr einfach so?« Johanna war richtig in Fahrt.

»Nein, das glauben wir nicht einfach so.« Auch Moritz wurde etwas lauter und seine Stimme etwas tiefer. »Für wie doof hältst du uns? Er war es nicht.«

»Und wer dann, bitte schön?«

»Ein Blitz!«, schrie er nun regelrecht.

Johanna stand der Mund offen.

»Sie ist von einem Blitz getroffen worden. Das Gewitter gestern Abend, du erinnerst dich?«

Johanna nickte lahm.

»Wir wussten auch erst nicht, was mit ihr los war. Tim hat sie vorhin hier gefunden, sie konnte sich nicht bewegen, war aber bei Verstand. Sie wollte Blumen pflücken, an alles danach erinnert sie sich nicht mehr.«

Deshalb also die bunten Blumen. Sie sollte nicht begraben werden, niemand hatte ihr den Schädel eingeschlagen. Sie war einfach während eines hereinrauschenden Gewitters am falschen Ort.

Ihr Fahrrad war von einer Windböe erfasst worden und deshalb von der Straße aus nicht zu sehen, sie selbst lag versteckt von den Sonnenblumen in einer Art Mulde aus Schlamm.

»Keine Ahnung für wen sie um diese Zeit noch Blumen pflücken wollte, aber der Notarzt hat es bereits bestätigt. Sie wurde vom Blitz getroffen, sie hat Glück gehabt. Fenja Esser hat Verbrennungen an der Eintrittsstelle auf ihrer linken Schulter und der Austrittstelle an ihrer rechten Hüfte. Die Langzeitfolgen kann man noch nicht absehen, aber es ist gut, dass sie ansprechbar und bei vollem Bewusstsein war. Und das Taubheitsgefühl in ihrem Körper begann auch langsam zu verschwinden. Zum Glück war es mild in der Nacht gewesen, trotzdem war sie unterkühlt.«

Johanna hörte zu und begriff.

»Also eigentlich war es nur Scheißwetter und ganz viel Pech?«, fragte sie.

»So sieht's aus«, erwiderte Moritz.

Sie trat auf das Auto zu, in dem Tim saß, öffnete die hintere Tür und setzte sich neben ihn auf die Rückbank. »Und du? Warst du rein zufällig hier?«

Er sah sie mit traurigen Augen an. »Ne, ich wollte eigentlich nur ein paar Blumen pflücken. Und da habe ich sie gefunden. Ich dachte, sie wäre tot. Hab's dann mit Mund-zu-Mund-Beatmung versucht, aber da ist sie total ausgerastet.«

Johanna verkniff sich ein ironisches Lachen. »Na immerhin wusstest du da, dass sie noch lebt. Du bist ihr also nicht heimlich gefolgt?«

Er schüttelte den Kopf. »Ich hab's ja kapiert. Sie will mich nicht. Muss ich akzeptieren.«

Johanna nickte ihm streng zu. »Gut so!«

Sie stieg aus und schaute noch einmal in die Runde ihrer Kolleginnen und Kollegen: »Tut mir leid, dass ich euch angeranzt habe.«

Als sie an dem Wagen vorbeistapfte, in dem Tim saß, blieb sie noch einmal kurz stehen. Sie öffnete die Tür.

»Tim, für wen sollten die Blumen eigentlich sein, die du pflücken wolltest?«

Er konnte sie nicht direkt anschauen, wich ihrem Blick aus. »Für Sie.«

»Für mich?« Sie hörte ein leichtes Lachen aus dem Kreis der Kollegen.

»Als Entschuldigung«, stammelte er.

Johanna begann zu verstehen. »Hast du mir etwa diesen netten Drohbrief geschickt?«

Er nickte.

Sie wählte kopfschüttelnd die Nummer der Kriminaltechnik. »Den anonymen Brief, der in meinem Briefkasten steckte, den braucht ihr nicht mehr auszuwerten. Ich weiß, von wem er ist. Ist nicht mehr relevant für den Fall.«

Dann reichte sie Tim ihre Hand. »Ich mag übrigens Dahlien.«

Vorsichtig lächelte er. »Geht klar.«

KAPITEL 70

Sie kramte nach einem Taschentuch und putzte sich die Nase. Sie war erkältet. Erst der Regen bei der Suchaktion nach Fenja, dann das schwülwarme Wetter. Und wenn man zunächst unter dem Regencape schwitzt, friert man danach umso schneller. Die andere Krankheit war nicht so leicht zu diagnostizieren. Ihre Recherche hatte ergeben, dass ein Bluttest dazu nötig war, der aber erst zwei bis drei Wochen nach Ansteckung Sinn machen würde. Bis dahin würde sie also sittsam leben und das Beste hoffen müssen. Doch jetzt war sie vor allem erleichtert, dass Fenja noch lebte.

Sie rief Björn an, bevor sie endlich müde ins Bett sinken konnte. Er hatte einiges zu berichten.

Die Auswertung von Zoes Handy hatte ergeben, dass Tim tatsächlich nicht der lügende Junge war, für den Johanna ihn gehalten hatte. Seine Behauptung, dass er Zoe nicht wirklich gut gekannt habe und ihre Trennung kein Drama war, gingen auch aus den Nachrichten vor, die sie gefunden hatten. Früher oder später hätte man auch die Genehmigung bekommen, Tims Handy zu checken, doch es bestand kein konkreter Verdacht gegen ihn.

Dann hatte Johanna noch im Krankenhaus angerufen. Fenja habe riesiges Glück gehabt, sagte man ihr dort. Sie befinde sich auf dem Weg der Besserung, müsse aber noch zur Beobachtung dableiben – und brauche Ruhe. In den nächsten Tagen sei sie aber sicher ansprechbar und könnte auch Fragen der Polizei beantworten, falls unbedingt nötig. Johanna sollte sich auf jeden Fall vorher anmelden. Die Patientin müsse einem Gespräch zustimmen, sonst würde kein Besuch von ihr zugelassen werden.

Vor lauter Aufregung um die verschwundene Fenja hatte sie Ahmad ganz vergessen, er hatte gestern um einen Rückruf gebeten. Sie kannte seine Durchwahl auswendig und tippte sie in ihr Handy.

»Hey, Jo. Alles klar bei euch?«

»Frag nicht, Ahmad.«

»Okay, dann lass ich es. Aber ich habe von eurem fast tödlichen Gewitter gehört. Echt harte Sache.«

»Ihr kriegt ja wirklich alles mit. Aber sag, warum sollte ich dich gestern zurückrufen? Welcher Typ war bei euch – und warum muss mich das interessieren?«

»Der Typ heißt Oliver Große Kentrup.«

»Was macht der denn in Berlin?«

»Keine Ahnung. Aber er hatte Wichtiges zu erzählen: Er hat zugegeben, dass er vor einunddreißig Jahren Lydia Rose getötet hat.«

»Was?!« Johanna konnte nicht mehr dazu sagen.

Das konnte doch nicht wahr sein. Sie hatten doch alles geklärt? Adam hatte nicht zugeschlagen, er hatte damals lediglich einen Unfall vertuschen wollen, der im Gewächshaus stattgefunden hatte. Den hatte Lydia knapp überlebt, starb aber dann kurz darauf in der alten Scheune, in der Adam sie zwischengelagert hatte. Und jetzt? Wollte es plötzlich Oliver gewesen sein?

»Ich brauche mehr Infos«, forderte sie.

»Gib uns noch eine halbe Stunde, dann bekommst du seine Aussage schön ordentlich aufgeschrieben per Mail. Ich habe dem Kollegen schon gesagt, er soll sich beeilen.«

»Und wo ist Große Kentrup? Habt ihr ihn festgesetzt?«

Ahmad lachte. »Ne, natürlich nicht. Der ist erstens Richter, und zweitens war das höchstens ein Unfall mit Todesfolge. Es besteht keine Fluchtgefahr, und er hat versprochen, sich zu jeder weiteren Befragung bereitzuhalten. Aber festsetzen, das weißt du doch selbst, das ist nicht so leicht. Trotzdem – aus Berlin kommt er so schnell nicht weg.«

»Hä – muss ich das verstehen?«

»Er ist uns zusammengeklappt, als er gerade gehen wollte. Der Idiot hatte sich am Abend vorher aufm Alex in eine Schlägerei verwickeln lassen und ein paar gebrochene Rippen und eine Gehirnerschütterung davongetragen. Er liegt mindestens bis zum Wochenende im Urban-Krankenhaus – und er ist – vielleicht interessant für dich – verhörfähig.«

Johanna überlegte, ob sie über eine erneute Berlinreise nachdenken sollte.

»Du weißt, dass ich am Freitag Geburtstag habe«, lockte Ahmad sie. »Du hättest also zwei Gründe, die Provinz zu verlassen.«

»Dein Geburtstag ist mir doch komplett egal. Aber ich würde tatsächlich gerne Oliver Große Kentrup einen Krankenbesuch abstatten. Und wenn ich dann schon mal da bin, dann könnte ich rein theoretisch in Erwägung ziehen, auf dem Geburtstag eines Ex-Kollegen vorbeizuschauen.«

»Du mich auch.« Man hörte, dass er sich freute. »Gartenlaube, nach Feierabend, wie immer.«

»Boah, ist das langweilig!« Sie lächelte in sich hinein. Wie schön es war, dass sie und Ahmad sich so gut kannten, dass beiden klar war, welche gegenseitige Zuneigung in ihren fiesen Sprüchen steckte.

KAPITEL 71

»Bist du aufgeregt?«

Björn schüttelte den Kopf.

»Er ist immerhin dein Vater.«

Johanna hatte ihren jungen Kollegen regelrecht überreden müssen, sie nach Berlin zu begleiten. Sie hatte die Aussage, die Oliver bei einer Kollegin in Berlin zu Protokoll gegeben und die Ahmad ihr zugemailt hatte, gelesen.

Sie machte sich allerdings Sorgen um Björns Seelenheil, wenn er nicht endlich seinen Vater kennenlernen würde. Er schien diese Sorge nicht zu teilen.

»Ich bin die letzten Jahrzehnte ohne ihn klargekommen. Ich habe ihn nicht vermisst.« Sie sah ihn zweifelnd an, woraufhin er nachlegte. »Wirklich nicht!«

Björn war ziemlich überzeugend, das musste Johanna zugeben. Er wirkte sehr aufgeräumt und gar nicht weinerlich, als er die Mitfahrt verweigern und damit einem Treffen mit seinem Vater aus dem Weg gehen wollte.

»Du musst mitkommen«, bettelte Johanna schließlich. »Bin ich nicht auf eine gewisse Art deine Chefin?«

Björn lachte laut auf. »Als ob!«

Zwei Argumente überzeugten ihn schließlich. Sie bot ihm an, ihm Berlin zu zeigen, und ihr Satz: »Wir haben so intensiv an der Geschichte gearbeitet, wir müssen sie zusammen zu Ende bringen.«

Johanna freute sich jedenfalls, dass er einwilligte.

+++

Während sie und Björn im Zug Richtung Berlin unterwegs waren, tippte Manuela Beckmann, Leiterin der Münsteraner Spurensicherung, eine Emsfelder Adresse in ihr Navi. Sie und ihr Team würden den Hof Große Kentrup auf Spuren untersuchen. Reine Formsache. Nach einunddreißig Jahren würde es an ein Wunder grenzen, dort noch etwas zu finden.

Aus Olivers Große Kentrups Aussage ging hervor, dass Lydia bei einem Streit auf den Stufen zur Haustür unglücklich gestürzt war und das Bewusstsein verloren hatte. In diesem Moment sei Eva Stürmer dazugekommen und habe sich um Lydia gekümmert. Er sei ins Haus gegangen, um Eis und eine Decke zu holen. Als er zurück war, war Lydia verschwunden. Laut Eva sei sie mit dem Fahrrad davongefahren.

Adam Paczek hatte angegeben, dass er die scheinbar tote Lydia aus dem Gewächshaus der Altmeyers geschafft habe, weil Eva ihn darum gebeten hatte.

Konnte es sein, dass Lydia gleich zwei unglückliche Stürze hintereinander erlitten und überlebt hatte? War es realistisch, dass sie erst bei Oliver und dann noch einmal im Gewächshaus fiel und sich den Schädel aufschlug?

Das rechtsmedizinische Gutachten hatte damals ergeben, dass sie zwei Stöße auf den Kopf erlitten hatte. Einen schwächeren, der nur eine Platzwunde verursacht hatte, und einen stärkeren, der tödlich war. Es würde also – rein theoretisch – passen.

Wenn sich alles so abgespielt hatte, wie Oliver Große Kentrup inzwischen zu Protokoll gegeben hatte, könnte man bei Große Kentrups nicht mehr viel finden. Die Treppenstufen waren vor einigen Jahren großen Steinplatten gewichen. Aber vielleicht hatten Olivers Eltern die alten Steine aufbewahrt. Möglicherweise stieß man vor Ort auf andere Spuren. Aber niemand ihrer Kollegen oder die Spurensicherung glaubten daran. Trotzdem hatte Johanna sie mit Kötters Einverständnis dazu beauftragt, zu suchen.

KAPITEL 72

Moritz Heuer stand auf dem Hof der Große Kentrups. Er hatte ihnen schon erklärt, warum gleich die Spurensicherung kommen würde. Es war gut, dass seine Großeltern und die Große Kentrups sich kannten, denn sie waren nett, sperrten sich nicht, sondern schienen sich sogar über ein bisschen Abwechslung zu freuen.

»Was genau suchen Sie denn?«, fragte Maria Große Kentrup.

Moritz Heuer antwortet ausweichend. »Wir wissen es selbst nicht so genau. Es geht um den Fall damals, vor einunddreißig Jahren.«

»Ach, die Blumentochter.« Bernhard Große Kentrup hatte sich neben seine Frau gestellt. »War die denn überhaupt jemals hier?«

Maria tätschelte seinen Arm. »Ach Bernhard. Als ob du das jemals mitbekommen hättest. Ständig waren hier irgendwelche Mädchen.«

Moritz lächelte höflich. Manuela Beckmann und zwei Kollegen kamen gerade mit einem grauen VW-Passat vorgefahren. Sie hatten keine Eile. Spuren, nach denen sie seit einunddreißig Jahren nicht gesucht hatten, würden nicht in den nächsten Minuten verschwinden. Erst einmal stellten sie sich bei den Große Kentrups vor und ließen sich die Örtlichkeit erklären.

Bernhard Große Kentrup wurde nervös. »Weshalb genau wollen sie bei uns nach Spuren suchen? Ist doch schon so lange her. Ich dachte, der Pole war's. Ich habe den Namen vergessen.«

»Ich darf euch leider keine Auskunft geben«, antwortete Moritz. In Emsfeld duzte man sich automatisch, wenn die Großeltern einander kannten. »Habt ihr die Pflastersteine von der alten Treppe noch irgendwo?« Moritz wusste, wonach sie suchen mussten.

Bernhard nickte und führte die Ermittler zum ehemaligen Traktorschuppen, in dem nun Pferdesättel und -decken untergebracht waren. Ganz links an der Wand sah man die aufgestapelten Pflastersteine. Teamleiterin Manuela Beckmann nickte einem jungen Kollegen zu. Sein Auftrag war klar: Er sollte dort nach alten Blutspuren suchen.

»Hat sich außer der Treppe seit damals noch mehr verändert?«, wollte Moritz wissen.

»Ich weiß nicht. Aber wieso wollt ihr das alles wissen? Hat Oliver was damit zu tun?« Bernhard Große Kentrups Stimme war etwas lauter geworden. »Ihr glaubt doch nicht, dass der Junge was damit zu tun hat.«

Moritz ging nicht darauf ein, sondern wiederholte seine Frage. »Hat sich noch mehr verändert? Vor allem der Eingangsbereich interessiert uns.«

Bernhard schüttelte den Kopf. »Ich sach gar nichts mehr.«

Ein Kollege von der Spurensicherung war gerade dabei, sich in seinen Anzug zu zwängen und sich Gummihandschuhe übereinanderzuziehen. An die fünfhundert Steine mussten auf Blutreste überprüft werden. Das Luminol-Spray stand bereit, aber das alles würde dauern.

Moritz war etwas unbehaglich zumute. Die Stimmung begann gerade zu kippen, Bernhard war sichtlich aufgewühlt. Maria stapfte wütend davon.

Er überlegte, wie er die Situation etwas entschärfen konnte. Vielleicht war es doch kein Vorteil gewesen, dass er die Große Kentrups von Kindesbeinen an kannte. Daher beschloss Moritz, einfach hier bei den Steinen stehen zu bleiben, den Kollegen bei der Arbeit zuzuschauen und jeden Small Talk zu unterlassen.

»Oliver war es nicht!« Maria Große Kentrup war zurückgekehrt, ihre Stimme war klar und deutlich. Sie hielt etwas in der Hand, das mit einem blau-weiß gestreiften Trockentuch umwickelt war. Hatte sie ihm etwa ein frisch gebackenes Brot mitgebracht?

»Ja, es hat sich noch was verändert. Früher hatten wir eine hohe Hecke neben der Treppe zur Haustür. Und dahinter lagerten wir unser Brennholz unter einem kleinen Verschlag. Die Hecke sah irgendwann schäbig aus, wegen diesem Parasiten, der in dem Jahr umging. Die musste weg. War gar nicht so leicht, sie mit Wurzeln auszugraben. Ohne Bagger wäre das gar nicht möglich gewesen. Unser Holz stapeln wir seitdem hinter dem Haus.«

Moritz verstand nicht, worauf sie hinauswollte. »Und was ist das?« Er starrte immer noch auf das seltsame Päckchen in Marias Händen.

»Das ist das, wonach ihr sucht.«

KAPITEL 73

Sie hatten nicht viel Gepäck dabei. Ein kleiner Rucksack, eine Laptoptasche, das musste für den Kurztrip reichen. Johanna und Björn würden bei Ahmad in der Gartenlaube übernachten, das machte vieles leichter.

Sie waren vom Hauptbahnhof direkt zum Urban-Klinikum gefahren. Johanna überkam ein wehmütiges Gefühl. Den seltsamen Betonbau direkt am Landwehrkanal hatte sie nie von innen betreten, aber sie verband mit dem Gebäude schöne Berlin-Erinnerungen. Im letzten Sommer hatte sie auf diesem Uferabschnitt mit David und ein paar Freunden indisches Naan gegessen, Bier getrunken und dem Himmel beim Dunkelblauwerden zugeschaut.

Die Mittagssonne stand hoch, der Himmel war hellblau. Johanna fragte am Empfang nach der Zimmernummer von Oliver Große Kentrup. Die Empfangsdame zeigte keinerlei Regung. Ihr Blick war auf den Monitor des Computers gerichtet. Dann ein unfreundliches Nuscheln als Antwort. Kein »Guten Tag«, kein Lächeln. Die pure Auskunft musste reichen. Berlin, ick liebe dir, dachte Johanna.

Oliver wusste nicht, dass sie kommen wollten. Trotzdem wirkte er nicht überrascht. Er hatte sein Mittagessen bereits beendet – und augenscheinlich hatte es nicht geschmeckt. Die

Salzkartoffeln mit dem Stück Fleisch, das man weder einem Huhn, Schwein oder Rind zuordnen konnte, weil es von brauner Soße getarnt wurde, lagen fast noch unberührt auf seinem Teller. Der stand schon zum Abholen bereit auf dem Tisch in der Ecke des Zimmers.

Er selbst saß aufrecht im Bett und zappte durch die Fernsehprogramme, als die beiden das Zimmer betraten. Hätte Johanna nicht gewusst, dass sein Gesicht durch die Schlägerei am Alex massiv angeschwollen war, sie hätte ihn nicht erkannt.

»Ah, Besuch von der Polizei! Wollen Sie mich doch noch festnehmen?«

»Das scheint Ihnen zumindest keine Sorgen zu bereiten«, erwiderte Johanna und reichte ihm die Hand. »Darf ich vorstellen, das ist mein Kollege. Björn Bormann.«

Täuschte sie sich, oder konnte sie eine kurze Regung auf seinem Gesicht wahrnehmen? Dass ihr Kollege ihren Vorstoß überhaupt nicht guthieß, wusste sie, auch ohne seine angesäuerte Miene sehen zu müssen.

»Wir haben Ihre Aussage gelesen und würden gerne noch einmal mit Ihnen über alles sprechen. Einverstanden?«, fragte sie.

»Einverstanden.«

Und dann sprachen sie. Über Lydia, über die Nacht, als sie vor seiner Tür stand, sie fiel, als Eva übernahm, er es niemandem sagte, weil Eva ihm einredete, dass es keinen Sinn machen würde. Er berichtete, dass Adam ihm die Geschichte von dem Gewächshaus erzählte. Dass Lydia dort gelegen hätte, wie tot. Dass sie von der Leiter gefallen wäre. Noch ein Unfall?

»Zwei Unfälle in einer Nacht?«, fasste Oliver zusammen, was auch Björn und Johanna nicht glauben wollten.

»Wir lassen gerade Ihr Elternhaus in Emsfeld auf alte Spuren untersuchen«, sagte Björn, der sich bisher ruhig im Hintergrund gehalten hatte.

»Warum? Glauben Sie mir nicht?«

Johanna übernahm wieder das Wort: »Das ist völlig irrelevant. Mit Glauben kommt man bei Ermittlungen nicht weiter.«

Oliver Große Kentrup wusste als Richter, dass immer alles hinterfragt werden musste. Und dass jedes Indiz und jede Spur gesichert und geprüft wurde, auch wenn es überflüssig schien. Taten die Ermittler das nicht, konnte der eindeutigste Mörder nicht verurteilt werden.

»Vergessen wir für eine Weile den alten Fall«, sagte Johanna.

»Das ist mir die letzten einunddreißig Jahre nicht gelungen, und damit werde ich heute nicht anfangen.« Oliver klang verbittert.

Johanna konnte darauf keine Rücksicht nehmen. »Was ist mit Zoe?«

»Was soll mit ihr sein? Ich habe sie nicht umgebracht.«

»Das wissen wir«, erklärte sie.

Oliver schien überrascht. »Wer war es dann?«

»Es war ein Unfall.«, sagte Johanna.

»Das kann doch nicht sein.« Ungläubigkeit stand Oliver ins Gesicht geschrieben.

»Doch. Wir wissen, wie sie gestorben ist. Zoe ist auf eine Leiter geklettert, um ihr Tagebuch und Zweithandy oben auf einer Querstrebe im Gewächshaus zu verstecken, dabei brach eine morsche Sprosse, und sie fiel rückwärts. Ihr Kopf schlug auf einem Metallpfeiler auf. So sieht es die Rechtsmedizin, so zeigen es alle Spuren und alle Computerszenarien zu ihrem Fallwinkel.«

»Kein Zweifel?«

»Kein Zweifel. Aber was wir uns fragen, ist: Wer hat sie begraben?«, stelle Johanna die alles entscheidende Frage.

»Gute Frage«, erwiderte Oliver und schaute erst Johanna und dann ein paar Sekunden länger Björn an.

»Sie waren es also nicht?« Björn ergriff das Wort. »Wir haben Grund zu der Annahme, dass Zoe einen Streit zwischen Ihnen und Eva mitgehört hat und sie einigermaßen aufgewühlt war …«

»Björn Bormann? Richtig?« Er hatte es kapiert. »Du bist mein Sohn.«

Björn nickte und wiederholte ohne jede Spur von Emotion seine Frage. »Sie waren es also nicht?«

»Nein. Ich war es nicht. Und ja, ich hatte Streit mit Eva. Sie fing wieder mit ihrem Psychoterror an, ich wollte ihr sehr deutlich sagen, dass es ein Ende haben musste. Dass Zoe das mitbekommen – und vielleicht sogar verängstigt hat –, das habe ich nicht bemerkt.«

Johanna beobachtete die Situation. Was für eine absurde Szene, dachte sie. Wo war eine Umarmung, wenn man sie brauchte? Warum sah sie keine feuchten Vater- oder Sohn-Augen?

Ausgerechnet in diesem Moment begann ihr Handy zu klingeln. »Ja?«

»Moritz Heuer hier. Ich sollte mich doch melden, wenn es neue Erkenntnisse gibt.«

»Sag nicht, ihr habt bei Große Kentrups wirklich etwas gefunden?«

»Wir haben wirklich etwas gefunden!«

»Was?!« Johanna konnte es kaum glauben. Nach einunddreißig Jahren!

»Was, was habt ihr gefunden?«

Moritz räusperte sich. »Ich glaube, ähm, höchstwahrscheinlich – eine Mordwaffe.«

KAPITEL 74

Zum Abschied hatte er ihm in die Augen geschaut und gesehen, wie Björn versuchte, seinem Blick auszuweichen. Ich muss Geduld haben, dachte Oliver. Für ihn bin ich nicht sein Vater. Ich bin ein Fremder.

Ihm selbst fiel es leicht, den jungen, ehrgeizigen Polizisten als Sohn zu sehen. Er sah aus wie er selbst in dem Alter. Er hätte sich exakt genauso verhalten wie Björn gerade. Nichts anmerken lassen, cool bleiben, Emotionen verdrängen. Er lächelte. Irgendwann wird er mit mir reden, dachte er. Er war sich sicher.

Oliver ließ sich in sein Kissen sinken und schloss die Augen. Und da fiel es ihm wieder ein. Johanna Eckstein, na klar, sie war die kleine Schwester von Christoph, der auf den Partys öfter den DJ gegeben hatte. Was wohl aus ihm geworden ist?

Jetzt konnte er sich wieder genau erinnern. Johanna war das hübsche Mädchen aus dem Schwimmbad, das mit dem knallbunten Badeanzug. Sie konnte damals schon so streng schauen wie gerade eben. Gute Berufswahl, dachte er und grinste in sich hinein.

KAPITEL 75

Bis zur Ankerklause waren es vom Urban-Klinikum aus nur neunhundert Meter Fußweg. Johanna hatte noch einen kleinen Zwischenstopp bei einer Apotheke eingelegt, um sich mit Nasenspray und Taschentüchern einzudecken, Björn und sie saßen auf der Außenterrasse mit Blick auf den Landwehrkanal.

»Cool«, war Björns Kommentar, als sie die Kneipe auf ihrem Weg nach draußen mit der kitschig-kultigen Einrichtung durchquerten.

»Det is Berlin«, versuchte Johanna, den Slang der Ur-Berliner nachzumachen, was ihr wie immer nicht gelingen wollte. »Und das ist die erste und vielleicht sogar wichtigste Station auf meiner exklusiven Stadtführung.«

»Warum ist das hier wichtig für dich?«

Sie überlegte nicht lange. »Das hier ist das Berlin, in das ich mich damals verliebt habe.«

Björn schaute sich um und sah in die glücklichen Gesichter der anderen Gäste – eine bunte Mischung aus Alt, Jung und typisch alternativen Großstadtmenschen. »Kann ich verstehen.«

Dann studierte er die Getränkekarte. »Ist es dir peinlich, wenn ich mir wie ein typischer Tourist eine Berliner Weiße bestelle?«

Johanna lachte. »Gute Idee. Ich nehme auch eine, in Rot.«

Sein Glas schimmerte grün, ihres rot, und sie stießen an. Die Sonne ließ die Farben noch heller leuchten. Wären sie nicht gerade bei Oliver gewesen, hätte Moritz nicht eine Mordwaffe gefunden, fast würde es sich wie Urlaub anfühlen.

»Also«, sie schaltete auf Dienstgespräch um. »Bevor wir gleich mit Ahmad feiern, lass uns noch ein bisschen Kopfarbeit machen. Was denkst du nach der neuesten Entwicklung über unsere Fälle?«

Und dann sprachen sie mit Blick auf den Landwehrkanal, mit den fröhlich plaudernden Großstadtmenschen um sich herum, über die Blumentöchter Lydia und Zoe, die auf einem einsamen Acker im Münsterland still und leise begraben wurden. Die eine, nachdem sie von der Leiter gestürzt war, die andere, weil ihr ein Buchenholzscheit mit scharfer Kante und einem Gewicht von eins Komma null sechs Kilo auf den Schädel geschlagen wurde.

KAPITEL 76

1984

Lydia

Oliver Große Kentrup mochte sie. Er schaute sie anders an als die anderen Jungs. Weniger lüstern, eher interessiert. Und das, obwohl er alle haben konnte. Sie wusste, dass es von außen betrachtet nicht passte. Er, der erfolgreiche Jungreiter mit den reichen Großgrundbesitzer-Eltern. Sie, die Tochter einer alleinerziehenden Mutter, die immer zu wenig Geld und noch weniger Interesse an ihrer Tochter hatte. Sie selbst trank zu viel, lachte zu laut und machte wahllos mit irgendwelchen Typen rum. Dasselbe galt jedoch auch für ihn. Er trank zu viel, lachte zu selbstgefällig und machte wahllos mit irgendwelchen Mädels rum.

Sie hatte mitbekommen, dass er enorm unter Druck stand. Wegen der großen Erwartungen, die alle in ihn setzten. Er sollte liefern. Einen Turniererfolg, eine Reitkarriere, sollte ein vorzeigbarer Sohn einer angesehenen Familie sein.

Als sie ihn auf der Party sah, spürte sie seine Traurigkeit. Sie hatte wieder zu viel getrunken, doch sie wollte ihm helfen. Sie tat, was sie immer tat, wenn sie nicht wusste, wie sie jemandem sagen sollte, dass sie ihn mochte. Sie schlief mit ihm. So, als sei das alles nur nebenbei passiert, als würde sie es täglich tun. Doch so war es nicht. Sie hatte es ihm angesehen. Er hätte sich lieber mit ihr unterhalten. Über das Turnier, über den Druck, dem er nicht mehr standhielt. Lydia war zurück zur Party gegangen, war sich sicher, dass er nachkommen würde. Dass er mit ihr tanzen, sich vielleicht mit ihr zeigen würde. Doch er war verschwunden. Er schämt sich, dachte sie. Bei allen anderen war es ihr egal, es gehörte zum Spiel. Doch bei Oliver war es etwas anderes. Es verletzte sie.

Sie würde ihm die Meinung sagen, ihn zur Rede stellen, so einfach wollte sie ihn nicht davonkommen lassen. Der Nachtwind wehte ihr die Tränen trocken, sie radelte zu ihm. Stand vor seiner Tür, und er kam heraus. Sie schrie ihn an, während er vor ihr zurückwich, als sei sie Abschaum. Als ekele er sich vor ihr. Sie wollte nur noch weg, weil sie sich vor sich selbst ekelte. Sie stolperte, und alles war schwarz und nicht mehr da.

Dann wachte sie auf. Ihr Kopf fühlte sich schwer an, ihr Nacken schmerzte. Ihr Untergrund war hart und unbequem, jemand zerrte an ihr, schob und zog sie. Sie öffnete die Augen, konnte eine dunkle Hecke erkennen, den Mond über sich. Sie lag in einer großen Karre mit harten Kanten.

Sie wollte sich aufrichten, aufstehen. Nur raus aus dieser Karre. »Eva, was machst du hier? Was ist passiert?«

Sie bekam keine Antwort.

Das Letzte, was sie hörte, war Evas Stimme. »Halt die Klappe!«

Dann sah sie das Holzscheit auf sich zurasen. Sie hob ihre Hand, wollte das Holzstück abwehren, drehte ihren Kopf. Lydia spürte einen stechenden Schmerz auf der Rückseite ihres Kopfes, hörte das Brechen der Schädeldecke.

KAPITEL 77

»Also kein Unfall im Gewächshaus«, fasste Björn die Lage zusammen. »Eva hat es mit voller Absicht getan, um ihre Nebenbuhlerin auszuschalten. Und den vermeintlichen Unfall inszeniert, damit Adam ihr helfen würde.«

»Heimtücke, niedrige Beweggründe – diese Mordmerkmale sind erfüllt.«

»Und Olivers Mutter wusste das alles und hat nichts gesagt?«

»Sie wusste es nicht, sie ahnte es. Sie hat den Streit zwischen Oliver und Lydia nur gehört. Sie lag zu dem Zeitpunkt im Bett, war von den Stimmen aufgewacht. Danach konnte sie nicht mehr schlafen, und sie ging in die Küche, um ein Glas Wasser zu trinken. Sie hatte kein Licht angemacht und hat gesehen, dass Eva mit einer großen leeren Schubkarre kam und kurz darauf wieder mit einer beladenen Karre verschwand. Das Holzstück fand sie dann später und hat sich ihren Reim darauf gemacht. Sie hat die Mordwaffe an sich genommen, in ein Handtuch gewickelt und in ihrer Vorratskammer hinter dem Fondueset versteckt.«

»Haben die denn nie Fondue gegessen?« Björn konnte nicht glauben, dass in mehr als dreißig Jahren niemandem der eingewickelte Holzblock aufgefallen war.

»Die Vorratskammer war ihr Reich. Da hat keiner herumgestochert. Und ja, ich glaube, die haben wirklich nicht so oft

Fondue gegessen.« Es war absurd, aber sie redeten hier tatsächlich über die Essgewohnheiten der Große Kentrups.

»Aber warum? Wollte Maria Große Kentrup Eva decken?«

»Nein, ich denke, es ging ihr nur darum, ihren Sohn zu schützen. Er sollte keinen Ärger bekommen. Als dann Adam festgenommen wurde und der die Schuld auf sich genommen hatte, hatte sie das sehr gerne glauben wollen. Was mich aber richtig wütend macht: Am schlimmsten war für Maria Große Kentrup nicht der Tod des Mädchens. Für sie war die Vorstellung, dass ihr Sohn etwas mit diesem – ich zitiere – ›leichten Mädchen‹ hatte, sie vielleicht sogar liebte, das Schlimmste.«

Björn schüttelte verständnislos den Kopf. »Und das Turnier stand schließlich auch noch an, da musste der Goldjunge doch den Kopf frei haben und sich nicht mit Befragungen von der Polizei herumärgern.«

»Apropos Goldjunge. Dir ist schon klar, dass die Große Kentrups deine Großeltern und Oliver dein Vater ist.«

Björn nickte, schaute sie dabei aber nicht an.

»Du wirkst so unbeteiligt.«

»Das bin ich auch. Mein Kopf weiß, dass er mein Vater ist. Mein Herz sagt mir aber, dass ich ihn nicht kenne. Mit mehr Emotionen kann ich leider im Moment nicht dienen. Und meine Großeltern sind – ich weiß auch nicht – nicht gerade Oma und Opa für mich.«

Johanna musste es so hinnehmen.

»Falls es dich aber beruhigt. Ich habe mir seine Handynummer eingespeichert. Wer weiß, vielleicht später mal.«

Dann fokussierten sie sich wieder.

»Ich stelle mir das so vor«, fasste Johanna zusammen.

»Eva hat alles inszeniert. Sie hatte Lydia mit dem Holzscheit erschlagen, an dem die Spurensicherer sowohl Lydias Blut als auch kleinste Hautpartikel von Eva nachweisen konnten. Sie legte die Leiche im alten Gewächshaus ab, die Leiter und die tote Lydia drapierte sie so, als sei sie rückwärts von der kippelnden Leiter gestürzt – und dann erkor sie sich den braven Adam als ihren Helfershelfer aus.«

Björn nickte. Johanna war froh, endlich die Zusammenhänge zu erkennen.

»Aber was war mit ihren Kriechspuren in der Scheune, war Lydia doch noch am Leben?« Björn war noch nicht zufrieden, es fehlten noch Puzzleteilchen.

»Vermutlich waren diese Spuren auch von Eva inszeniert, als sie von Adam erfahren hatte, dass er die Tote in der Scheune abgelegt hatte. Ein perfider Schachzug von ihr. Er sollte sich schuldig fühlen und bereitwillig für sie ins Gefängnis gehen«, tastete sich Johanna weiter an eine schlüssige Theorie heran.

»Und dort hielt sie ihn dann mit Fotos und Liebesbriefen bei der Stange«, ergänzte Björn.

Dass Adam Lydia begraben hatte, war schon lange klar. Es machte auch Sinn, denn der Junge hatte ein schlechtes Gewissen. Er wusste, dass Lydia es verdient hatte, dass sie eine letzte Ehrerweisung bekam. Außerdem hatte er es auch zugegeben.

»Aber was hat das alles mit Zoe zu tun? Sie ist doch erwiesenermaßen durch einen Unfall gestorben.« Die Verwirrung stand Björn ins Gesicht geschrieben.

»Ja, das ist sie. Und je länger ich darüber nachdenke, desto wahrscheinlicher erscheint mir, dass es für ihre Mutter wie ein böses Zeichen aus der Hölle erschienen sein muss.«

Björn verstand nicht, worauf sie hinauswollte.

»Überleg doch mal. Eva hat vor einunddreißig Jahren vorgegeben, dass Lydia in der Scheune von der Leiter gestürzt ist. Sie hat die Leiche so positioniert, dass Adam sofort geschlussfolgert hat, dass hier wirklich ein Unfall stattgefunden hat. Und nun liegt an derselben Stelle ihre eigene Tochter. Das, was sie sich damals ausgedacht hatte, ist zur Wirklichkeit geworden. Zoe starb so, wie Lydia angeblich gestorben ist. Ein Unfall, ein Leitersturz, ein zertrümmerter Schädel. Beide Mädchen im selben Alter.«

Scharf zog Björn die Luft ein. »Ach du Scheiße. Sie muss gedacht haben, das Schicksal oder ein Racheengel haben ihr ein Zeichen gesandt.«

Johanna nickte aufgeregt. »Das muss sich für Eva so angefühlt haben, als flüstere ihr der Teufel persönlich zu: ›Ich weiß, was du damals getan hast. Und deine Tochter muss für deine Sünde büßen.‹«

Beide schwiegen eine Weile. Prüften in Gedanken die These.

»Sie war katholisch«, sagte Johanna. »Sehr katholisch.«

»Herrje, wozu der Glaube uns doch treibt.«

»Wahrscheinlich hat sie deshalb auch das Begräbnis wiederholt. Nur nicht ganz so formvollendet, wie Adam es getan hat. Ihr reichten die Sonnenblumen vom Blumenpflückerfeld«, vermutete Johanna.

»Und dort hingen die Messer. Quasi wie ein weiterer Wink des Schicksals, eine Aufforderung.«

»Ja. Wir hätten uns an unser eigenes Credo halten müssen.«

Fragend sah ihr Kollege sie an.

»Spuren, Spuren, Spuren – Schlussfolgerungen dann danach.«

»Du meinst, weil wir uns immer gewundert haben, dass wir außer Evas Fingerabdrücken und Spuren nichts anderes an der toten Zoe gefunden haben?«

Johanna nickte. »Wir hätten also herleiten können, dass unser erster Gedanke der richtige war. Die Mutter hat sie begraben. Und danach hat sie ihre dreckige Kleidung gewaschen, in den Trockner gesteckt, zusammengelegt und sich selbst unter die Dusche gestellt, bevor sie zu dem Messer griff, um für immer zu verschwinden.«

»Gut, dass wir es endlich kapiert haben.«

»Das haben wir.«

KAPITEL 78

Eva

Ich hätte dir öfter sagen sollen, wie hübsch du bist. Dass du nicht noch dünner werden musst, um gut genug zu sein. Es tut mir leid, Zoe, dass ich deine Mutter bin. Dass ich trinke, dass ich oft weit weg bin mit meinen Gedanken. Dass ich versucht habe, dir nah zu sein, dass ich aber nicht wusste, wie das geht. Ich wollte nicht, dass du so wirst wie ich. Ich bin böse, ich wollte es nicht sein, aber ich war es. Ich hätte dir sagen sollen, dass ich mein Lachen verkauft habe, an dem Tag, an dem ich ein Mädchen erschlagen habe, um einen Jungen für mich zu gewinnen. So wie Timm Thaler damals in dieser Serie, wir haben sie uns mal auf DVD angeschaut, weißt du noch?

Seit diesem Tag, an dem ich den Pakt mit dem Teufel geschlossen habe, war ich unglücklich. Fast immer. Nur nicht, als du mir geschenkt wurdest. Du hast mich angelächelt – und da konnte auch ich wieder lächeln, hin und wieder wenigstens. Doch der Teufel hat mich dabei beobachtet. Er hat mir den Mann, den ich wirklich liebe, nicht gegeben, und er hat deinen Vater vertrieben. Er hat mir böse Erinnerungen geschickt und den Alkohol, um zu vergessen. Und dann hat er dich geholt. Ausgelacht hat er mich.

Ich habe dich gesucht, ich wollte wissen, wo du bist, was du machst. Ich habe mir immer Sorgen um dich gemacht. Ich habe dich überall gesucht. Dann lagst du genauso da wie Lydia damals. Genauso, wie ich sie hingelegt hatte. Die Augen in den Himmel gerichtet, die Arme ausgebreitet, die Beine seltsam verdreht.

Er hat dich geholt. Er hat mir gezeigt, was ich getan habe.

Alles, was mir noch bleibt, ist, dich genauso zu begraben, wie Adam es damals für Lydia getan hat. Ich decke dich zu mit guter Erde, mit deinen Lieblingsblumen. Weißt du noch, wie wir sie gemeinsam geschnitten haben, gleich nebenan auf dem schönen Blumenfeld. Weißt du noch?

Ich habe mein Lachen verkauft. Ich habe versucht, mit dem Schicksal zu schachern – es hat nicht funktioniert. Ich habe nicht den Preis bekommen, den ich mir erhofft hatte. Ich werde nie glücklich sein. Ich werde nicht mehr lachen. Ich will schlafen, nur noch Schönes träumen oder gar nichts mehr. Doch erst kümmere ich mich um dich, mein liebes, totes Mädchen. Du bekommst ein schönes Grab, ich bette dich unter Sonnenblumen, dann werde auch ich die Augen schließen. Für immer. Leb wohl, Zoe. Es tut mir leid.

KAPITEL 79

Die rechtsgekippte Schreibschrift auf einem weißen Schild an einer Art Torbogen verriet, dass hier der Eingang zur Dauerkleingartenkolonie *Am Buschkrug* war. Sie hatten die U7 genommen, und Björn war überrascht, wie wenig großstädtisch es hier oberhalb der U-Bahn aussah. »Könnte ja fast in Münster sein«, sagte er im Anblick der ruhigen Straße und dem noch ruhigeren Fußweg, der entlang der gepflegten Gartenlauben führte. Den Weg zu Ahmads Parzelle hatte sich Johanna mit einer Eselsbrücke gemerkt, die ihr Kollege ihr immer wieder aufgesagt hatte: »Willst du zu Ahmads Kleingarten gelangen, musst du geradeaus anfangen. Bei der roten Hütte links halten, bis zum Zaun mit den blauen Balken. Da nur noch einmal rechtsherum, da öffnet sich das Törchen mit Schwung.«

Der Spruch war albern, zu lang und kompliziert, aber auch Johanna fand damit den Weg sofort.

Als sie und Björn das quietschende Schwingtörchen aufstießen, wurden sie mit einem fröhlichen »Hallo« begrüßt. Die meisten Gäste kannte Johanna. Ahmads Frau war da, seine Kids, die inzwischen 12 und 13 Jahre alt sein mussten, Freunde, aber vor allem Kollegen. Björn wurde mit den Worten »Du bist also der Dorfbulle« und einem kalten Berliner Kindl begrüßt. Björn fühlte sich sichtlich wohl.

Ahmad beaufsichtigte das Lammfleisch auf dem Grill. »Komm«, lud er Johanna zu sich ein. »Ich will alles wissen: Wie isses aufm Land?«

Sie grinste. »So wie hier«, sagte sie.

Dann kramte sie in ihrem Rucksack. »Ich habe was für dich.« Er wischte sich die Hände an einer Schürze ab. »Geschenk von den Kids«, sagte er und zeigte auf die Schürze. Sie musste lächeln. »Schön«, sagte sie. Anders als Nickis Mann hatte er ein Exemplar ohne Spruch bekommen.

»Soll ich auspacken?« Er hielt das Päckchen von Johanna in der Hand. Sie nickte.

Ihr Handy summte, als sie gerade mit den alten Kollegen über deren neue Fälle redete. Sie entschuldigte sich und schaute, wer ihr geschrieben hatte. Es war eine Nachricht von David.

»Fehlalarm. Weder ich noch Sigrid waren krank – sie hat das nur behauptet, weil sie eifersüchtig war. Weil ich mit dir geschlafen habe. Melde dich doch mal!«

So viel zum Thema »Wir wollen eine offene Beziehung führen«, dachte sie und stellte ihr Handy auf Flugmodus. Sie war erleichtert. Also hatte sie doch keine böse Geschlechtskrankheit.

»Der Bierbaum kam gut an«, sagte Björn. Es war 2 Uhr in der Nacht, Ahmad und der Rest der Geburtstagsrunde waren seit ein paar Minuten weg. Johanna und Björn hatten gerade das Sofa zum Bett umfunktioniert und eine Klappliege danebengestellt.

»Draußen noch einen letzten Schlörschluck?«, fragte Björn.

Johanna nickte und setzte sich an den Plastiktisch. Björn holte zwei Bierflaschen aus dem kleinen Kühlschrank im Schuppen und ließ sich neben ihr nieder. Als er ihr den Öffner reichte, berührten sich ihre Hände. Keiner von beiden zuckte zurück. Dann warf jeder seinen Kronkorken Richtung Magnetbäumchen. Es klackte, und die Kronkorken landeten übereinander – und blieben hängen.

»Passt«, sagte Johanna und lächelte Björn an.

»Meinst du, wir brauchen die Klappliege überhaupt?«, sagte er.

»Sag du es mir.« Hatte sie das gerade wirklich gesagt?

Björn kam näher.

»Du musst erst noch zwei Sachen wissen«, sagte sie.

»Erstens – ich bin ansteckend.«

»Egal, deinen Schnupfen nehme ich gerne!«

»Und zweitens: What happens in einer Kleingartenanlage, stays in einer Kleingartenanlage.« Er grinste.

Dann küsste sie ihn und fühlte sich, als würde sie Urlaub in Berlin machen.

EPILOG

»Hallo, Eva.«

Sie hörte seine Stimme. Erkannte ihn.

»Ich weiß es«, sagte er.

Sie schaute in seine Augen. Sie konnte nicht sprechen.

»Du musst erst gesund werden, danach findet sich alles.«

Sie spürte seine Hand auf ihrer. Sie wollte sagen, dass sie sich schämte. Aber sie konnte nicht sprechen, sie war zu schwach.

Eine Krankenschwester kam herein. »Die Besuchszeit ist vorbei.«

Adam stand auf und ging. Morgen würde er wiederkommen und übermorgen und auch die Tage danach.

DANKE

Ich weiß nicht, ob du es hörst, aber ich rufe es ganz laut Richtung Himmel: Danke Lars Schultze-Kossack, dass du mir die Blumentochter-Idee hinterlassen und dafür gesorgt hast, dass ich sie schreiben durfte! Ich habe für dich eine Tischtennis-Garagen-Szene eingebaut, und es macht mich sehr traurig, dass du sie nicht mehr lesen kannst.

Danke an den Verlag HarperCollins für das Vertrauen, den Enthusiasmus und die liebevoll-kritischen Blicke von Sarah Koch und Stephanie Schilling! Gut, dass ihr den roten Faden nie verloren habt.

Danke an mein kleines Heimatdorf Westbevern, in dem es sich so vorzüglich leben und schreiben lässt und an dessen Rand das wunderbare Blumenfeld von Maren Rösmann liegt. Geht da mal hin!

Danke an meinen feinen Onkel Jochen, der mir sogar in seinen letzten Lebenswochen noch bei ärztlichen Fragen zur Seite stand, und an Günter Nießing, der mir die komplizierten Polizeistrukturen erklärt hat.

Und wie immer: Danke an meine drei Männer zu Hause, die es hinnehmen müssen, dass ich hin und wieder in mehreren Welten gleichzeitig unterwegs bin.